**Impressum**

Alle Rechte am Werk liegen beim Autor
J., Jaliah
El Puerto – Der Hafen 10
Zeiten der Ruhe

Berlin, September 2019
Erstauflage
Lektorat: Günter Bast, Theresa Wahl, Srwa Latif, Carolin Kuttler
Cover/Bildgestaltung: Wolkenart – Marie Katharina Wölk
Covermodell El Puerto 2,4,6,8: Yves Len Unser
Facebook: Yves-Len Unser, Instagram: yvesunser

©2019
Herstellung und Verlag: BoD – Books on Demand, Norderstedt.
ISBN 978-3-7431-1903-1

www.jaliahj.de

# El Puerto

# Der Hafen 10

## Zeiten der Ruhe

von

*Jaliah J.*

Jedes Mal verliebe ich mich in die Geschichten, die verzaubern. Jedes Mal ... bin ich traurig, sobald ein Buch zu Ende geht! El Puerto ist eine unfassbar berührende und spannende Geschichte voller Emotionen! Jeder einzelne Charakter macht dieses Buch perfekt.

Jessica

Da jetzt bald der neue Teil erscheint, habe ich mir die Bücher erneut durchgelesen. Die Geschichte hat wieder andere Facetten und es wird nicht langweilig. Es passiert bei so vielen Personen etwas, sodass man gar nicht weiß, über wen man zuerst mehr erfahren möchte, aber so bleibt es spannend.

Sabina

Eine wirklich wundervolle Geschichte, bei der man während des Lesens wirklich mitfiebert.
Die komplette Buchreihe zieht einen - wie alle Bücher der Autorin - sofort in seinen Bann. J. schafft es bereits mithilfe weniger Zeilen, dass man das Buch am liebsten gar nicht mehr aus der Hand legen möchte und innerhalb kürzester Zeit verschlingt.

Amazon-Kundin

Diese Buchreihe ist der Wahnsinn! Man verliert sich direkt darin und es scheint, als würde die Zeit um einen herum stehen bleiben ... will es einfach nicht mehr aus der Hand nehmen, und wenn es dem Ende zugeht, wird es wieder so spannend, dass man es kaum erwarten kann, bis der nächste Teil erscheint.

Bianca

Ich finde die Buchreihe El Puerto traumhaft schön. Es ist ganz einzigartig, in einem Buch nicht nur eine Geschichte zu lesen, sondern mehrere Geschichten zu erfahren.

Livia

Das Buch ist wie immer wunderschön. Ich lebe jedes einzelne Wort. Es ist nicht mehr nur lesen. Es spielt sich alles ab, als wäre es echt, als wäre man ein Teil davon. Das ist so ein anderes Gefühl, unbeschreiblich.

Diese Liebe zu Puerto Rico und den und deren Geschichten faszinieren mich immer wieder. Ich bekomme einfach nie genug davon.

K.A.

'Wenn du Puerto Rico einmal in dein Herz geschlossen hast,

wird es dich nie wieder loslassen!'

# Los Puentes

Gonzales & Anna     Bruno † & Maria     Rubén & Ama †

Vidal & Elian     Dante, Suela & Sofia     Dalila †, Delicia & Benito
/     /
Vida & Paz     Salva

Sergio † & Valentina     Paol †     Nora †

Ponce (Cuca), Piero † & Paolo †     5 Söhne, die die Geschäfte im Ausland leiten

## Weitere wichtige Personen

Aaron - Vidals bester Freund
Nacho † - Verräter der Cinco Sombras

# Cinco Sombras

Ramiro & Leire †     Ramiro & Angelina †     Rehan & Eva †

Alejandro, Santos & Ponce     Belinda     Levi
/     \
Mariza     Vida & Paz

Raul † & Alicia     Rafael † & Pilar †     Rosa †
\
Roman, Alena & Petro     Adrian †

## Weitere wichtige Personen

Suerte † - Verräter
Emilia

»Willkommen in Puerto Rico, wir wünschen Ihnen einen tollen Aufenthalt!«

Angelina lächelt Marta zu und sie steigen aus dem Flugzeug.

Eine tropisch schwüle Luft schlägt ihnen entgegen, die sie einen Moment einhalten lässt.

Tief einatmend blickt Angelina zufrieden auf einige Palmen, die vereinzelt auf dem großen Flughafengelände wachsen. »Traumhaft.« Es ist genau das Richtige nach solch einem schweren Unijahr in Detroit.

Marta und sie haben schon vor einigen Wochen beschlossen, in den Semesterferien einen Urlaub zu machen. Sie wollten nicht mit den anderen Studenten zusammen zu einer Sauf- und Partyreise, sondern etwas Neues erleben und haben sich schnell für Puerto Rico entschieden.

»Kommt dieser Ramiro uns abholen?« Marta hängt sich ihre Tasche um und setzt sich ihre Sonnenbrille auf. Angelina muss lächeln, als sie wieder an den charmanten Mann denkt, den sie vor einigen Monaten auf einer Messe zusammen mit seinen Brüdern kennengelernt hat.

Es war ein merkwürdiger Tag, die Männer haben sie angesprochen und mit zwei ihrer Freundinnen sind sie essen gegangen. Sie fanden die Brüder mit der goldbraunen Haut, den dunklen Haaren und den dunkel funkelnden Augen sehr attraktiv. Zwar sprachen die Puertoricaner kaum Englisch, sie selbst nur ein wenig Spanisch, doch trotzdem sind sie zusammen essen gegangen und hatten viel Spaß.

Angelina ist schon immer eher vorsichtig gewesen. Sie hat sich zurückgehalten und alles beobachtet. Einer der Brüder hat ihr besonders gut gefallen. Ramiro. Er wirkte von allen am selbstbewusstesten, er hat ein bezauberndes Lächeln, bei dem man selbst immer zu lächeln beginnen muss, weil man diesen Anblick so schön findet.

Zwei Grübchen bilden sich auf seinen Wangen, wenn er lacht; er ist ein hübscher Mann, Angelina hat ihn den ganzen Abend heimlich beobachtet, doch sie hat sich eher zurückgehalten. Umso überraschter war sie, als sie sich dann getrennt haben und Ramiro ihr einen Zettel gegeben hat.

Ihre Freundinnen haben alles getan, um seine Aufmerksamkeit zu bekommen. Während Angelina mit ihrem Zopf und dem weiten Stickpullover, der einfachen Leggins, ungeschminkt und in Sneakers, um möglichst lange ohne Blasen an den Füßen auf der Messe durchzuhalten, nicht einmal bemerkt hat, dass Ramiro überhaupt Notiz von ihr genommen hat, hat er ihr den Zettel mit seiner Nummer in die Hand gedrückt und sie mit seinem holprigen Englisch gebeten, dass sie sich melden soll.

Das hat sie nicht getan, sie wusste nicht, was sie ihm sagen sollte, sie war noch nie gut im Flirten und alldem. Sie hatte einen festen Freund auf der Highschool, ihren Nachbarn James. Doch da musste sie nicht flirten oder sich verstellen, sie waren eher wie Geschwister, und als er sie dann geküsst und gefragt hat, ob sie mit ihm ausgehen möchte, hat sie einfach ja gesagt. Das war es schon, das war der Grundstein für ein Jahr zusammen Filme sehen und im Kino knutschen, doch als er aufs College gegangen und die ersten Ferien nach Hause gekommen ist, war das alles auch schon wieder vorbei und er mit einer thailändischen Austauschstudentin zusammen.

Deswegen hat sie zwar immer mal an den großen, durchtrainierten Mann mit diesen wunderschönen dunklen Augen gedacht und auch seine Nummer behalten, doch sie hat sich nicht bei ihm gemeldet.

Erst als Marta und sie beschlossen haben, in den Urlaub zu fahren, hat sie sofort an Puerto Rico gedacht. Nach der Messe hat sie sich ein wenig mit dem Land beschäftigt, und auch Marta war sofort begeistert von der Idee. Da hat sie das erste Mal diese Nummer angerufen.

Ramiro hat bereits ein Mobiltelefon. Nicht viele haben das, nur Geschäftsmänner, ihr Vater besitzt auch eines, doch sie telefoniert noch ganz normal über das Haustelefon. Sie hatte aber viel zu viel Angst, dass der Anruf teuer wird, deswegen rief sie die Nummer von der Telefonzelle an der Ecke ihrer Straße an.

Es war komisch, Ramiro ging ran, sie hat auch sofort seine Stimme erkannt und schüchtern versucht, ihm mit ihren paar Brocken Spanisch zu erklären, wer sie ist. Doch auch dieses Mal hat er sie wieder überrascht, er hat sie sehr schnell erkannt und sich richtig gefreut, dass sie sich meldet.

Angelina hat ihm erklärt, dass sie vorhaben, Urlaub in Puerto Rico zu machen, sich aber nicht auskennen und gefragt, ob er ihnen vielleicht helfen kann, ein Hotel oder auch einige Orte, die sie besuchen sollten, empfehlen kann. Ramiro hat sofort zugesagt, er hat sich die Daten geben lassen und ihnen versichert, dass er ein Hotel für sie reservieren wird. Angelina hat ihn gebeten, es so günstig wie möglich zu halten, und er hat ihr versichert, dass er ihnen die schönsten Orte Puerto Ricos zeigen wird.

Danach haben sie noch zweimal telefoniert, jedes Mal länger als Angelina das geplant hatte. Er hat ihr versichert, dass das Hotel gebucht ist, sie haben sich um die Flüge gekümmert und nun stehen ihnen zwei schöne Wochen bevor.

»Nein, er hat gesagt, dass er einen Termin hat, er hat aber jemanden geschickt, der uns ins Hotel bringt, aber am Abend holt er uns ab und wir gehen zu einem Club.«

Sie steigen die Treppen des Flugzeuges hinab und laufen zum Terminal, wo sie ihre Koffer abholen. »Na dann bin ich mal gespannt. Falls dieser Ramiro nur ein Blender ist und uns hier stehen lässt, habe ich aber noch drei Adressen von günstigen Hotels, wo wir sicher unterkommen.« Angelina weiß, dass das naiv ist, doch sie kann sich nicht vorstellen, dass sie sich in Ramiro täuscht. »Ich glaube nicht, dass er sich nicht meldet, aber du hast recht, wir kennen ihn nicht, doch ich denke, wir werden auch ohne seine Hilfe eine tolle Zeit haben, also lass uns unseren Urlaub genießen.«

Sie setzt sich ihre Sonnenbrille auf.

Ihre Koffer kommen fast als Letztes auf das Band und als sie dann den Sicherheitsbereich verlassen, ist nicht mehr viel Betrieb im Empfangsbereich. Ein Mann mit einem einfachen Pappschild, auf dem ihre Namen stehen, lächelt sie an.

Offenbar hat Ramiro sie doch nicht vergessen. Sie gehen zu dem Mann, Marta sieht sie unsicher an, der Mann sagt ihnen auf Englisch, dass er vom Hotel kommt und sie abholen soll. Als er seinen Mitarbeiterausweis zeigt, sind sie beide etwas beruhigter und lassen sich von ihm zu einem schwarzen kleinen Auto bringen.

Etwas hin- und hergerissen sieht Angelina gespannt auf Puerto Ricos Straßen, während sie zum Hotel fahren. Solch einen Service bieten sicher nicht alle Hotels an, wiederum ist das Auto sehr klein und kaputt, sie kann nur hoffen, dass das Hotel, das Ramiro für sie ausgesucht hat, nicht zu teuer ist.

Sie fahren in Richtung Strand und Angelina atmet immer tiefer ein.

Sie liebt die Luft am Meer. Der Fahrer hält direkt am Strand vor einem kleinen gelben Haus mit drei Stockwerken. Es sieht gut aus, doch auch nicht hochklassig, Angelina geht mit hüpfendem Herzen zur Rezeption und sieht, dass das Hotel sehr liebevoll eingerichtet ist. Die Frauen an der Rezeption begrüßen sie höflich und bringen ihnen etwas zu trinken und die Zimmerschlüssel.

Sie fragen auch gleich nach der Rechnung für die Zimmer, doch die Frauen erklären, dass alles schon bezahlt ist. Verwundert sehen Marta und Angelina sich an. Es war abgemacht, dass Ramiro die Zimmer bucht, nicht, dass er sie bezahlt. Sie werden das später mit ihm klären, er hatte ja gesagt, dass er sie abholen wird. Erst einmal wollen sie aufs Zimmer. Die Räume liegen nebeneinander. Angelina fühlt sich sofort wohl. Es hat einen ganz eigenen Charme. Kein Möbelstück passt zum anderen und es wirkt chaotisch, romantisch zusammengewürfelt, genau wie die bunten Häuser hier in der Straße, sie liebt es. Ihr Zimmer hat ein kleines Bad und einen Balkon, von dem sie direkt auf den Strand und das Meer blicken kann. Voller Vorfreude auf die kommenden zwei Wochen schließt sie die Augen, atmet die salzige Luft ein, spürt die Sonne auf ihrer Haut und hört den lauten spanischen Stimmen vom Strand zu.

Auch Marta mag ihr Zimmer, sie duschen und machen sich fertig. Angelina zieht ein hellblaues vorne zugeknöpftes Sommerkleid an, was ihr bis zu den Knien geht, aber einen schönen Ausschnitt hat. Sie lässt ihre Haare offen und schminkt sich leicht, sie möchte nicht zu zurechtgemacht aussehen, aber doch so, dass sie ihren ersten Eindruck im Schlabberlook wieder gutmachen kann.

Da sich Ramiro nicht gemeldet hat, beschließen sie, rauszugehen und ihn von einer Telefonzelle aus anzurufen. Keine von ihnen hat ein Mobiltelefon. Genau in dem Moment, als sie aber in das Foyer kommen, betritt Ramiro das Hotel, zusammen mit einem seiner Brüder, den sie auch noch von der Messe kennt.

Einen Moment halten sie beide ein und sehen sich an. Fast als können sie es nicht glauben, dabei haben sie ja dieses Wiedersehen zusammen geplant. Angelina hat oft an ihn gedacht, doch als er dann auf sie zukommt, zieht seine ganze Erscheinung sie wieder in den Bann. Er trägt eine feine Hose und ein schwarzes Shirt, dieses Lächeln bildet sich auf seinen Lippen, was auch sie sofort wieder lächeln lässt, und als er sie einen Moment umarmt, hüpft ihr Herz aufgeregt in ihrer Brust.

Marta kann besser Spanisch als sie, sie stellen sich gegenseitig vor und Marta und Angelina bedanken sich sofort für das schöne Hotel und betonen, dass sie Ramiro die Kosten dafür zurückerstatten, doch er winkt ab und sagt, dass sie in Puerto Rico von ihm eingeladen sind. Zumindest versteht Angelina es so.

Die Brüder erklären ihnen, dass sie ihnen die Gegend zeigen und dann mit ihnen in einen Club gehen möchten, dem El Borro. Auch wenn sie noch einige Verständigungsschwierigkeiten haben, dauert es keine fünf Minuten und sie sind alle miteinander warm geworden. Sie verständigen sich mit einem Mix aus Spanisch und Englisch und mit Händen und Füßen, doch genau das bringt sie so zum Lachen, dass Angelina irgendwann richtige Bauchschmerzen hat.

Dieses Aufeinandertreffen ist mit dem ersten auf der Messe nicht ansatzweise zu vergleichen. Sie laufen am Meer entlang, essen leckere Teigfladen und erfahren einiges über das Land, in dem sie sich befinden. Ramiro bleibt dabei immer bei Angelina und sie genießt diese Nähe, auch wenn sie ihn kaum kennt, ist es ihr nicht unangenehm, wenn er ihren Arm streift oder sie zurückhält, um ihr etwas zu zeigen.

Schon am Hafen werden Ramiro und sein Bruder immer wieder begrüßt, als sie dann in den Club kommen, ist es sehr auffällig, wie bekannt sie sind. Sie gehen durch den vollen Club und jeder hier scheint sie zu kennen. Durch die Menge aus tanzenden Menschen ist es nicht so leicht, sich seinen Weg zur Treppe zu bahnen, die zu einem separaten Bereich führt, doch Ramiro legt seine Hand an Angelinas Rücken und hilft ihr.

Im abgetrennten Bereich setzen sie sich zuerst an einen Tisch mit einigen Männern und Frauen, Ramiro stellt sie als seine Brüder und Cousins vor. Außerdem sind noch einige Freunde da, mit einem Gonzales unterhalten sie sich lange, Ramiro und er scheinen sich gut zu verstehen, doch es dauert nicht lange und Marta geht mit einem der Brüder von Ramiro tanzen und Ramiro setzt sich mit Angelina in eine ruhigere Ecke des Clubs.

Sie unterhalten sich, zumindest versuchen sie es, doch je länger sie Zeit miteinander verbringen, umso besser klappt es. Er erzählt ihr von seiner Familie und dass er mit seinem Vater und seinen Brüdern zusammen Geschäfte macht, die nach und nach größer und bedeutender werden. Er sagt, dass sie noch am Anfang stehen, doch dass es immer mehr und besser wird, wenn sie aber probiert, genauer nachzufragen, kann er nicht wirklich erklären, was für Geschäfte es sind oder sie versteht es nicht genau.

Auch sie erzählt ihm ein wenig von ihrem Leben. Sie verbringt gerne Zeit mit Ramiro, er sieht ihr immer in die Augen. Seine ganze Aufmerksamkeit liegt bei ihr und er macht es sich zur Aufgabe, dass es ihr gut geht.

Der erste Abend ist schön, sie genießen die Zeit und auch die nächsten drei Tage sehen sie Ramiro jeden Tag. Er nimmt sich Zeit für sie, führt sie aus, begleitet sie und die Freundinnen lernen Puerto Rico und ihn immer besser kennen. Sie genießen jeden Tag von diesem Urlaub und sie lassen die Abende fast immer im El Borro ausklingen, wo Marta dann auch einen Mann kennenlernt und somit Ramiro und Angelina dann das erste Mal alleine unterwegs sind.

Auch wenn Marta dabei war, haben sie die Tage genutzt, um sich besser kennenzulernen, und so hat sie überhaupt keine Scheu mehr, den Tag mit ihm alleine zu verbringen, im Gegenteil: Sie genießt ihn. Sie frühstücken zusammen und fahren dann zur alten Festung von Puerto Rico. Wenn man Bilder von Puerto Rico sieht, dann auch meistens von diesem Ort, und als sie dann selbst auf diesem Felsen steht und die Wellen wild an die steinigen Wände schlagen, atmet sie erneut die salzige Luft ein und sieht sich begeistert um.

Ramiro hat immer wieder ihre Hand in seine genommen und auch jetzt hält er sie, als sie sich zu ihm umwendet. »Ich kann nicht glauben, wie schön es hier ist, Ramiro, ich glaube, ich bin dabei … mich in dein Land zu verlieben.« Sie strahlt ihn an, doch sein Gesichtsausdruck bleibt dieses Mal ernst.

Er tritt näher zu ihr und seine Hand legt sich an ihre Wange. »Dann sind wir schon zwei … die dabei sind, sich zu verlieben.« In dem Augenblick, als Ramiro sich zu ihr beugt und zärtlich ihre Lippen miteinander vereint, spürt Angelina, dass das zwischen ihnen etwas ganz Besonderes ist.

Sie hat nie an so etwas geglaubt, war nie eines dieser Mädchen, die sich in alten Liebesromanen verloren und an die Liebe auf den ersten Blick geglaubt hat, doch als sie ihre Augen schließt und Ramiros Kuss erwidert, weiß sie, dass hier etwas passiert, was sie so noch niemals zuvor verspürt hat.

Deswegen sieht auch sie ihm, überrumpelt von diesen Gefühlen nach dem süßen ersten Kuss, in die Augen. Der Wind, der die Wellen immer wieder gegen die Felsen schlägt, zerzaust ihr Haar und ihre grünen Augen suchen Antworten in seinen dunklen. Nun legen sich seine beiden Hände an ihre Wangen und er legt seine Stirn an ihre.

»Ich weiß, dass das zwischen uns etwas ganz Besonderes entstehen lassen wird.«

Es war ein besonderer Moment, an den Angelina in diesem Augenblick mit einem schweren Herzen zurückdenkt, als sie sich ihre zwei Koffer nimmt und noch einmal auf San Juan blickt.

Seit sie Puerto Rico betreten hatte, hat sich ihr Leben komplett geändert. Sie hat es damals sehr schnell gespürt. Von diesem Moment an waren Ramiro und sie unzertrennlich. Sie haben ihre Ferien zusammen verbracht und sind sich so nah gekommen, wie es nur geht zwischen einem Mann und einer Frau. Keiner der sie gesehen hat, hätte daran gezweifelt, dass sie ineinander verliebt sind. Doch alle haben das belächelt, weil jeder wusste, dass Angelina zurückmusste und sich all das dann sicherlich von alleine wieder erledigt.

Die Einzigen, die nicht so gedacht haben, waren sie beide.

Sie haben nicht darüber gesprochen, wann und wie sie sich wiedersehen werden, doch es war klar, dass sie es tun. Das alles allerdings im normalen Leben und Alltag umzusetzen, fiel ihnen bei all den Gefühlen, die sie füreinander aufgebaut hatten, sehr schwer.

Ramiro hat ihr ein Mobiltelefon gekauft, aber trotzdem haben sie nicht sehr oft miteinander sprechen können, nicht mehr die Zeit gefunden, die sie sich gewünscht hätten, und Ramiro hat ihr sehr schnell gesagt, dass sie zurückkommen soll. Er wollte sie bei sich haben und sich mit ihr etwas aufbauen.

Es war klar, dass sie noch niemals zuvor so viel für einen Mann empfunden hat, doch sie wusste genau, dass, wenn sie das tut, sie ihre Familie, ihre Freunde und ihren Platz am College verlieren wird. Sie war nie unvernünftig, hat nie viel riskiert, doch nachdem Ramiro sie immer wieder gebeten hat zurückzukommen und sie ihn hingehalten hat, hat er sich von einem Tag auf den anderen nicht mehr gemeldet.

Erst war sie sauer, doch dann hat sie begriffen, dass er ihr so zeigen wollte was passiert, wenn sie keine Lösung finden. Es war so viel, was Angelina verlieren würde, doch jeden Tag wurde ihr Herz schwerer und schwerer, und alles was sie wollte, war, zurück in Ramiros Arme zu kommen.

Selbst mit dem Abstand heute, etwas mehr als ein Jahr nachdem sie die Entscheidung getroffen hat, weiß sie, egal was alles passiert ist, es war richtig.

Sie liebt Ramiro, er ist die Liebe ihres Lebens, daran hat sie nun keinen Zweifel mehr und sie schien es auch damals gespürt zu haben, denn sie ist zurück nach Puerto Rico geflogen und hat alles zurückgelassen.

Ramiro hat sie erwartet, und auch wenn dann schwere Zeiten auf sie beide zugekommen sind, keiner hat diesen Entschluss bereut, niemals. Das tut sie heute noch nicht.

Ihre Familie wollte nichts mehr mit ihr zu tun haben, seine war sauer auf ihn. Angelina hat erfahren, dass er bereits eine Frau und zwei Kinder hat, sie aber getrennt leben, weil er sich in Angelina verliebt hat. Das war sehr hart für sie, doch auch das haben sie überstanden. Sie hatten nicht viel Geld und haben sich eine kleine Wohnung genommen. Angelina hat Spanisch gelernt und ist in San Juan auf ein internationales College gegangen.

Ramiro hat für ihr Geld gesorgt und auch wenn seine Familie mit ihrer Liebe nicht einverstanden war, haben sie weiter ihre Geschäfte ausgebaut und das Geld, was Ramiro nach Hause gebracht hat, wurde mehr und mehr.

Doch all das war nebensächlich.

Die Liebe zwischen Ramiro und Angelina war etwas ganz Besonderes. Das letzte Jahr war hart, doch es war das wundervollste Jahr ihres Lebens. Sie hat so viele schöne Erinnerungen mit Ramiro in ihrem Herzen, dass es für zwei Leben reichen würde und sie weiß, dass er sie über alles liebt. Die Gefühle, die sie für diesen Mann empfindet, kann man nicht einmal in Worte fassen, sie sind zu etwas zusammengewachsen, von dem sie niemals gedacht hätte, dass das möglich ist.

Trotzdem hat sie immer mehr mitbekommen, was für Geschäfte Ramiro betreibt und wie gefährlich das Leben in San Juan wirklich ist, vor allem in der Familie von Ramiro. Ihr Leben wurde immer eingeschränkter, besonders nachdem zwei Brüder von Ramiro erschossen wurden. Sein guter Freund Gonzales wurde über Nacht zum Feind und in den letzten zwei Monaten sind immer wieder schlimme Sachen passiert.

Angelina hat von Entführungen, von Millionengeschäften und von vielen Toten gehört. Vor zwei Tagen kam Ramiro mit einem Streifschuss in der Schulter zurück.

Angelina hat ihn mehrmals gebeten, nun mit ihr zu kommen und alles hinter sich zu lassen, doch sie weiß, dass das etwas ist, dem man nicht so einfach entkommen kann. Man wird mit dieser Bürde geboren und deswegen steht sie jetzt alleine mit gepackten Koffern auf den Stufen des Fliegers, und der Kapitän, der die Passagiere persönlich begrüßt, lächelt ihr entgegen.

Sie sieht auf das Land zurück, in das sie sich verliebt hat. Sie trägt die Erinnerungen des Mannes, der die Liebe ihres Lebens ist, tief in sich und in ihrem Herzen und sein Kind unter ihrem Herzen. Sie hätte alles mit Ramiro durchgestanden und für ihre Liebe getan, bis zu dem Moment, als sie wusste, dass sie nun nicht mehr für sich alleine entscheidet.

In dem Moment, als sie erfahren hat, dass sie schwanger ist, hat sich alles geändert. Sie hätte alles ertragen, wäre an seiner Seite geblieben, doch sie wusste sofort, dass sie dieses Leben nicht für ihr Baby möchte.

Dieses Baby, was aus solch einer tiefen Liebe entstanden ist, darf nicht so großwerden und in ständiger Gefahr leben. Sie weiß, dass sie, wenn sie in Puerto Rico bleibt, nicht verhindern kann, dass ihr Kind auch in dieses Leben hineingezogen wird, denn sie hat gelernt, dass man das nicht ablegen kann, man wird in dieses Leben hineingeboren.

Das Einzige was Angelina tun kann, ist, das Baby nie wissen zu lassen, woher sein Vater stammt und als was es geboren wurde und es so zu schützen. Dieses kleine Wesen ist das Beste, was aus der Liebe zwischen Ramiro und ihr entstanden ist und in den vielen Nächten, in denen sie darüber nachgedacht hat, was sie nun tun soll, war schnell klar, dass es nur diese Lösung gibt.

Es gibt nichts und niemanden, der Angelina von Ramiro hätte trennen können, außer die starke Liebe einer Mutter, die sich im selben Moment gebildet hat, als sie das kleine Baby auf dem Ultraschall gesehen hat.

Sie hat Ramiro nichts gesagt, es wird ihm das Herz brechen, sie zu verlieren, sie kann kaum atmen beim Gedanken, ihn niemals wiederzusehen, doch sie muss ihre Liebe und ihr Baby schützen und dafür gibt es nur diesen Weg. Auch wenn es sie innerlich tötet, schützt sie das Wichtigste, was aus der Liebe zwischen ihr und Ramiro entstanden ist und sie weiß, dass er an ihrer Stelle genauso handeln würde, um ihr Kind zu schützen.

Deswegen lächelt Angelina zurück, mit Tränen in den Augen und streicht über ihren Bauch, als sie in den Flieger steigt und Puerto Rico hinter sich lässt.

Sie ist der letzte Passagier der einsteigt, und der Kapitän wendet sich noch einmal an alle Fluggäste, während er sie alle anstrahlt.

»Ich hoffe, sie hatten einen schönen Aufenthalt in Puerto Rico und kommen bald wieder, denn wie sagt man doch so schön:

Wenn du Puerto Rico einmal in dein Herz geschlossen hast,
wird es dich nie wieder loslassen!«

# Kapitel 1

»Das ist jetzt schon das dritte Mal.«

Alena zieht genervt die Augenbrauen zusammen.

Emilias Schwägerin hält sich an ihrem Arm fest, als sie ihre Schuhe fester zubindet. Sie waren zusammen für das Center im neuen Kindergroßhandel am Hafen, da wieder einmal alle Bälle kaputt sind. Keiner weiß, wie die Jungen, die regelmäßig das Center besuchen, das schaffen, aber alle paar Monate müssen sie neue Bälle kaufen. Entweder haben die Bälle Löcher oder sie verschwinden, werden über Mauern und in Hecken geschossen oder sind einfach nicht mehr auffindbar.

Als sie gerade mit vollgepacktem Auto den Hafen wieder verlassen wollten, war der Reifen von Alenas Auto platt. Sie sind in einen Nagel gefahren, wie so oft am Hafen, wo überall Ware geliefert und gelagert wird und immer wieder Sachen herumliegen.

Sie haben es noch geschafft, zu einer Werkstatt hier zu fahren, und später wird ihnen der Wagen und die Ware zum Center gebracht. »Das hat ewig gedauert, ich wollte mir heute die beiden Mädchen ansehen, von denen Alina erzählt hat. Du hast sie doch auch gesehen.«

Es ist selten, dass Alena wütend ist, sie ist sehr ruhig und ausgeglichen. Roman hat ihr erzählt, dass sie nicht immer so war. Früher war sie sehr temperamentvoll und konnte kaum stillsitzen, doch nach dem, was ihr angetan wurde und all den Therapien, die sie mitgemacht hat, ist sie jetzt eher ruhig und abwartend, doch jetzt gerade kommt ein wenig ihr altes Temperament durch.

»Das ist doch nicht so schlimm, wir nehmen ein Taxi und die Mädchen werden sicher auch morgen da sein. Sie sind wirklich niedlich, doch Alina hat recht, es stimmt etwas nicht mit den beiden, auch wenn ich sie nur kurz gesehen habe, ist mir das sofort ...«

»Emy, so sieht man sich wieder.« Plötzlich schneiden ihnen Suela, Sofia und eine weitere Frau den Weg ab und bleiben vor ihnen stehen.« Suela lächelt ihnen zu, es ist noch holperig, auch wenn die Familias immer mehr zusammenwachsen, doch bei einigen spürt man, dass sie all das noch nicht so schnell können wie andere.

Dantes Schwester hat geholfen, all das, was damals passiert ist, herauszubekommen, doch so haben sie Sofia gefunden und erfahren, dass sie ihre leibliche Schwester ist. Es hat ihre Sicht auf einiges geändert. Sie stellt sich noch immer nicht dagegen, dass die Puentes und die Sombras nach und nach zusammenfinden, was alleine wegen Belinda und Alena unabdingbar ist, doch sie hat viel mehr Vorbehalte gegen all das als noch am Anfang, bevor sie von Sofia wussten.

Es wird besser, Stück für Stück, doch dafür, dass Paz und Vida schon zwei werden, ist noch zu wenig passiert.

Es gibt auch einige, denen das alles nicht passt. Und es hat sich herausgestellt, dass vor allem auch Sofia dazugehört. Sie, die genau wie Petro und sie auf der Insel großgeworden ist, die diesen Krieg eigentlich verfluchen müsste, doch auch sie scheint jetzt für all die Geschehnisse vor allem die Cinco Sombras verantwortlich zu machen.

Mit Emilia wollte Sofia lange nichts zu tun haben, mit Petro hat sie den Kontakt komplett abgebrochen. Kurz vor ihrer Hochzeit mit Roman hat Sofia Emilia wieder kontaktiert und das nur, um ihr die Hochzeit und generell die Cinco Sombras auszureden. Als Emilia das gemerkt hat, hat auch sie den Kontakt abgebrochen, was ihr wirklich schwergefallen ist, denn immerhin sind sie wie Schwestern großgeworden, sie hatten nur sich. Offenbar war das wirklich der einzige Grund, der sie zusammengehalten hat, denn jetzt, wo sie wählen können, mit wem sie ihr Leben verbringen und mehr Einflüsse auf sie einwirken, weiß Emilia nicht einmal mehr, wie sie es so lange mit Sofia ausgehalten hat. Sie ist kein Mensch, der anderen etwas Schlechtes wünscht, niemals, das tut sie auch bei Sofia nicht, doch sie spürt, dass Sofia zu viel Wut und Hass in sich trägt.

»Sofia ... was für ein Zufall.« Emilia sieht alle drei Frauen an. Alena nickt nur leicht, sie sieht die Schwestern von Dante öfter, da sie durch ihre Beziehung zu Elian immer mal wieder im Puentes-Gebiet ist.

»Ich habe dir doch gesagt, dass du von den ganzen Idioten den verrücktesten heiratest.« Sofia sieht sie abwertend an und ohne dass sie Emilia reagieren lässt, gehen die drei weiter. Alena hatte schon schlechte Laune, nun sieht sie noch wütender aus, als sie den dreien hinterher blickt. Emilia schüttelt nur den Kopf, da kommen auch Elian und Dante vom Hafengelände hoch und sehen verwundert zu ihnen.

»Was macht ihr denn hier?« Elian gibt erst Alena einen Kuss auf den Mund und dann Emilia einen auf die Wange, dann begrüßt Dante sie beide. Emilia ist oft mit Alena und Elian zusammen, sie besucht Alena auch manchmal, wenn sie bei ihm ist, sie ist immer noch dabei zu versuchen, die Beziehung zwischen Roman und Elian zu verbessern, doch das ist schwer.

»Wir haben Bälle geholt und ich hatte wieder einen Platten, deswegen fahren wir jetzt mit einem Taxi zurück. Ich dachte, ihr bereitet den Geburtstag von Paz und Vida vor?«

Elian hält einige Geschenke hoch. »Tun wir gerade, Suela und Sofia wollten noch etwas abholen und wir haben sie gefahren ...« Emilia spürt, wie sich Alena neben ihr anspannt, auch wenn sie ein Lächeln auf den Lippen trägt.

»Wir wären auch schon längst zurück, doch wir wurden aufgehalten, weil dein Bruder hier in Streit geraten ist. Seine Männer haben ihn kaum beruhigen können, und als wir dann dazukamen, ist er fast auf Sofia losgegangen.« Alena atmet tief aus und Emilias Herz schlägt schneller.

»Was hat Roman wieder getan?« Elian zuckt die Schultern. »Es gab Streit wegen einer Lieferung und er ist mit dem Fahrer aneinandergeraten. Es wurde eine Waffe gezogen, die anderen haben Panik bekommen, alles wurde hektisch und irgendwann ist ein Stein auf Roman zugeflogen. Er ist im Krankenhaus, seine Augenbraue muss genäht werden. Petro hat ihn hingebracht. Eure Männer klären da unten noch den Rest. Eigentlich nur eine Kleinigkeit, aber Roman hat das Ganze völlig eskalieren lassen.«

Emilia wendet sich ab. »Ich fahre zu ihm.« Auch Alena seufzt leise auf. »Ich komme mit.« Wut steigt in ihr auf. Sie haben so oft darüber gesprochen, ständig, und sie kann schon gar nicht mehr zählen, wie oft ihr Roman versprochen hat, sich mehr unter Kontrolle zu haben. »Nein, wartet. Ich fahre euch. Wir sind mit zwei Wagen da.«

Dante hebt die Hand und geht zu Sofia, Suela und ihrer Freundin, die vor zwei Wagen stehengeblieben sind. Auch wenn sich Emilias Gedanken um Roman drehen, bemerkt sie, dass Alena verkrampfter ist als noch vor einigen Minuten und sie weiß, dass Alena sich nicht mehr über ihren Bruder wundert und das damit nichts zu tun hat.

Alena sieht hinunter zum Hafen und ruft einen ihrer Männer, um zu fragen, ob alles in Ordnung ist; dieser hebt den Daumen, um zu zeigen, dass sie alles unter Kontrolle haben, dann legt Elian den Arm um Alena und sie laufen zusammen zu seinem Auto.

Dante fährt im anderen Auto davon und Emilia sieht, wie die Freundin von Suela und Sofia sich im Wagen noch einmal umdreht und zu Alena und Elian sieht. Fast könnte man meinen, ihr Blick wäre wütend, doch wieso sollte sie sauer sein? Sie kennen sie kaum, Emilia weiß nur, dass sie oft mit Sofia und Suela zusammen ist.

Sie steigen ins Auto und Elian fährt zum Krankenhaus, das in der Nähe des Hafens ist. Alena sitzt neben ihm und sieht aus dem

Fenster. Sie wirkt traurig und Emilia überlegt, ob das vielleicht etwas mit Anibal zu tun hat.

Vor einem Monat ist Anibal gestorben. Er war eine wichtige Stütze für Alena, doch beim Spielen auf einem freien Feld muss er etwas gefressen haben und ist kurz darauf verstorben. Sie konnten ihn nicht retten und als sie jetzt sieht, wie abwesend Alena wirkt, fragt sich Emilia, ob es deswegen ist. Sein Tod hat sie sehr getroffen. Sie wollten ihr einen neuen Hund kaufen, doch sie wollte das nicht.

Das ist das Einzige, was sich Emilia vorstellen kann, sonst hat Alena keinen Grund traurig zu sein. Zumindest weiß Emilia von nichts, was sie belastet.

Elian räuspert sich. »Wie sieht es aus, kommt ihr nachher noch zu uns und feiert den Geburtstag mit?«

Sie fahren bereits auf den Parkplatz des Krankenhauses ein.

»Nein, wir feiern morgen mit den Kleinen und ich habe versprochen, bei den Vorbereitungen zu helfen.« Emilia blickt auf, während Elian parkt. Ramiro hat eine Firma beauftragt, den Geburtstag zu planen und vorzubereiten, sie müssen gar nichts tun. Wieso belügt Alena Elian? Das sieht ihr gar nicht ähnlich.

Sie sollte wirklich mit Alena sprechen, doch zuerst muss sie sich um ihren Ehemann kümmern. Sie bemerkt sein Auto auf dem Parkplatz und atmet tief ein, als sie aussteigen und das Krankenhaus betreten. Wie oft wird sie das noch machen müssen? Wieso trägt Roman nur diese zwei so extremen Seiten in sich?

Sie fragen an der Information nach ihm und fahren in den zweiten Stock. Sie betreten das Untersuchungszimmer, was ihnen genannt wurde und sofort begrüßt sie ein lautes Fluchen. »Es war so klar, dass du das machst.« Roman sitzt auf einem Stuhl und ein Arzt ist gerade dabei, seine Augenbraue zu nähen. Sein T-Shirt ist blutig und Petro, der entspannt auf dem Stuhl neben ihm sitzt, trägt gar kein Shirt mehr, das liegt zusammengeknüllt neben Roman, sie müssen es zum Stillen der Wunde genutzt haben. Das war kein kleiner Stein, den Roman abbekommen hat und sein einziges Problem ist es, Elian böse anzufunkeln. »Ich wusste, dass du es ihnen gleich unter die Nase reibst.«

Elian zuckt die Schultern und lehnt sich gegen die Wand. »Ich habe sie getroffen und dafür, dass du dich nicht im Griff hast, kann keiner etwas.« Roman tötet Elian fast mit seinen Blicken. Es ist besser geworden mit den beiden, doch als Freunde würde sie sicher niemand bezeichnen.

»Was ist passiert, Roman? Wieso bist du wieder so ausgerastet?« Roman will die Arme heben, doch der Arzt räuspert sich vorsichtig. »Noch etwas still halten. Ich möchte das richtig machen und somit das Entstehen einer Narbe verhindern.« Roman sieht Emilia in die Augen und die Wut, die sich um ihren Magen krampft, mildert sich augenblicklich.

Sie liebt diesen Mann, er hat es geschafft, ihr Herz auf eine Art und Weise zu berühren wie noch niemand vor ihm. Roman ist nicht leicht, er ist viel zu impulsiv, er hat seine Wut selten in Griff, aber genauso stark wie er wütend wird, liebt er. Sie hat noch niemals jemanden getroffen, der so viele Emotionen in sich hat, egal in welcher Richtung.

»Du hattest versprochen, nicht mehr so schnell auszuflippen. Konnte das nicht ruhig geklärt werden? Petro sitzt doch auch ganz entspannt hier und hat keine Verletzungen.« Roman atmet tief aus. Ob er das tut, weil ihm das Nähen wehtut oder um sich wieder ein wenig zu beruhigen, weiß Emilia nicht, es ist ihr auch egal. Er muss das besser in den Griff bekommen.

»Diese Typen hatten mehrere Paletten gestapelt und die letzten zwei waren nur mit Stroh gefüllt. Sie haben darauf gehofft, dass wir zu bequem sind, bis nach unten zu sehen und wollten uns verarschen, und ich meine ... sie leben noch, das ist doch ein Anfang.«

Elian lacht leise auf, während Petro grinst und auf den Boden sieht. Petro kennt sie besser als jeder andere hier und merkt, dass sie wieder wütend wird. Emilia schüttelt nur den Kopf und geht aus dem Raum. »Bis später!«

Sie hört wieder ein Fluchen. »Emilia!« Es wäre nicht klug, diese Diskussion jetzt zu Ende zu führen, und so wie es aussah, hatte der Arzt noch einiges zu nähen und sie hat Zeit, sich wieder zu beruhigen.

Auch wenn sie noch mitbekommt, dass Alena etwas zu ihren Brüdern sagt, kommt sie kurz nach ihr aus dem Krankenhaus und auch Elian kommt wieder raus. Er fährt sie zum Center. Mittlerweile sagt niemand mehr etwas, wenn er in das Gebiet der Cinco Sombras fährt. In der Cuidad selbst ist er seltener, aber auch das kam schon vor, doch heute lässt er sie vor dem Center aussteigen. Alena verabschiedet sich, auch Emilia lächelt Elian noch einmal an und bedankt sich. Sie mag ihn, man sieht und spürt, wie sehr er Alena liebt und dass er ihre Heilung und ihr Glück ist, zumindest dachte Emilia das bis heute. Als sie den Blick sieht, den Alena dem davonfahrenden Wagen nachwirft, ist sie sich da nicht mehr ganz so sicher.

Das Center ist leer, es ist sogar schon aufgeräumt, die Reinigungskräfte wischen bereits die Böden. Sie haben einfach zu lange gebraucht, deswegen drehen sie direkt um und laufen in die Cuidad.

»Ich weiß, dass das Leben mit meinem Bruder nicht immer leicht ist, glaub mir, ich kenne das Gefühl, ihn über alles zu lieben und seine Ausraster satt zu haben, aber er hat sich gebessert ... wegen dir. Er liebt dich und auch wenn das vielleicht gerade nicht so aussieht, gibt er sich viel Mühe ... wegen dir. Versteh das nicht falsch, ich finde es gut, dass du ihm klar zeigst und sagst, dass er an sich arbeiten muss. Ich bin völlig deiner Meinung, doch ich sehe auch, dass er schon einiges geändert hat und ich weiß, dass es ihn quält, wenn du enttäuscht von ihm bist.«

Auf Alenas Lippen legt sich ein liebevolles Lächeln. »Am Tag eurer Hochzeit hat er mir gesagt, dass er alles tun wird, um dich niemals zu enttäuschen, und vor einigen Tagen habe ich mit ihm darüber gesprochen und er hat mir gesagt, dass er es hasst, dass er es doch immer wieder tut. Ich glaube, du bist der einzige Mensch, der es schafft, ihn zu verändern, doch das geht natürlich auch nicht von heute auf morgen. Ich denke, du solltest wissen, auch wenn es nicht so wirkt, wir alle kennen Roman von klein auf und er hat sich wegen dir schon in einigem geändert.«

Emilia muss auch lächeln, obwohl sie noch immer sauer ist. Wenn sie jemand versteht, dann Alena. »Er liebt dich auch über alles, wir beide müssen versuchen, ihn dazu zu bekommen, ruhiger zu werden. Ich habe immer wieder das Gefühl, irgendwann bekommen wir einen Anruf, dass es dieses Mal völlig eskaliert ist, und er mehr abbekommen hat als nur eine aufgeplatzte Augenbraue. Das macht mir Angst.«

Nachdem sie die Wachposten begrüßt und das Tor passiert haben, laufen sie sehr langsam die Straße zu ihren Häusern hoch.

»Mir auch, doch das kann so oder so immer passieren.« Emilia blickt zu Alena. Seit Roman und Emilia zusammengefunden haben, ist auch die Bindung zwischen ihr und Alena immer enger geworden und mittlerweile sind sie zu richtig guten Freundinnen zusammengewachsen. Sie vertrauen sich viel an und verbringen auch oft Zeit miteinander. Belinda und Alena sind fast wie ihre Schwestern geworden, viel mehr als Sofia es jemals war.

Romans Schwester ist wunderschön. Ihre Locken, die sie nach den schrecklichen Ereignissen kurz getragen hat, fallen ihr wieder bis tief auf den Rücken. Alle Narben sind völlig verschwunden, oder so fein wie die große, die sich quer über ihre Nase erstreckt, sodass man sie nur erkennt, wenn man genauer hinsieht. Ihre grünen Augen strahlen genau wie die von Roman aus ihrem Gesicht heraus und sie hat eine traumhafte Figur, und doch liegt immer dieser dunkle Schatten über ihr.

Emilia hat den Schatten genau gesehen, sie war immer an ihrer Seite. Im Therapiezentrum, dann hat sie bei ihr gelebt, als sie zurück in Puerto Rico waren und bis jetzt sehen sie sich täglich. Alena hat gekämpft und es geschafft, diesen Schatten zu überstrahlen. In den letzten Monaten gab es einige Phasen, wo dieser Schatten verschwunden war, sie war völlig unbeschwert, doch jetzt, als Emilia sie ansieht, erkennt sie diesen Schatten wieder und neben der Wut auf Roman macht sich Sorge um seine Schwester in Emilias Herzen breit.

»Was ist los, Alena? Bist du sauer auf Elian? Ich dachte, bei euch ist alles in Ordnung?« Alena überkreuzt ihre Arme, als wäre ihr kalt, was bei der Hitze unmöglich sein kann. »Ich bin nicht sauer auf ihn, wie sollte ich? Er ist ... er hat mir noch niemals einen Grund gegeben, sauer zu sein. Niemals ... er ist ein Traum, jede Frau würde sich glücklich schätzen, jemanden wie ihn an seiner Seite zu haben. Er ...«

Alena seufzt auf und wird leiser. »Ich gehe ihm, um ehrlich zu sein, zur Zeit einfach etwas aus dem Weg und versuche, mir über einiges klar zu werden.«

Man hört und sieht sofort, dass Alena etwas quält. »Ich weiß nicht, ob du darüber sprechen möchtest, doch wenn er dir keinen Grund gibt, sauer zu sein, weshalb gehst du ihm aus dem Weg? Wieso hast du gesagt, dass du heute keine Zeit hast?«

Sie werden noch langsamer und Alena sieht sich um, ob sie auch ganz allein auf der Straße sind. »Du weißt ja, was mir damals passiert ist. Ich kann mit alldem inzwischen gut leben und habe mich wieder im Griff, doch als ich befreit wurde, habe ich immer gesagt, dass ich kaputt bin und dass ich niemals wieder die Alte werde. Keiner hat mir geglaubt ... ich selbst habe es vergessen mit Elian, durch Elian. Doch es ist, wie ich es damals gesagt habe, ich bin völlig kaputt, Emilia, und jetzt muss nicht nur ich damit leben, sondern auch noch Elian, und das ... bringt mich um den Verstand. Er hat das nicht verdient.«

Emilia bleibt stehen und greift nach ihrem Arm, sie sieht die Tränen in Alenas Augen und schüttelt den Kopf. »Sag doch so etwas nicht, Alena. Es ist doch allen bewusst, dass diese ganze Sache immer wieder mal hochkommen wird. Das weiß auch Elian und ich denke nicht ...«

Nun kann Alena ihre Tränen nicht mehr zurückhalten. »Es tut mir einfach nur leid ... ich habe noch nie mit jemandem darüber gesprochen, doch es raubt mir immer mehr den Schlaf. Ich ... es sind nicht nur Erinnerungen, die mich quälen, verstehst du? Elian hat mir viel geholfen, sehr viel, in allen Bereichen. Er war immer geduldig mit mir. Du weißt, dass mich Benjamin niemals vergewaltigt hat, doch er hat viele Experimente und Untersuchungen gemacht und mir auch Sachen eingesetzt. Dabei ist einiges kaputt gegangen. Ich wurde untersucht und behandelt, doch die Ärzte haben immer gesagt, dass sich erst mit der Zeit zeigen wird, wie groß die Schäden sind.«

Sie blickt zu Boden und dann erst wieder in Emilias Augen. »Es hat gedauert, doch ich liebe Elian über alles und irgendwann war ich auch bereit, mit ihm zu schlafen. Ich wollte es wirklich, doch es tat weh, fast jedes Mal, mal mehr, mal weniger; wir versuchen es immer wieder, es geht auch manchmal, manchmal habe ich keine oder nur leichte Schmerzen, doch die Angst, es könnte plötzlich doch wehtun, ist immer da. Wir beide sind nur noch ... verkrampft, das, was wir haben, kann man kein normales Sexualleben nennen. Kein normales Leben, in kaum einem Bereich. Ich verstehe einfach nicht, was Elian bei mir hält, außer sein Mitleid.«

Auch wenn es ihr schwerfällt, versucht Emilia, sich nicht anmerken zu lassen, wie überrascht sie ist. Sie möchte Alena nicht verunsichern. »Ich verstehe, und das belastet euch natürlich.« Alena zuckt die Schultern. »Mich belastet es. Elian sagt immer, es sei in Ordnung, er nimmt mich in den Arm und erklärt, dass es irgendwann besser wird. Wir sind seit fast zwei Jahren zusammen, Emilia, er drängt mich zu nichts und hat Verständnis, doch er kann doch so nicht glücklich sein. Ein Mann wie er, Emilia. Weißt du, wie viele Frauen er bereits hatte, was er vor mir für ein Sexualleben hatte? Ich kann ihm nichts bieten, keinen Sex, nicht die Liebe, die er verdient hat. Ich merke selbst, wie ich phasenweise komplett in mich zurückkehre und kalt zu ihm bin. Wir werden wahrscheinlich keine Kinder haben ... es macht mich krank, wenn ich ihn mit Vida und Paz sehe und weiß, dass er das wegen mir vielleicht nie haben wird und zu sehen, wie seine Mutter mich anblickt, wenn sie ihre Enkel auf dem Arm hat, weil sie weiß, dass Elian das niemals haben wird, wenn er mit mir zusammen bleibt.«

Jetzt, nachdem sie angefangen hat, alles herauszulassen, kann sie gar nicht mehr aufhören und man sieht, wie sehr es sie erleichtert, alles auszusprechen und gleichzeitig, wie sehr sie all das belastet. Ihre Tränen strömen immer stärker aus ihren Augen, all das scheint sehr schwer auf ihrem Herzen gelegen zu haben. Emilias Herz zieht sich krampfhaft zusammen, sie weiß nicht einmal, was sie Alena zu alldem sagen soll.

»Ich weiß nicht, ob das alles nicht nur Mitleid ist. Er liebt mich, aber vielleicht eher aus Mitleid heraus ... ich weiß es einfach nicht. Damals war es sicher viel Mitleid, dass er mir bei allem geholfen hat und jetzt ... er würde mich nie von sich stoßen, auch wenn er selbst diese Beziehung nicht haben möchte, weil er weiß, was mir passiert ist und er es nicht übers Herz bringt, mir auch wehzutun. Aber das ist doch keine Basis für eine Beziehung?«

Sie sieht Emilia in die Augen.

»Sofia macht kein Geheimnis daraus, dass ihre Freundin in Elian verliebt ist und wie gut sie zusammenpassen würden. Das Schlimmste ist, sie hat recht! Ich weiß selbst, dass er mit ihr ... mit jeder anderen Frau eine normale Beziehung führen könnte, etwas ganz anderes haben würde, als das kaputte, was ich ihm nur bieten kann und das macht mich ... es erstickt mich, neben ihm zu liegen, nachdem wir wieder verkrampft probiert haben, uns nah zu kommen und zu wissen, was er hatte und wieder haben kann, zu ahnen, was ich ihm alles vorenthalte, wenn ich bei ihm bleibe und ... einfach zu wissen, dass ich sein Leben belaste, statt es zu verbessern. So sollte es doch nicht sein, oder Emilia? Man sollte doch das Leben der Person, die man über alles liebt, nicht belasten? Deswegen gehe ich ihm aus dem Weg, um ihm zu zeigen, dass sein Leben ohne mich für ihn besser ist. Um mir selbst Gedanken über all das zu machen und ihm nicht zu zeigen, wie sehr mich das alles belastet und ihm noch mehr Sorgen zu machen.«

Nun weint sie richtig, Alena zittert und Emilia nimmt sie in den Arm. Wie konnte sie mit all dem leben, ohne mit jemandem darüber zu sprechen?

»Das tut mir so leid. Du hättest das nicht so lange mit dir alleine ausmachen sollen.« Sie wünschte, sie wüsste jetzt etwas Aufmunterndes zu sagen, doch alles, was sie tun kann ist, Alena fester an sich zu drücken. »Es tut mir so leid ...«

# Kapitel 2

Belinda tritt auf den Rasen.

Sie streckt die Nase der Sonne entgegen und atmet dankbar ein.

Es ist beängstigend, wie schnell die Zeit vergangen ist. Heute ist der zweite Geburtstag ihrer kleinen Wirbelwinde und ihr kommt es so vor, als hätte sie sie gerade erst geboren.

Es war sehr turbulent in den letzten zwei Jahren, doch durchweg positiv.

Camillas und Dantes Sohn Salva ist der liebste Spielkamerad von Vida und vor allem von Paz. Die beiden halten zusammen alle auf Trab, während Vida darauf wartet, mit Lillys und Santos' Tochter Mariza zu spielen, die vor fünf Monaten zur Welt kam.

Die Familias wachsen und wachsen und das nicht nur wegen der Babys.

Auch wenn sie alle es nie für möglich gehalten hätten, tut der Frieden, der nun zwischen den Familias herrscht, allen gut. Auch ihren Geschäften, weil sie sich einfach mehr darauf konzentrieren können und mehr Möglichkeiten haben.

Die Regeln wurden neu festgesetzt. Mittlerweile ist es normal, dass die engste Familie, das bedeutet, ihre Brüder und ihr Vater und Alenas Mutter und ihr Bruder, so wie auch Levi und ihr Onkel zu ihnen in die Cuidad können. Bei den Männern kommt das nicht sehr oft vor, da auch Belinda mehr Zeit bei ihrem Vater im Haus verbringt, um alle jeden Tag oder spätestens jeden zweiten zu sehen.

Am häufigsten kommt Alejandro vorbei; wie Belinda es immer geahnt hat, versteht er sich am besten mit Vidal. Wenn man ihre Vorgeschichte vergisst, könnte man fast glauben, sie wären gute Freunde.

Vidal und Elian gehen ebenfalls in der Cuidad der Cinco Sombras ein und aus, auch Dante hat sie dort schon mal abgeholt, doch das alles ist noch zurückhaltend. Vidal versteht sich gut mit ihrem Vater, auch Vidals Vater ist verrückt nach seinen Enkeln, er hat beiden fahrende kleine Autos zum Geburtstag geschenkt.

Belinda bezweifelt zwar, dass sie sie fahren können, aber es freut sie, dass er doch sein Herz öffnen konnte.

Es ist nach den Zeiten des Sturmes Ruhe eingekehrt, eine angenehme Ruhe.

Ponce und Alina sind verlobt und Roman hat Emilia geheiratet. Sie feiern viele Feste, doch auch das alles noch sehr getrennt. Heute feiern sie hier und morgen noch einmal bei ihrem Vater den Geburtstag der Zwillinge, so ist es auch an Weihnachten und allen anderen Tagen.

Ihr Vater und ihre Brüder waren heute Morgen kurz da und sie haben gefrühstückt mit den Kleinen. Es ist mehr, als sich Belinda erträumt hatte, sie wusste nicht, ob solch ein Frieden möglich ist, doch das einzige Mal, dass Belindas und Vidals Vater aufeinandergetroffen sind, war, um neue Regeln auszuhandeln, danach nie wieder und vor allem an Tagen wie heute schmerzt es Belinda und das wissen auch alle.

Vidal und sie sind glücklich, sehr glücklich. Vida und Paz sind der Segen ihrer Liebe, doch immer, wenn er sie bittet, seine Frau zu werden, kann sie ihm nur antworten, dass sie ihre Hochzeit nicht zweimal feiern wird und auf keinen Menschen, den sie liebt, verzichten möchte.

Er hat es langsam aufgegeben zu fragen, doch auch wenn sie weiß, dass sie mit der jetzigen Situation schon zufrieden sein kann, hat sie die Hoffnung nicht ganz aufgegeben, dass sie auch das noch besser hinbekommen.

Belinda sieht zum Himmel, es ist genauso heiß wie am Tag der Geburt der Zwillinge, doch man sieht weit hinten einige dunkle Wolken aufziehen.

Belinda hat in den letzten Tagen ein ungutes Gefühl.

So ruhig alles auch ist, hat sie ein wenig die Befürchtung, dass etwas passiert, sich neuer Ärger ankündigt, vor allem bei Alejandro hatte sie das Gefühl, es stimmt etwas nicht.

Das Verhältnis zwischen ihnen war schon immer besonders. Doch gerade der Tod von April und ihre Trauer um sie hat sie noch mehr zusammengeschweißt.

Belinda hat alle Phasen von Alejandro miterlebt.

Die große Trauer, das Verdrängen, die Ablenkung, aber so langsam scheint er gelernt zu haben damit zu leben, doch seit einigen Tagen wirkt er wieder fahrig und durcheinander.

Belinda sieht vom Himmel weg, sie hofft, sie bildet sich das nur ein. Sie möchte, dass diese Zeiten der Ruhe anhalten, sie tun ihnen allen gut.

Vida und Paz kommen auf sie zugerannt. Sie haben die Torten und Kekse bestaunt. Es gibt eine Einhorn- und Cars-Party, alles in einem, und als die beiden auf sie zustürmen, kniet sich Belinda hin und sieht ihnen entgegen.

Paz ist ein Ebenbild seines Vaters. Er sieht aus wie Vidal, doch er trägt den gleichen Leberfleck wie Alejandro und sie auf der Wange. Er ist wild und laut und alle Männer lieben ihn über alles, sein Vater kann Stunden mit ihm herumtoben.

Obwohl er und Vida Zwillinge sind, könnten sie nicht unterschiedlicher sein.

Vida ist hell, noch heller als Belinda. Sie hat sehr viel von Belindas Mutter. Sie hat hellbraune Locken, die mittlerweile schon richtig lang sind, dazu grüne Augen mit hellbraunen Sprenkelungen darin, ähnlich wie Belinda, aber noch ein wenig heller. Vidal macht sich schon jetzt Sorgen, wie sie den Männern den Kopf verdrehen wird, wenn sie älter wird, und auch wenn sie genauso alt wie Paz ist, ist er ganz anders zu ihr. Er trägt sie ständig herum und sie schläft fast jede Nacht auf seiner Brust ein. Vidal und alle anderen tragen sie auf Händen und sie hängt neben Vidal vor allem an Alejandro und ihrem Vater.

Heute tragen beide komplett weiß, Vida ein weißes Kleid und Paz eine Hose mit einem Hemd.

Belinda nimmt sie in die Arme und drückt ihre beiden Engel fest an sich.

Sie blickt noch einmal zum Himmel, und statt wie sonst dorthin zu lächeln und an ihre Mutter, April und ihre Tante zu denken, sieht sie besorgt auf die aufziehenden Wolken und drückt ihre Kinder automatisch fester an sich.

»Es hat länger gedauert, doch alle kommen gleich.« Sie hat ihre Engel noch nicht losgelassen, als Vidal hinter ihr erscheint und ihr einen Kuss auf den Mund gibt, während er Vida auf seinen Arm nimmt.

»Sieh dir meine Princesa an, du bist wunderschön, genau wie deine Mutter.« Vida reicht ihrem Vater eine Blume, die sie gepflückt hat und Vidal beugt sich zu Paz und küsst seinen Sohn auf die Wange. »Gefällt dir deine Torte?« Paz grinst und Belinda muss lächeln.

Einen Moment hält Vidal ein. Er sieht Belinda in die Augen und nimmt Paz und sie auch noch in den Arm. »Vor zwei Jahren hast du mir die zwei schönsten Geschenke gemacht, das hier bedeutet mir alles, mein Herz. Ich liebe dich.«

Belinda legt ihren Kopf an seine Schulter und atmet seinen vertrauten Duft ein. »Ich werde niemals dein Gesicht vergessen, als du mich und das Blut gesehen hast.« Sie sieht ihm in die dunklen Augen und küsst Vidal auf den Mund. »Du bist mein Leben geworden, ich wüsste nicht, was ich getan hätte, wenn dir etwas passiert wäre, doch ...«

»Wo sind meine Babys?« Camilla kommt zu ihnen, hinter ihr Dante mit Silva auf dem Arm. Nun sind Vida und Paz nicht mehr zu halten, zusammen mit Silva, der sich vom Arm seines Vaters drückt, rennen sie zum Buffet. Belinda umarmt Camilla, was mittlerweile immer schwerer wird, sie erwartet in wenigen Wochen ihren nächsten Sohn und durch die Hitze fällt ihr alles immer schwerer.

Keine drei Minuten später kommen Vidals Eltern und die Tanten und Onkel zusammen mit Elian, Suela, Sofia und deren Freundin herein. Benito, Cuca, Delicia und Aaron kommen auch wenig später, genau wie andere Männer der Puentes mit ihren Frauen und den Kindern. Es wird lauter und lauter, die Musik wird angestellt, das Essen zubereitet, die Piñatas aufgeschlagen und die Kinder rennen im Garten herum.

Es ist bunt, laut und wild, doch Belinda liebt es. Sie sitzt neben Camilla und Delicia und sieht dem wilden Treiben zu. Die Männer schneiden mit den Zwillingen zusammen die Kuchen an, doch Paz kann es nicht erwarten und beißt einfach schon in den Kuchen hinein, sodass sein ganzes Gesicht vollgeschmiert ist. Die Männer lachen und Paz grinst zufrieden, er ist genauso wild wie sein Vater, und wenn Vidal ihn so auf dem Arm hat, sieht man ihre Ähnlichkeit besonders stark.

Belinda hatte gehofft, dass Alena kommt, doch sie hat ihr geschrieben, dass sie morgen bei ihrem Vater dabei sein wird. Elians Freundin zieht sich immer mehr von den Puentes zurück und auch von ihm. Selbst Vidal ist das schon aufgefallen und er hat sie gefragt, was los ist, doch Belinda hatte noch nicht die Zeit und die Ruhe, Alena darauf anzusprechen. Sie hofft, dass sie es morgen schaffen wird.

Die Wolken sind weitergezogen, ohne ein größeres Unheil anzurichten, doch trotzdem bleibt ihr klammes Bauchgefühl. Sie sieht zu einem der Tische, an dem sich Elian hingesetzt hat und ausruht, nachdem er mit Paz, Silva und einigen anderen Jungen Fußball gespielt hat.

Er sitzt mit Suela und ihrer Freundin zusammen. Die beiden reden auf Elian ein und vor allem Suelas Freundin gibt sich alle Mühe, seine Aufmerksamkeit zu bekommen. Belinda atmet besorgt aus, doch sie möchte sich an diesem Tag nicht zu viele

Sorgen machen und steht auf, um mit den Kindern und Delicia zusammen einige Spiele zu spielen.

Die Feier ist wunderschön, und als am Ende eine Leinwand in den Garten gestellt wird, sobald es dunkel ist und überall nur noch gemütliche Lichter leuchten, kommt Vidals Geschenk an Belinda.

Sie wusste nichts davon, er hat einen Film schneiden lassen. Belinda steigen sofort Tränen in die Augen, als sie sich hochschwanger mit Vidal zusammen sieht. Sie sind mit Camilla und Dante im Haus am See gewesen. Es wird auch das Bild eingeblendet, was sie vier damals im Restaurant auf dem Meer zeigt. Ihr erstes gemeinsames Date. Nach dem Fotoshooting von Belinda, von dem auch die Bilder eingeblendet werden.

Damals wusste Belinda noch nicht, wer Vidal ist oder wer zu ihrer Familie gehört und dass das bedeutet, dass Vidal und sie einen langen Kampf führen müssen, doch jetzt sitzen sie hier zusammen und er wischt ihr die Tränen aus den Augen.

Paz und Vida werden kurz nach der Geburt gezeigt, mit allen zusammen, auch Bilder von ihrer Familie und den Kleinen sind dabei, es ist das schönste Geschenk, was sie jemals bekommen hat.

Man sieht ein Video von ihren ersten Schritten, wie böse Vidal damals den Arzt angesehen hat, als er Vida eine Impfung gegeben hat und diese sich kaum mehr beruhigen wollte. Belinda, wie sie in der Hängematte liegt und beide Babys friedlich auf ihrem Bauch schlummern, all diese Erinnerungen, die ihr Herz erwärmen. Alle sehen sich verliebt das Video an und als es endet, gibt Belinda Vidal einen langen Kuss und dankt ihm.

Es ist vieles, was sie ihm zu verdanken hat.

Vidal hat um sie gekämpft, er war bereit, für sie zu sterben und er hat sie und ihre Kinder niemals im Stich gelassen, im Gegenteil, er tut alles für sie und er ist der beste Mann, den sich eine Frau an ihrer Seite wünschen kann.

Die Feier war lang und der Tag war heiß. Paz und Vida schlafen auf Elians Arm ein, nachdem die ersten Gäste gegangen sind. Vidal und sein Bruder bringen sie nach oben und Belinda verabschiedet die restlichen Gäste, Benito und Cuca fliegen für einige Tage nach L.A., um sich dort um mehrere Geschäfte zu kümmern und somit brechen langsam alle auf.

Als Elian dann an ihr vorbei aus dem Haus geht, hält sie ihn am Arm zurück. »Ist alles in Ordnung mit Alena und dir?« Man hat es Elian heute Abend nicht eine Sekunde angemerkt, doch in dem Moment, als Belinda Alenas Namen nennt, verdunkeln sich die Augen von Vidals Bruder. Sie weiß, dass er Alena liebt, doch sie weiß auch, wie schwer ihre gesamte Situation ist.

»Ich weiß es nicht, sie redet nicht mit mir. Nicht richtig.« Belinda nickt und drückt seinen Arm einen Moment. »Ich werde morgen mit ihr sprechen, ihr beide schafft das. Diese Zeiten gibt es immer mal.« Elian lächelt nur matt und hebt noch einmal die Hand. »Ich bin mir nicht mehr so sicher, ob wir das echt schaffen. Schlaf gut, Belinda.«

Sie hat geahnt, dass einiges in der Luft liegt, doch sie spürt auch, dass das noch nicht alles war. Nachdenklich sieht sie Elian hinterher, bevor sie die Tür schließt und nach oben geht. »Ich habe die Kleinen ...«

Vidal hat sich sein Shirt ausgezogen und ist gerade dabei, seine Hose zu öffnen.

»Ich möchte dich heiraten.«

Auch wenn er sie die letzten zwei Jahre immer wieder gefragt hat und ihr unzählige Anträge gemacht hat, sieht er sie nun völlig überrascht an. »Du ... wieso?«

Belinda muss über seinen Gesichtsausdruck lachen und geht zu ihm. »Es ist nicht fair, was ich mache. Ich liebe dich über alles, ich liebe unsere Familie und wir beide mussten so viel durchmachen, um hier zu landen und so leben zu können. Wir haben zwei wundervolle Kinder und das allerbeste Leben und ja ... das mit unseren Familien funktioniert nicht so, wie ich es mir gewünscht habe, und ich weiß auch noch nicht, wie ich eine schöne Hochzeit haben soll, wenn nicht alle da sind, doch das darf mich nicht davon abhalten, den Mann zu heiraten, den ich über alles liebe und das Video heute hat mir das noch einmal gezeigt.«

Sie geht zu ihm und legt ihre Arme um seinen Hals. »Es tut mir leid, dass es so lange gedauert hat, bis du deine Antwort bekommen hast, aber ja … ich will deine Frau werden. Es gibt nichts, was ich mir mehr wünsche.«

Vidal küsst sie.

Sie wusste, wie wichtig ihm das alles ist, er wollte nie heiraten und als er sie dann gefragt und sie nicht einfach mit ja geantwortet hat, war das nicht leicht für ihn und sie spürt in seinem Kuss, wie erleichtert er jetzt ist.

Als er den Kuss beendet, greift er an ihr vorbei zum Nachttisch und zieht die Schachtel mit dem wunderschönen Verlobungsring heraus, der schon seit einiger Zeit dort liegt. »Ich verspreche dir, dass du die schönste Hochzeit bekommen wirst, mein Herz, vertrau mir einfach. Morgen komme ich mit zu der Feier und frage auch deinen Vater noch einmal nach seinem Segen.«

Liebevoll streift er ihr den Ring über den Finger, doch Belinda zieht die Augenbrauen hoch. »Es ist gut, dass du mitkommst, doch ich denke, du musst ihn nicht extra fragen … ich rede mit ihm und …« Vidal lacht und zieht sie enger an sich. »Doch das muss ich, Belinda, es wird alles gut, vertrau doch endlich darauf.« Er küsst ihre Wange und ihren Hals entlang und Belinda schließt die Augen. Sie wird ihm vertrauen müssen.

Langsam öffnet Vidal ihr Kleid und ihren BH. Er lässt sie aufs Bett gleiten und streift ihren Slip ab. Als sie dann vor ihm liegt, nur noch seinen Ring an ihrem Körper, lächelt er mild auf sie hinab.

»Kannst du dich noch an unseren ersten Kuss erinnern? Auf Dantes Geburtstagsparty, als du bei mir geschlafen hast?« Belinda schließt einen Moment verschämt die Augen. »Gott, ich war so …

ich wollte einfach nur sexy sein und dich verführen und am Ende habe ich dich vollgeheult und bin eingeschlafen.« Vidal lacht auf und beugt sich über sie. Kurz vor ihren Lippen hält er ein. »Ich habe damals gedacht, dass ich niemals wieder etwas so sexy und schön finden werde wie diesen Anblick, doch wenn ich dich jetzt sehe, nachdem du meine Kinder zur Welt gebracht hast und hier mit meinem Ring an deinem Finger liegst, muss ich sagen, dass das hier das sexyste ist, was ich jemals gesehen habe.«

Liebevoll küsst er ihre Lippen. »Ich liebe dich, mein Herz, und nichts wird das jemals ändern können.«

Bevor er in sein Haus geht, holt Elian sein Handy heraus. Er ruft Alena an. Sie geht nicht ran, wie so oft in letzter Zeit, doch sie hat ihm geantwortet auf die Frage, ob sie heute noch vorbeikommt.

'Ich schaffe es nicht, habt noch viel Spaß.'

Elian schüttelt nur den Kopf. Er schreibt ihr zurück.

'Wenn du nicht mit mir redest, kann ich nichts tun.'

Er hasst das. Er hasst das Gefühl, dass alles kaputt geht, alles, was ihm wichtig ist und er nichts tun kann, außer daneben zu stehen und zuzusehen. Er liebt Alena, er liebt sie jeden Tag mehr und er wusste, dass es nicht leicht wird, dass es so schwer wird, hat er aber nicht geahnt. Es gibt Zeiten, da ist nichts und dann kehrt sie ihm wie jetzt den Rücken zu und er weiß nicht mehr, wie er an sie herankommt. Es macht ihn wahnsinnig.

»Elian, du hast etwas vergessen.«

Loti, Suelas Freundin, steht plötzlich neben ihm, als er seine Haustür aufschließt. Sie hält ihm seine Waffe hin. Im Haus von Vidal müssen sie alle wegen der Kleinen die Waffen, falls sie eine tragen, hoch oben in ein Regal legen und er hat sie dort wirklich vergessen. »Danke.« Er will nach der Waffe greifen, doch Loti behält sie weiter in der Hand.

Die Freundin seiner Cousinen ist sexy, verdammt sexy, und das weiß sie auch. Sie hat einen guten Körper und lange rote Haare, dazu ein katzenhaftes Gesicht und volle Lippen. Sie flirtet offen mit Elian und es ist kein Geheimnis, dass sie Interesse an ihm hat. Auch jetzt kommt sie näher. »Ich finde Waffen sehr, sehr sexy.«

Statt ihm die Waffe in die Hand zu geben, rückt sie enger an ihn, sie beide gehen somit in sein Haus und sie schließt die Tür mit ihrem Fuß, während ihre Hände seine Taille umfassen und ihm die Waffe in den hinteren Hosenbund schieben.

Dabei drückt sie sich an seinen Schritt und Elian flucht leise auf. Er reagiert sofort, sein Körper ist in dieser Beziehung viel zu ausgehungert, als dass er das verhindern könnte.

»Du bist so verspannt, ein Mann wie du sollte nicht so angespannt sein. Du musst etwas lockerer werden. Suela hat mir gesagt, dass du früher viel lockerer warst.«

Loti weiß, was sie tut. Elian spürt ihren Busen an seiner Brust. Ihre Hand streicht erneut über seine Mitte und er hat das Gefühl, seine Hose ist viel zu eng. »Du weißt, dass ich nicht mehr zu haben ...« Geschickt gelingt es Loti, in seine Hose zu fassen und sie atmet tief ein, als sie ihn umfasst. »Oh Pappii, glaube mir, ich will dir nur helfen, dich zu entspannen. Du solltest nur das Beste bekommen.«

Er wünschte, er hätte mehr Kontrolle, doch die letzten Wochen und Monate und der Alkohol, den er heute frustriert zu sich genommen hat, lassen ihn aufstöhnen, seine Augen schließen und den Kopf in den Nacken legen.

»Endlich, zeig mir, was du willst.« Lotis Stimme wird rauer, ungeduldig öffnet sie seine Hose und ihre Lippen zeichnen eine Spur an seinem Körper entlang, bis sie seine Shorts herunterzieht und entzückt aufkeucht. »Du bist so groß und stark ...«

Spätestens jetzt sollte Elian das beenden, doch weiche Lippen umfassen ihn und saugen ihm den letzten Verstand aus dem Kopf. Er legt seinen Kopf an die Wand und greift in die vollen roten Haare; Loti ist geschickt und es dauert nicht lange, und Elian verspürt endlich mal wieder eine richtige Befreiung, ohne Zurückhaltung, ohne Sorge. Er atmet schneller und es dauert ein wenig, bis er die Augen wieder öffnen kann.

In dem Moment steht sie schon wieder vor ihm, leckt sich über die Lippen und drückt ihm einen Kuss auf. »Das nächste Mal wird noch besser, vertrau mir. Ich kümmere mich ab jetzt um dich.«

Ohne eine Antwort abzuwarten, verlässt sie das Haus.

Elian atmet tief ein und aus, sieht in den Spiegel vor sich und auf das Bild von Alena und sich auf dem Sideboard.

Wut schlägt in ihm hoch, er nimmt das Bild und schleudert es in den Spiegel, all das gerät außer Kontrolle. Er hat sich noch niemals so müde gefühlt, um etwas zu kämpfen und er hat das Gefühl, Alena will ihn loswerden. Er kämpft völlig umsonst. Er hat sich noch nie so elend gefühlt. Ohne überhaupt richtig weiter ins Haus zu gehen, verlässt er es wieder und nimmt sein Handy ans Ohr. Er ruft Benito an.

»Seid ihr schon im Flieger? Okay, wartet, ich bin gleich da. Ich begleite euch.« Sein Cousin stockt überrascht. »Machen wir, das kann aber einige Tage dauern, das weißt du.« Elian steigt in sein Auto. »Je länger ich hier weg bin, umso besser.«

## Kapitel 3

Nach diesem anstrengenden Tag hat die Dusche gutgetan.

Emilia bindet sich ein großes Handtuch um und öffnet ihren Zopf. Wenn sie hinausgeht, trägt sie fast immer einen Zopf oder einen Dutt, doch zu Hause hat sie ihre Haare fast immer offen. Sie cremt sich ein und zieht ihren leichten Satinmantel an, der im Bad hängt. Als sie dann ins Schlafzimmer tritt, schreckt sie zusammen, als sie in Romans funkelnde grüne Augen blickt.

Er sitzt im abgedunkelten Raum, nur die kleine Nachttischlampe brennt, die Emilia angeschaltet hat.

»Du hast mich ...« Roman hebt die Hand, als Emilia beginnt, etwas zu sagen. Sie erkennt sofort die Reue in seinen Augen, sie weiß, dass er sie liebt und dass er sich schwertut, seine Gefühle zu zeigen und eine Ehe zu führen und vor allem sich zu ändern, doch sie weiß, dass er es für sie immer wieder aufs Neue probiert.

»Es tut mir leid, Engel. Ich hätte mich mehr zurückhalten müssen und ich denke auch immer wieder daran, doch in solchen Situationen werde ich einfach noch zu wütend. Aber ich arbeite daran und du musst einfach noch etwas Geduld mit mir haben. Sei nicht sauer auf mich.« Emilia ist genau vor ihm stehengeblieben und er umfasst ihre Beine.

»Ich bin doch gar nicht sauer ... es ist mehr Sorge als alles andere. Ich weiß, dass du immer in Gefahr sein wirst und dass deine Arbeit gefährlicher ist als die von anderen, aber genau deswegen musst du einen klaren Kopf behalten. Heute war es ein Stein, morgen ist es vielleicht eine Kugel. Ich möchte dich nicht verlieren, verstehst du das nicht? Ist das so egoistisch von mir, dich einfach nicht verlieren zu wollen?«

Noch immer trägt er das blutige Hemd, auch sein Gesicht hat Spritzer von getrocknetem Blut. »Nein, das verstehe ich ja auch, und ich werde das noch besser in den Griff bekommen, es ist nur, wenn ich merke, dass jemand uns für dumm verkaufen will ... oder als dann diese Sofia kam und ihre Bemerkungen gemacht hat, es gibt nichts Schlimmeres für mich, als zu wissen, dass dir jemand wehgetan hat, ich konnte mich in dem Moment einfach nicht zurückhalten.«

Wenn er so vor ihr sitzt, fällt es Emilia so leicht, all das wieder von sich zu schieben, sie sieht die Liebe in seinen Augen und weiß, dass er es probiert, sie muss Geduld haben und darauf vertrauen, dass sie ihm wichtig genug ist. Sie liebt Roman, die Gefühle, die sich für ihren Ehemann entwickelt haben, sind kaum in Worte zu fassen, sie weiß nicht, was sie getan hat, dass sie nun solch eine Liebe und Glück verdient hat.

»Komm mit!« Emilia nimmt seine Hand. Ohne zu fragen, folgt er ihr ins Badezimmer, wo sie ihm vorsichtig sein Shirt vom Körper streift. Sie öffnet seine Hose und zuletzt ihren Mantel, bevor sie wieder seine Hand nimmt und ihn in ihre große Dusche führt.

Sein Blick liegt auf ihr, doch er sagt nichts, als sie das warme Wasser anstellt und beginnt, die Blutspritzer von seinem Körper zu waschen. Auch sie wird wieder nass, auch ihre Haare, Roman legt den Kopf in den Nacken und schließt die Augen, das Wasser spült das getrocknete Blut weg. Auch für ihn wird das ein schwerer Tag gewesen sein, er wird sicherlich Kopfschmerzen haben.

Ihre Hände gleiten zu seinem Hals und er sieht zu ihr hinab. Nun umfassen auch seine Hände sie. »Du weißt gar nicht, wie dankbar ich bin, dass du mich liebst. Ich habe dich nicht verdient, Engel, ganz und gar nicht.«

Es ist nicht das erste Mal, dass Roman das sagt und er weiß, dass sie das nicht hören möchte. Außer seiner Wut, die er besser kontrollieren muss, ist er der perfekte Ehemann und das sagt sie ihm auch oft genug.

Als sie ihm jetzt in die Augen sieht, lächelt sie. »Ich möchte ein Baby von dir, Roman.« Seine Augen verengen sich. »Wie ... jetzt? Von mir? Seit wann möchtest du ein Baby?« Emilia schmiegt sich enger an ihn und küsst seine Schulter. »Ich denke schon länger darüber nach, doch das bedeutet, dass du wirklich mehr auf dich aufpassen musst, du solltest doch ein gutes Beispiel für unseren Sohn oder unsere Tochter sein. Möchtest du kein Baby?«

Roman streicht ihre nassen Haare nach hinten. »Ich habe noch nie darüber nachgedacht, ich weiß nicht, ob ich ein guter Vater sein kann, wenn es mir noch so schwerfällt, ein guter Ehemann zu sein.«

Sie schüttelt den Kopf. »Du bist der beste Ehemann, Roman, und ich bin mir sicher, du wirst unser Baby über alles lieben.« Er nickt. »Bestimmt. Wenn ich Vida und Paz bei mir habe, denke ich schon manchmal, wie es wäre. Denkst du, wir sind so weit?«

Da kann sie nur die Schultern zucken. »Ich weiß es nicht. Ich liebe dich über alles und ich werde auch dieses Baby über alles lieben und ich weiß, dass das bei dir auch so ist; ich denke, dass wir nicht perfekt sind, doch das ist ein guter Grundstein dafür.«

Roman küsst sie. Es ist einer dieser süßen Küsse, die ihre Knie weich werden lassen, selbst nach all der Zeit noch.

Roman hat ihr alles beigebracht. Zu lieben, sich fallen zu lassen, zu vertrauen, Geduld zu haben; und als seine Hände sie jetzt streicheln und sie den Geschmack ihres Mannes inhaliert, weiß sie, dass sie es auch schaffen, seine Wut in den Griff zu bekommen.

Wut kann nur mit Liebe geheilt werden und davon haben sie genug.

»Da sind ja meine Geburtstagskinder.« Paz und Vida rennen in die Arme ihres Opas, und Belindas Vater nimmt die beiden ohne Schwierigkeiten zusammen auf seine Arme. Er küsst ihre Wangen und Vida schmiegt sich an ihren Opa. Ihr Vater sagt ihr immer wieder, wie sehr Vida ihn an ihre Mutter erinnert, auch Belinda erkennt immer wieder neue Ähnlichkeiten, sie hat viel von Angelina geerbt und ist viel heller als Belinda.

Vida und Paz lieben es hier zu sein, es ist ihr zweites Zuhause. Belinda ist jeden zweiten Tag hier, manchmal auch jeden Tag, und wenn sie im Center hilft, sind die beiden meistens bei einem ihrer vielen Onkel.

Ihr Vater gibt Belinda einen Kuss und begrüßt Vidal. Sie verstehen sich, zwischen den beiden erkennt man kaum mehr etwas von der alten Feindschaft der Familias, was zum größten Teil daran liegt, dass ihr Vater schnell die tiefe Liebe verstanden hat, die Vidal für Belinda empfindet und das respektiert. Er weiß, dass sie bei ihm sicher ist und er sieht, wie sehr Vidal sich um seine Familie kümmert und wie sehr er seine Kinder liebt.

Es ist nicht gewöhnlich, dass er sie jetzt begleitet, normalerweise wäre Belinda alleine gekommen, doch es stört ihn offenbar auch nicht, und vielleicht ist das ja ein weiterer Schritt dahin, die Familias zu vereinen.

»Du hast ja wirklich ganze Arbeit geleistet.« Vidal und Belinda treten nach draußen. Der Garten ist in ein Kinderparadies verwandelt worden, was offenbar unter dem Motto Süßes steht. Überall stehen überdimensionale Lutscher als Dekoration, eine Hüpfburg in bunten Bonbonfarben ist aufgebaut, riesige Luftballons in der Form von Bonbons fliegen herum, es gibt überall Süßigkeiten, kleine Ponys zum Reiten stehen bereit und die vielen Kinder der Cinco Sombras hüpfen im Garten herum. Es gibt große Torten. Überall sind Wassersprenger aufgestellt, über die die Kinder hüpfen und die sie abkühlen, ihr Vater hat sich viel Mühe gegeben.

»Das sieht toll aus, Papa, sieh nur, wie die Kleinen sich freuen.« Auch hier haben Vida und Paz ihre Freunde. Lilly kommt mit Mariza zu ihnen, die Belinda gleich auf den Arm nimmt. Santos' kleine Tochter trägt ein rosa Kleid mit passendem Stirnband und sieht sich neugierig um. Auch Vidal küsst die weichen Wangen von Mariza. Er hatte sie genau wie Belinda bereits kurz nach der Geburt auf seinen Armen, und egal was zwischen den Familias jemals stand, die neue Generation, die Kinder, bekommen von alldem nichts mehr mit und das freut Belinda besonders, wenn sie daran denkt, dass Sofia, Petro und auch Emilia ihre gesamte Kindheit über unter diesem Krieg leiden mussten.

Santos und Levi sind bereits im Garten und Paz sitzt sofort auf Santos' Schultern. Nach und nach kommen alle, es gibt auch für die Erwachsenen Burger und Nuggets, die etwas vornehmere Variante, doch es schmeckt sehr gut und die Kinder kommen nicht einmal vom Rasen zu ihnen auf die Terrasse, so viel Spaß haben sie zusammen.

Ponce sitzt mit Vidal neben ihr, ihre Brüder haben Vidal an ihrer Seite akzeptiert, es ist ein wenig so, als blenden sie aus, wer er ist, wenn er mal hier ist und auch heute geht das sehr gut.

Zusammen mit Alina kommen Alena, Roman und Emilia in den Garten. Alena blickt verwundert zu Vidal, als sie sie alle begrüßt. »Ist Elian auch hier?« Vidal sieht Belinda einen Moment in die Augen und dann wieder zu Alena, die sich neben Belinda setzt. »Nein, hast du nicht mit ihm gesprochen? Er ist gestern Nacht nach L.A. geflogen für einige Zeit.« Sie schüttelt nur leicht den Kopf. »Nein, wir hatten noch nicht miteinander gesprochen. Ich melde mich später bei ihm.« Belinda stellt ihr Glas weg, was ist da bloß mit den beiden? Sie muss unbedingt mit Alena sprechen, und als sie Emilias unruhigen Blick bemerkt, weiß sie, dass nicht nur sie das alles merkwürdig findet.

Doch jetzt ist nicht die richtige Zeit dafür. Es wird später, die Zeit verfliegt förmlich und dann erscheint auch Alejandro. Er küsst Belinda und begrüßt Vidal, dann setzt er sich neben ihn, da Ponce schon bei den Kindern ist.

Jedes Mal wenn Belinda Alejandro sieht, kann sie nicht anders, als ihn genau anzusehen. Sie achtet auf seine Augen, ob sie betrübt sind oder wieder ein wenig glänzen, was seltener der Fall ist. Er trainiert wieder mehr, er geht viel aus, seine Augenringe verraten, dass er nicht ausreichend schläft, doch das Schwere, was lange über ihm hing, ist nicht mehr da und deswegen lächelt Belinda, als er Paz zu sich ruft.

Ihr kleiner Sohn kommt angelaufen und hält einen kaputten Zug in der Hand. In seinen dunklen Augen schwimmen Tränen, die untere Lippe bebt, doch er geht tapfer zu seinem Onkel. »Komm her, mein bester Freund. Was ist passiert? Was hat Omar getan?« Die Söhne der anderen Männer der Sombras sind meistens schon älter und offenbar hat einer von ihnen Paz' Zug zerstört. Belindas Herz zieht sich zusammen, ihren Sohn so traurig zu sehen, am liebsten würde sie ihn in den Arm nehmen, doch sie lässt Alejandro das machen, auch Vidal sieht ruhig zu, wie ihr Bruder Paz auf seinen Schoß nimmt, der seinen Onkel mit Tränen in den Augen ansieht.

Alejandro hat eine besondere Gabe, schneller als alle anderen erfasst er Situationen. Keiner von ihnen hat das gesehen mit dem Zug, Alejandro kommt in eine Situation und erfasst so viel mehr als alle anderen.

»Der Zug ... ist kaputt.« Paz kämpft tapfer mit den Tränen. Alejandro nimmt seinem Neffen den Zug ab und küsst seine Wangen. »Du bist jetzt zwei Paz und du bist bald so stark wie dein Onkel ...« Vidal neben ihm lacht leise auf, doch Paz sieht Alejandro ernst in die Augen und nickt. »Du brauchst nicht wegen eines Zuges weinen, wisch die Tränen weg, geh und spiel weiter, ich komme dich morgen von zuhause abholen und wir kaufen einen neuen, einen besseren, okay? Davon lässt du dir doch deinen Geburtstag nicht verderben, oder?«

Paz schüttelt den Kopf und sieht ernst zu Alejandro. Er ist so süß, wenn er versucht, so stark wie seine Onkel und sein Vater zu sein. Belinda erkennt in Alejandros Augen die tiefe Liebe für seinen Neffen, auch ihr Vater, Vidal und Santos sehen ihn voller Liebe an.

Eine Träne hat es doch geschafft, aus Paz' Augen zu entwischen. Alejandro wischt diese weg und drückt Paz an sich. »Ich liebe dich, geh spielen und lass dich nicht ärgern.« Er setzt Paz wieder auf den Boden und sie alle beobachten, wie er blitzschnell auf den Rasen rennt und dabei Omar gegen das Schienbein tritt. Santos lacht auf. »Er kommt ganz nach uns.«

Der Nachmittag und der Abend sind wunderschön. Belinda hat nicht geahnt, wie sehr sie es genießt, wenn Vidal so unbeschwert wie heute bei ihnen ist. Nachdem die Sonne untergegangen ist und die Kinder mit ihren Eltern alle gegangen sind, sitzen nur noch Alejandro, Santos, Ponce, ihr Vater, Lilly, Alina und sie um den Tisch herum. Vida schläft auf Alejandros Arm und Paz bei ihrem Vater im Arm, beide halten große Lutscher in der Hand und keiner lässt sie los, nicht einmal im Schlaf.

Als Vidal sich dann räuspert und aufsetzt, beginnt Belindas Herz schneller zu schlagen, auch wenn das eigentlich unsinnig ist, doch sie sieht trotzdem aufgeregt zu ihrem Vater.

Vidal greift nach ihrer Hand und küsst sie, dann zeigt er den Ring an ihrem Finger, den noch niemand heute bemerkt hat. Alejandro lacht auf, bevor Vidal etwas sagen kann. »Hat sie endlich ja gesagt?« Sie waren bei einigen Diskussionen und Anträgen dabei. Vidal drückt ihre Hand. »Ja, mit eurer Schwester hatte ich es noch nie besonders leicht, doch dafür ist das dann umso wertvoller. Belinda möchte endlich meine Frau werden. Sie hat die Hoffnungen aufgegeben, dass sie ihre Traumhochzeit bekommen wird, doch ich weiß, dass wir alle alles dafür tun werden, dass sie diese bekommt. Ich habe keinen Zweifel, dass wir das hinbekommen. Doch bevor es so weit ist, möchte ich trotzdem noch einmal nach eurem Segen für diese Ehe fragen. Es ist wichtig, dass nicht nur Belinda und ich hinter dieser Entscheidung stehen.«

Sie sehen zu ihrem Vater, der Paz auf den Kopf küsst. Niemand hier ist von den Neuigkeiten überrascht, wie sollten sie? Doch Belinda ist gespannt, was ihr Vater dazu alles zu sagen hat.

»Meinen Segen habt ihr schon lange. Ich weiß, dass Vidal sich gut um dich kümmern wird und dich über alles liebt. Das reicht mir!«

Belinda lächelt ihren Vater dankbar an, sie hätte mehr Worte erwartet und auch Vidal scheint über seinen sofortigen Zuspruch verwundert zu sein, doch dann sieht er zu Santos. »Meinen Segen habt ihr.« Ponce zwinkert ihr zu. »Meinen schon lange.« Nun sehen alle zu Alejandro.

Man kann gar nicht genau definieren, wieso es so ist, doch die Bindung zwischen Belinda und Alejandro ist besonders stark. Er sieht ihr in die Augen und dann zu Vidal.

»Ihr habt meinen Segen, ich werde euch auch bei allem unterstützen, doch wir alle wissen, dass diese Hochzeit eine komplette Zusammenführung der Familias bedeutet ...«

Das ist das, woran Belinda auch nicht glaubt, besonders nicht mit Vidals Vater, Roman, Benito, es gibt so viel was dagegen spricht, dass wissen sie alle und Alejandro grinst. »Ich bin sehr gespannt, wie ihr das anstellen wollt.«

# Kapitel 4

Alejandro knackt seine müden Knochen.
Er ist erschöpft. Die letzten Verhandlungen waren nervenaufreibend. Dazu die Sorge um Belinda und die Familia. Er hat das Gefühl, er müsste sich teilen, um überall gleichzeitig zu sein, um alles unter Kontrolle halten zu können.
Als er in seine Küche tritt, muss er sofort lächeln über das Bild, was sich ihm bietet. April steht in der Küche, sie hört Radio und wirbelt umher. Ihre Haare sind geglättet und sie trägt eine Pyjamashorts und eines seiner Shirts.
Alejandro hat niemals etwas Schöneres gesehen. Als sie sich umdreht, legt sich ein bezauberndes Lächeln auf ihre Lippen. »Da bist du ja, ich habe Essen gekocht. Ich weiß, du wolltest essen gehen, doch ich dachte, wir könnten hierbleiben und es uns gemütlich machen.«
Es riecht gut. Alejandro legt seine Waffe ab und sein Handy weg und geht zu ihr in die Küche. »Eine sehr gute Idee, ich bin müde. Was hast du gekocht?« Sie zeigt auf eine Auflaufform.
»Überbackende Käsemakkaroni, ein Geheimrezept, das musst du probieren.« Sein Herz weitet sich, als er in ihr wunderschönes Gesicht sieht. Er hat es ihr wirklich nicht leicht gemacht und trotzdem erkennt er diese tiefe Liebe in ihren Augen und wie glücklich sie ist.
»Das hört sich gut an, komm mal her.«
Alejandro zieht April an sich und nimmt ihr den Teller aus der Hand, den sie gerade befüllen wollte. »Es fühlt sich gut an ... dass du hier bist.« Seine Hände gleiten ihre Taille entlang, hin zu ihrem Po, während er sie auf ihre Lippen küsst. April schmiegt sich an ihn und sofort reagiert Alejandros Körper auf sie.
Er kann nicht aufhören sie anzusehen, er küsst immer wieder ihre Wangen, ihre Nase, atmet gierig ihren Duft ein. »Es tut mir leid,

dass ich so wenig Zeit für dich hatte. Ich muss mich um einiges kümmern, das mit Belinda, die Familias. Ich muss mich um die Sicherheit für alle kümmern und ...«

April zieht sich zurück und lächelt ihn voller Liebe an, sie ist so rein, so perfekt, und Alejandro greift nach ihr, als sie sich zurückzieht. »Du passt auf alle auf, Alejandro, aber leider nicht auf mich.«

Er zieht seine Hand zurück. »Was redest du da? ... Natürlich schütze ich dich auch, April. Was ist los?« Sie lächelt noch immer und streicht über seine Wange. »Nein, mein Schatz, das kannst du nicht. Ich hoffe, du weißt, wie sehr ich dich liebe und wie sehr ich all das gewollt habe.«

April weicht immer weiter zurück. »April, wieso sagst du so etwas? Natürlich werde ich dich schützen, du bist ... April? April!« Sie verschwimmt vor seinen Augen und er sieht sich schockiert um. »Nein, das kannst du nicht.«

»April!«

Alejandro setzt sich in seinem Bett auf und schüttelt den Traum, wie so viele davor, von sich. Ein leiser Fluch legt sich auf seine Lippen, wieso ist er aufgewacht? Sie war so real, er hat sie gespürt, er wünschte, er könnte noch einmal zurück und diesen Traum weiter träumen. April wieder bei sich haben, doch er hat das schon so oft probiert und nie hat es funktioniert.

Alejandro flucht leise auf. Das wirft ihn immer wieder zurück. Es ist ganz still im Haus. Zu still. Er steht auf und geht ins Bad. Als er in die Dusche will, prasseln Erinnerungen auf ihn ein und er tritt zum Waschbecken, wäscht sein Gesicht, macht sich frisch und geht zurück in das Schlafzimmer.

Er zieht sich eine Shorts und Sneakers an, läuft die Treppe hinab und beginnt sofort zu laufen. Er weiß, dass das hilft. Wenn ihn nach solch einer Nacht die Erinnerungen zu erdrücken drohen, macht er Sport oder er geht joggen.

Nur wenige Männer sind schon auf den Beinen, die Geburtstagsfeier der Zwillinge gestern ging lang, danach sind einige noch feiern gegangen, auch er. Mittlerweile kann er all das wieder zulassen, er hat gelernt, damit zu leben, es ist seltener, dass ihn die Erinnerung an April so einholt wie in diesen Traum.

»Hey, ich wollte gerade zu einem Treffen mit neuen Lieferanten, kommst du mit?« Sein Vater steht vor dessen Haus mit seinem Onkel, doch Alejandro hebt nur die Hand und joggt weiter. »Ich brauche noch, ich komme nach.« Als er den besorgten Blick seines Vaters spürt, beschleunigt er seine Schritte.

Er läuft fast in Roman hinein, der mit Emilia zu seiner Mutter geht, wahrscheinlich um dort zu frühstücken. »Du hast gestern drei Stunden trainiert, hast du nicht mal irgendwann genug?« Alejandro klopft im Vorbeilaufen auf Romans Bauch und zwinkert Emilia zu. »Heute Abend bist du auch wieder dran!«

Wieder beschleunigt er und verlässt die Cuidad auf das Erweiterungsgelände.

Es sieht schon sehr gut aus, die ersten Häuser stehen und auch sein Haus hat schon Form angenommen. Die Familia wächst und wächst. Sie werden erfolgreicher und wer gedacht hat, dass sie sich selbst im Weg stehen, wenn sie in Frieden mit den Puentes leben, hat sich schwer getäuscht.

Im Gegenteil. Sie bekommen sogar immer mehr Anfragen für beide Familias. Die Leute wollen sich nicht mehr zwischen den Puentes und den Sombras entscheiden müssen, sie wollen beide zusammen. Es gibt keine stärkere Macht. Und auch wenn sich kaum einer vorstellen kann, dass die Familias mal so weit zusammenarbeiten werden, haben Vidal und er sogar schon einige Male darüber gesprochen.

Durch die Hochzeit von Belinda und Vidal wäre das sogar noch wahrscheinlicher, aber man muss erst noch abwarten, was sich entwickelt. So zuversichtlich wie er ist niemand anderes aus seiner Familia.

Sie brauchen mehr Platz, sie hatten vor umzuziehen, doch das Center ist aufgebaut und sie hängen alle an diesem Gebiet, deswegen haben sie nach hinten weiter angebaut. Es war bisher immer nur totes Land und das Meer hinter ihrer Cuidad, nun entstehen weitere Straßen. Er lässt sich ein neues Haus bauen. Er mag sein altes, doch die Idee war, die inneren Kreise weiter nach hinten zu setzen, dann nehmen Aaron und die anderen engeren Kreise ihre jetzigen Häuser, so rücken alle etwas auf und es wird neuer Platz geschaffen, dazu kommen neue Lagerräume, Garagen und es soll auch ein großer Spielplatz entstehen, da es immer mehr Kinder hier gibt und dadurch auch noch mehr Sicherheitsvorkehrungen.

Alejandro ist froh, seinen Kopf wieder etwas freier zu bekommen. Er joggt durch das neue Gebiet auf den Berg zu, der nun das Ende des Gebietes bildet. Es ist perfekt, er joggt den Berg hoch, hier oben soll neben mehreren Wachposten auch eine Ebene für Feiern gebaut werden, wahrscheinlich ganz oben.

Als Alejandro dort ankommt, bleibt er stehen und sieht auf das gesamte Sombras-Gebiet hinab. Von hier hat man einen atemberaubenden Ausblick. Seine Lungen ächzen nach Luft, sein Herz rast, sein Körper ist noch nicht bereit für diesen Sport, doch er muss ihn dadurch quälen, um seine Gedanken daran zu hindern, ihn wieder an das zu erinnern, was ihm den Boden unter den Füßen weggezogen hat.

Er hat einiges erlebt und durchgemacht, all das mit Benjamin, Alena, Belinda, den Puentes, ein Jahr ging alles drunter und drüber, doch trotzdem hatte er irgendwie immer noch Macht über all das. Zumindest vom Gefühl her. Es hat ihn wahnsinnig gemacht, er musste alles unter Kontrolle halten, hat gedacht, er hätte es und dann hat er sie verloren. Er war nicht da, er wollte alle schützen und hat sie dabei allein gelassen.

Die letzten zwei Jahre hat er unzählige Male gehört, dass es nicht seine Schuld war, dass er das nicht hätte verhindern oder ahnen können und ja, vielleicht weiß er das mittlerweile selbst, doch trotzdem hat er ein schlechtes Gewissen.

April hat ihn geliebt und auch er hat sie geliebt, doch ihre Gefühle waren stärker und reiner. Hätte er sie gebeten, wäre sie bei ihm geblieben, doch er hat es nicht getan. Er hätte es sicherlich irgendwann getan, doch zu dem Zeitpunkt war es nicht so.

Sie hätte bei ihm sein können, wo er sie hätte schützen können, statt in ihrem Laden von irgendeinem Drogenabhängigen wegen ein paar Dollar erschossen zu werden.

Die ersten Tage nach Aprils Tod ist Alejandro abgetaucht. Er war in einem Hotel und hat sich eingesperrt, um zu begreifen, was nicht begreifbar ist. Dann ist er nach Portland an ihr Grab geflogen und hat versucht zu verstehen, was geschehen ist.

Für wahrscheinlich das erste Mal in seinem Leben war ihm alles, was in Puerto Rico passiert, völlig egal. Er ist in Aprils Wohnung eingebrochen und hat dort zwei Tage verbracht, versucht, ihr dort noch einmal nah zu sein. Dabei hat er diese Liste gefunden.

Es war eine Liste mit Dingen, die April in ihrem Leben tun wollte. Sie hatte erst drei Punkte abgehakt. Nach Disneyland fahren, Europa besuchen und aus vollem Herzen zu jemanden 'Ich liebe dich' sagen und es auch so meinen. Die Punkte auf der Liste scheinen über Jahre entstanden zu sein und als letzter Punkt auf der Liste stand geschrieben: Alejandro heiraten.

Diese Liste hat ihm auch gezeigt, dass nicht nur er jemanden verloren hat, sondern dass ein ganz besonderer Mensch viel zu früh von ihnen genommen wurde. Sie hatte nicht einmal Zeit, all das zu machen und er hat die Liste an sich genommen und all die Punkte für April abgehakt.

Er hat einen Tauchkurs gemacht. So albern und unsinnig ihm das in seiner schlimmste Trauerphase vorkam, er hat es getan und sich wirklich auf diesem Schiff April wieder näher gefühlt. Er ist zu den Polarlichtern gereist und hat den Karneval in Rio besucht. Er hat einen armen Menschen auf eine warme Mahlzeit eingeladen, ist den Walk Of Fame in L.A. entlanggegangen, hat unter einem Wasserfall gebadet, eine Kakaoplantage in Kamerun besucht und eine Woche in Irland verbracht. Er konnte sie nicht schützen, doch wenigstens das konnte er für sie tun.

Er war einige Wochen unterwegs, hin und wieder hat er sich gemeldet, er brauchte die Zeit und alle haben sie ihm gegeben. Als die Liste zu Ende war, ist er zurück nach Portland gereist. Aprils Wohnung war neu vermietet und er war auf dem Weg nach Mexiko, um dort für eine Weile unterzutauchen, doch Vidal hat ihn kontaktiert und ihm gesagt, dass Belinda die Babys bekommt und ihn braucht.

All das ist ihm wichtig und er würde dafür sterben. Für seine Brüder, die Familia, seine Familie, doch für seine Schwester hat er noch einmal ganz besondere Gefühle.

Er kann sich noch an ihr erstes Aufeinandertreffen erinnern und wie er sie gar nicht richtig wahrgenommen hat, doch jetzt ist sie sein größter Schatz und nimmt einen großen Teil seines Herzens ein und er weiß, dass er ihr genauso viel bedeutet, deswegen ist er sofort zurückgekehrt.

Die Liste abzuarbeiten hat ihm gut getan, in allen Bereichen. Er brauchte diese Auszeit nicht nur wegen der Trauer um April, auch so musste er von allem Abstand gewinnen. Doch als er dann zurückkam, begann die Zeit des Verdrängens, was nicht sehr gut geklappt hat, dann hat er sich abgelenkt.

Alejandro hatte immer viele Frauen, doch es gab dann wirklich Wochen, wo er wie verrückt eine Frau gesucht hat, die die Leere in ihm füllen konnte, doch außer sexueller Befriedigung hat er nichts gefunden, und erst jetzt, langsam hat er begonnen, einfach damit zu leben.

Es hat ihn tief getroffen, doch sein Leben geht weiter und er kann all das nicht ignorieren. Er liebt seine Nichten und Neffen, genießt die Zeit mit seinen Männern wieder und bringt die Cinco Sombras weiter voran und ja, manchmal könnte man denken, es gab diese hübsche Frau mit den dunklen Locken gar nicht in ihrer aller Leben, doch dann kommen Nächte und Träume wie diese

Nacht und holen all das wieder hervor und Alejandro weiß nicht, ob das jemals aufhören wird.

Er atmet tief ein, sieht auf das Gebiet seiner Familia hinab und joggt zurück zu seinem Haus, seinem Leben und seiner Familie.

Alena legt die Papiere weg und nimmt ihr Handy in die Hand.

Traurig wischt sie in ihren Nachrichten mit Elian nach oben. Sie verliert sich dabei, in den Nachrichten vor einigen Monaten zu lesen, vor einem Jahr und mehr. Sie waren ganz anders, emotionaler, sie haben sich ständig geschrieben, sie hat gespürt, dass in letzter Zeit immer mehr zwischen Elian und ihr kaputt gegangen ist, doch wenn man die Nachrichten liest, erkennt man das wirklich.

Sie werden immer kürzer und inhaltsloser, Alena weiß, dass es an ihr liegt, sie weicht ihm aus. Sie hat diese tiefe Bindung, die sie haben, gekappt und sich von ihm zurückgezogen und er hat lange Zeit probiert, das zu verhindern, doch auch er muss einfach irgendwann gespürt haben, dass all das keinen Sinn mehr macht.

Er hat sich nicht gemeldet, um ihr zu sagen, dass er weg ist, sie kann ihm das nicht einmal vorwerfen, sie hat ihm schon so lange nicht mehr alles gesagt, ehrlich gesagt redet sie kaum noch mit ihm. Als hätte sie einen emotionalen Ausschalter und ihn ausgeschaltet, um Elians Leben nicht weiter zu belasten.

Doch wenn sie so allein wie jetzt ist, schafft sie es nicht, all das auszublenden.

Sie sieht sich ein Bild an, was sie auf dem ersten Geburtstag der Zwillinge zeigt, genau vor einem Jahr.

Damals hat auch Alena noch daran geglaubt, dass sie es schaffen könnten, dass sie all das überwinden, was in Alena kaputt gegangen ist, doch nach und nach hat sie die Hoffnung aufgegeben und somit auch Elian, um ihm das Leben zu ermöglichen, was sie nicht haben kann. Sie tippt mit klopfenden Herzen ein paar einfache Worte in ihr Handy.

'Viel Spaß auf deiner Reise.'

Sie verdankt Elian so viel und es bricht ihr das Herz, ihn so von sich zu stoßen.

'Danke.'

Kurz und knapp, mehr haben sie sich zur Zeit nicht zu sagen.

Sobald es draußen lauter wird, legt sie das Handy weg. Sie hat sich den ganzen Vormittag zurückgezogen und sich um den Papierkram des Centers gekümmert. Mittlerweile duftet es überall nach frischem Essen und die ersten Kinder kommen nach der Schule zu ihnen. Sie legen ihre Taschen ab, gehen sich waschen und stellen sich zum Essen an. Es ist immer das Gleiche, doch diese Kinder lieben diese Routine, die sie so oft zu Hause nicht haben.

Alena kommt aus dem Büro und streicht über die dunklen Haare von Pablo, der immer ein freches Grinsen im Gesicht hat. Seine Knie sind aufgeschürft. »Was ist passiert, Pablo?« Lilly steht mit Mariza im Arm am Anfang der Reihe und behält im Auge, dass die größeren Kinder sich nicht vordrängeln.

Hier gibt es aber selten Ärger. Die Kinder wissen, wem dieses Center gehört und sie alle respektieren die Familia. Wenn einer der Männer hier ist, klettern die Jungs an ihm hoch und alle wollen mit ihm spielen. Sie sehen immer, wenn sie das Center verlassen, zur Cuidad und zu den Häusern.

Wenn eines der Autos der Familia vorbeifährt, bleiben sie stehen und staunen. Für diese Kinder sind die Männer der Familia das Größte und die Familien sind dankbar, dass sie ihnen helfen, indem sie den Kindern ein warmes Essen und einen Platz zum Hausaufgaben machen anbieten.

Ein paar Mal haben Santos und Alejandro einige der Jungs in ihre Autos gelassen. Diese strahlenden Augen wird Alena niemals vergessen.

»Ich habe heute beim Wettlaufen gewonnen und Anton hat mich danach geschubst.« Er sieht ihr stolz in die Augen und Alena lächelt. »Gut gemacht ... und Anton, man muss auch verlieren können.« Anton senkt den Blick und Alina kommt ins Center. Sie begrüßt sie und sorgt dafür, dass alle sich zum Essen hinsetzen.

Es kommen jeden Tag unterschiedliche Kinder, nicht alle Kinder kommen täglich, doch sie kennen die meisten der Kinder hier. Es sind mehr Jungen als Mädchen dabei und meistens sind die Kinder zwischen sechs und zwölf Jahre alt.

Sie alle lieben es, hier Zeit zu verbringen, es ist unbezahlbar, wenn die Kinder glücklich und satt nach Hause gehen und man weiß, dass sie ihre Hausaufgaben für den nächsten Tag ordentlich gemacht haben. Lilly und Belinda kümmern sich darum, aber sie haben auch zwei Lehrerinnen, die mehrmals die Woche für einige Stunden hier sind und mithelfen.

Auch Alena nimmt sich etwas vom Essen, sie hat Hunger. Sie hat heute noch nicht einmal gefrühstückt. Das Center füllt sich immer mehr und doch verteilt es sich auch, da die Kinder, die zuerst gegessen haben, Hausaufgaben machen gehen in den Nebenräumen oder auf den Hof zum Spielen und somit bei den Essplätzen immer wieder etwas frei wird.

Sie will gerade auch auf den Hof und dort alles im Auge behalten, da tauchen plötzlich zwei Mädchen auf und Alina sucht Augenkontakt zu Alena, um ihr anzudeuten, dass das die Mädchen sind, von denen sie erzählt hat. Sie waren jetzt zweimal da, jedes Mal war Alena nicht da und sie sind allen sofort aufgefallen.

Was einem sofort ins Auge sticht: Das jüngere Mädchen ist noch sehr klein, sie ist höchstens vier und das kommt hier im Center sehr selten vor. Das ältere Mädchen wird so um die acht Jahre sein.

Keines der Kinder hier hat Familie, die über viel Geld verfügt, die meisten sind Bauern, Arbeiter, einige Eltern arbeiten auch nicht und viele tragen zu kleine oder verschmutzte Sachen, doch die beiden Mädchen haben nur zwei dünne weiße Kleidchen an, die komplett verschmutzt sind und nur die Kleine hat einfache gelbe Plastiksandalen an. Das ältere Mädchen hat auch keine Schultasche dabei.

Alena tritt näher zu den beiden. Das sind keine Kleider, das sind Tops von einer Frau, die einfach nur bei den Mädchen wie Kleider wirken. Das ältere Mädchen hält die Hand der Kleinen in ihrer fest und sieht zum Essen. Sie ist dunkler als die Kleine. Viel dunkler. Sie hat lange schwarze Locken, die allerdings sehr verfilzt sind und ihr Gesicht ist schmutzig.

Das kleine Mädchen ist heller. Sie hat eine goldbraune Haut, die allerdings auch über und über mit Schmutz und Staub überzogen ist. Ihre Augen sind hellblau, ein wunderschönes Blau, was von kräftigen dunklen Wimpern eingerahmt ist. Dazu hat sie hellbraune Haare, die völlig schief geschnitten bis zu ihren Schultern gehen und ebenfalls verfilzt sind, wenn auch noch nicht so stark wie bei dem älteren Mädchen.

Die beiden sind niemals Schwestern. Sie stellen sich in die Reihe, und auch Lilly sieht verwundert zu ihnen.

Lächelnd geht Alena zu ihnen und kniet sich zu ihnen hinunter. »Hallo ihr beiden, wie heißt ihr? Seid ihr neu hier im Center?« Das ältere Mädchen sieht sie unsicher an. »Ja, wir kommen nur zum Essen her. Angelo hat uns davon erzählt, als wir auf dem Marktplatz die Wäsche gewaschen haben, beim Brunnen. Er hat gesagt, Kinder dürfen hierherkommen und essen.«

Alena nickt und lächelt. »Das dürft ihr, habt ihr Hunger?« Die Ältere nickt und die Kleine sieht Alena nur aus ihren schönen Augen an. »Ja, ich bin Sara und das ist Daliya.« Das kleine Mädchen geht enger an Sara heran, sie möchte die beiden auch nicht einschüchtern und somit vertreiben, deswegen steht sie auf, holt zwei Lutscher aus dem Regel, wo sie immer Süßigkeiten haben, um sie zu verteilen und hält beiden einen Lutscher hin. »Dann esst mal schön, willkommen im Center.«

Sie geht zurück und beobachtet weiter die Kinder.

Alina kommt zu ihr und sieht zu den beiden. »Irgendetwas stimmt bei den beiden nicht. Sie sehen immer gleich aus, doch sie wollen nicht mit uns sprechen und ich will ihnen auch nicht mit zu vielen Fragen Angst machen.«

Alena sieht zu den zwei Mädchen und nickt. »Wir müssen langsam vorgehen.« Alina hat völlig recht, es stimmt etwas nicht bei den beiden. Sie blicken hungrig auf das Essen der anderen Kinder und lassen die Hand des anderen nicht eine Sekunde los.

# Kapitel 5

»400!«

Santos sieht in Basces Augen. Die meisten können das nicht. Basces hat verschiedenfarbige Augen seit einem Unfall vor einigen Jahren. Seine Familia hat eine neue Drogenmischung in einer seiner vielen Drogenfabriken mischen lassen, dabei ist ein Unfall passiert und das ganze Labor flog in die Luft. Basces verlor dabei ein Auge und zwei Millionen Dollar. Ihm wurde ein Neues eingesetzt und es hat ihn niemals gestört, dass es andersfarbig war. Basces ist ein kranker Mistkerl, das war er schon immer, doch er ist ein wichtiger Geschäftspartner für sie.

»600, lassen wir doch die Spielchen. Du weißt, dass ich dir schon einen guten Preis mache und ich habe genug Interessenten.« Eine Frau im Stringtanga und mit enganliegender Korsage stellt ihnen neue Getränke hin. Levi sieht der Frau hinterher, als sie den Tisch wieder verlässt, doch Santos und Petro sind hochkonzentriert, auch wenn Santos sich bemüht, es sich nicht anmerken zu lassen.

Petro neben ihm berührt ihn einen Moment, wahrscheinlich um ihm zu zeigen, dass er einhalten soll, doch Santos denkt nicht dran.

Basces flucht und nimmt die neuen Waffen wieder an sich, die auf dem Tisch liegen und um die es geht. Sie sind gut und sie gefallen ihm, das sieht Santos genau. »500, Santos, du bist härter als deine Brüder, das nächste Mal schickst du wieder einen von ihnen vorbei.« Santos lacht auf. »Ich soll dir schöne Grüße ausrichten, 550.000 für die Kisten und das nur, weil wir uns so lange kennen, Basces, und das nächste Mal gebe ich dir nicht solch einen Rabatt.« Basces schlägt ein.

»Wie kommt ihr nur immer an diese Teile ran? Was würde ich nur ohne euch tun?« Basces sieht sich seinen neuen Besitz an und Santos lehnt sich gemütlich zurück. Seine Arbeit ist getan. Levi nimmt ein Schluck aus seinem Glas Whiskey und hebt die Augenbrauen. Man sieht Petro an, dass ihn das gerade ein wenig in Panik versetzt hat. Es waren 450.000 für die Kisten geplant, Santos hat hoch gepokert, aber er hat immerhin gewonnen. Petros Puls wird sich schon wieder beruhigen.

Sie sitzen in einem von Basces' Clubs. Sie haben ihm gestattet, einige in Puerto Rico zu eröffnen. Einer liegt etwas außerhalb von San Juan, doch das bedeutet nicht, dass er nicht immer gut gefüllt ist.

Es sind Clubs, die nur von Männern besucht werden. Hier findet man alles: Frauen, Drogen, alle Arten von verbotenen Spielen und man sagt, dass man hier die krankhaftesten Sexfantasien ausleben kann. Das ist so oder so Basces' Spezialgebiet: Frauen.

Als damals bei ihren Vätern und Großvätern die Familias entstanden sind, gab es drei große Machtgruppen: die Cinco Sombras, die Los Puentes und die Maccetas aus Mexiko, deren Anführer Basces ist. Sie waren damals auch alle befreundet. Doch je größer die Familias wurden und je mehr es um Geld ging, begannen die Probleme und vor allem der Krieg innerhalb Puerto Ricos.

Die Maccetas haben sich da damals herausgehalten.

Puerto Rico war immer mächtiger als Mexiko, doch da es nun so gesplittet war, waren die drei Mächte gleichauf. Es hat sich so eingestellt, dass die Mexikaner zusammen mit den Kolumbianern die Drogen übernommen haben und die Geschäfte mit den Frauen. Damit hatten ihre Familien nie etwas zu tun, wollten sie auch nie. Puerto Rico gehören die Waffen und alle anderen Geschäfte, und das hat sie viel reicher werden lassen, als es die anderen Familias jemals geschafft haben.

Doch durch diese Teilung gab es auch nie Probleme mit den Maccetas. Sie verkaufen auch innerhalb Mexikos ihre Waffen und Basces durfte hier seine Läden aufmachen.

Sie sitzen an einem Tisch mit einer Tanzstange und in diesem Moment erscheint eine junge Frau. Sie trägt ebenso nur einen Tanga, was lediglich durch kleine Aufkleber auf ihren Brustwarzen ergänzt wird. Sie ist bildhübsch, ihre Figur perfekt und es wird nicht viele Männer geben, die sie nicht würden haben wollen. Sie lächelt lasziv, als sie ihren Kopf nach hinten fallen lässt und ihre langen Locken den Boden berühren, während sie ihre Beine weit spreizt. »Wie kommst du immer nur an solche Frauen heran? Auch du hast nur die Schönsten ... so besitzt jeder seine Geheimnisse.«

Santos trinkt auch einen Schluck und zwinkert Basces zu, der aufsteht und der Frau klatschend auf den Hintern haut. »Kümmere dich um meinen Freund, tue alles, was er möchte. Wir wollen das Geschäft feiern.« Santos hebt die Hand, als die Frau lächelnd auf ihn zukommt. »Nein, nein, schon gut. Ich halte mich aus so etwas lieber raus. Ich bin dankbar für das, was ich zu Hause habe, aber meine Cousins hier bleiben garantiert noch eine Weile.«

Die Frau setzt sich auf Petros Schoß und eine weitere zu Levi. Früher hätte er auch seinen Spaß gehabt, doch jetzt hat er getan, was er sollte und steht auf. Er umarmt Basces. »Bis zum nächsten Mal.« Basces drückt ihn an sich. »Und denk an die größeren, die ich brauche.« Santos nickt. »Alejandro ist schon dran, wir kümmern uns darum.«

Basces hält noch einmal ein. »Man hört, die Puentes und die Sombras machen bald auch wieder Geschäfte zusammen. Nicht dass ich ein Problem damit hätte, ich mache mit euch beiden Geschäfte, doch ist das so? Ist es wirklich schon wieder so fest zwischen euch?« Santos schüttelt den Kopf. Er weiß, dass Basces nicht umsonst fragt. Die Puentes und die Sombras sind ihm ungefähr gleichgestellt, beide zusammen wären für alle unaufhaltsam, doch Basces ist ein alter Freund und Geschäftspartner, er wird ihn nicht anlügen. »Nein, von gemeinsamen Geschäften ist nicht die Rede, hier und da hilft man sich mal, aber das ist nichts, was von Bedeutung wäre.« Er klopft noch einmal die Schulter seines Geschäftspartners und verlässt den Club, nachdem er Levi und Petro Bescheid geben hat. Sie werden noch ihren Spaß haben, er hat sich so etwas schon gedacht, deswegen sind sie mit zwei Autos gekommen.

Als er die Gänge des Clubs zum Ausgang entlanggeht, ertönt lautes Gestöhne hinter einer Tür, aus einer anderen Tür kommt gerade ein zufriedener Mann und Santos sieht auf eine auf einem Tisch gefesselte nackte Frau. Am Ende des Ganges kommt ihm ein Mann im Bademantel entgegen und öffnet eine Tür, hinter der ein Whirlpool steht mit drei nackten sexy Frauen darin. Hier kann man seinen Spaß haben und Santos hätte so etwas früher auch niemals ausgeschlagen, doch diese Zeiten sind vorbei und er ist dankbar dafür.

Auf dem Nachhauseweg ruft er Alejandro an und erzählt ihm vom Deal. Obwohl es schon weit nach Mitternacht ist, ist Alejandro noch am Trainieren mit Roman.

Er ist froh, dass es seinem Bruder langsam wieder besser geht, auch wenn er merkt, dass er noch lange nicht über den Tod von April hinweg ist. Doch Alejandro trainiert gerade wie ein Wahnsinniger. Er war noch niemals in solch einer Topform wie zur Zeit und er stürzt sich auf alles. Santos musste richtig darum kämpfen, das heute zu übernehmen und ist froh, dass er sogar noch mehr herausholen konnte als geplant.

Es ist schon spät, als er dann endlich in sein Haus kommt.

Er schließt die Augen und genießt die Stille und den Geruch von zuhause. Santos geht in die Küche und trinkt noch etwas, dabei sieht er auf Marizas Krabbeldecke. Er ist verrückt nach seiner kleinen Tochter. Sie ist bildhübsch. Sie hat Lillys blonde Haare und seine dunklen Augen. Jeder, den sie aus ihren schönen großen Augen ansieht, schmilzt vor Liebe und Santos bekommt richtige Sehnsucht, wenn er länger von ihr getrennt ist.

Er löscht alle Lichter und geht nach oben. Es brennt nur eine kleine Nachttischlampe. Lilly liegt mit Mariza auf ihrem großen Bett. Santos blickt auf die beiden Frauen, die ihm das Gefühl geben, sein Herz kann diese Liebe, die er für sie empfindet, kaum mehr tragen. Er will nur noch ins Bett, doch er duscht sich den Alkohol, den Rauch und diesen Club vom Körper. Er würde es nicht mehr wagen, das mit zu sich ins Bett zu nehmen. Er hat Lilly einmal verloren und glücklicherweise irgendwann zurückbekommen, doch dann wäre sie fast gestorben. Sie damals so leblos dort liegen zu sehen, hat alles verändert, es war auch schon davor so, doch jetzt würde Santos niemals wieder riskieren, sie zu verletzen oder zu verlieren.

Er legt sich zu seinen Frauen. Mariza dreht sich und er hebt seine zarte Tochter auf seine Brust, wo sie sich sofort einkuschelt und weiterschläft.

Santos streckt den Arm aus und Lilly legt sich an seine Schulter. Sie ist auch ein wenig wach geworden und küsst seinen Hals. »Ist alles gut gelaufen?« Santos küsst ihre Stirn und hält seine beiden Engel fest an sich. »Es ist alles gut. Es könnte nicht besser sein.«


Alena fährt auf die Wachen der Puentes zu.

Es ist das erste Mal, dass sie in ihre Cuidad einfahren möchte, ohne dass Elian in Puerto Rico ist. Sie hat gerade im Center festgestellt, dass die Unterlagen zu dem neuen Spielgerät, was morgen geliefert werden soll, noch bei Elian im Haus sind. Sie hat noch einige Unterlagen bei ihm liegen.

»Hi, Elian ist in L.A.« Alena kennt den Wachmann. »Ich weiß, ich habe Unterlagen im Haus, die ich brauche.« Er lächelt und tritt vom Auto weg. »Zur Zeit sind die Haushaltshilfen nicht alle da, es gibt einige Krankheitsfälle, sodass heute und gestern nicht alle Häuser gesäubert wurden, nur damit du Bescheid weißt. Wenn du etwas brauchst, ruf einfach hier an und wir kümmern uns darum.« Alena nickt. »Mache ich, danke.«

Sie hält direkt vor Elians Haus, sie wird ja nur kurz ihre Sachen holen. Als sie eintritt, stockt sie. Überall liegen Glasscherben herum. Der Spiegel im Eingang ist zerschlagen, auch das Bild von Elian und ihr, was hier stand, liegt kaputt auf den Boden.

Sie tritt ein und hebt das Bild hoch.

Sein Geruch liegt im Haus, sie geht langsam durch das Haus, sieht, dass sie mittlerweile überall hier zu finden ist. Ihre Bücher liegen herum, ihre Kleidung hängt in seinem Schrank, ihre Unterlagen liegen auf dem Schreibtisch, ihre Schminksachen sind im Bad verteilt.

Jetzt in der Stille, die das Haus umgibt, kommen Alena so viele Erinnerungen hoch. Ihre ersten Küsse, als ihre Mutter, Emilia und sie sich hier versteckt haben, die vielen schönen Stunden, die sie hier verbracht haben. Alena liebt es, neben Elian zu schlafen, er hält sie jede Nacht fest in seinen Armen.

Sie sieht sich um und stellt sich wie so oft in letzter Zeit vor, all das wäre passiert, bevor Benjamin sie entführt und einen wichtigen Teil von ihr für immer zerstört hat. Wahrscheinlich wäre sie die glücklichste Frau der Welt, doch so ist es einfach nicht fair, Elian solch ein Leben zuzumuten.

Sie nimmt ihre Unterlagen und verlässt das Haus wieder; alles mitzunehmen, bringt sie auch nicht über ihr Herz, doch sie ist sich sicher, dass sie nach Elians Rückkehr zusammen eine endgültige Lösung für sie beide finden müssen.

Bevor sie in ihr Auto steigt, begegnet sie noch Sofias und Suelas Freundin, die in Richtung von Dantes Haus geht. Sie sieht sie überrascht an. »Du hier? Elian ist doch gar nicht da.« Alena hat bisher kaum mit der rothaarigen Frau gesprochen. Sie weiß, dass sie etwas von ihrem Freund will und hat ihre vernichtenden Blicke bisher immer gekonnt ignoriert.

»Ich wüsste nicht, was dich das angeht.« Alena sieht die Frau genau an. Sie ist sexy und sie weiß, dass sicher jeder Mann bei solch einer Frau schwach werden würde.

»Nichts, du hast recht. Ich hatte nur gedacht ... nach den letzten Tagen, dass ihr beide nicht mehr zusammen seit. Zumindest hat er mir diesen Eindruck vermittelt, aber vielleicht habe ich da auch etwas falsch verstanden oder ... es ist mir einfach egal.«

Am liebsten würde Alena die Augen verdrehen. Sie kennt das nur zu gut von ihrem Bruder und ihren Cousins, und ja, es verwundert sie auch nicht, dass sie denkt, sie wären kein Paar mehr. Sie selbst weiß ja nicht einmal, was genau jetzt mit Elian und ihr ist und dass Elian auf ihre Flirtversuche eingeht, kann sie ihm nicht einmal übelnehmen, nachdem Alena ihn die letzten Wochen so von sich gestoßen hat.

Es ist nicht so, dass sie all das nicht versteht, doch das bedeutet nicht, dass es ihr nicht wehtut.

»Wie gesagt, das geht dich nichts an.«

Sie sieht ihr noch einmal in die Augen, auf ihren Lippen liegt ein wissendes Lächeln und sie beißt sich auf die Lippen, doch Alena will gar nicht wissen, was sie ihr noch zu sagen hat.

Sie steigt ein und fährt davon, und wie so oft in den letzten Wochen schiebt sie all das schnell von sich; wenn sie etwas gelernt hat, dann das.

Nachdem sie die Cuidad wieder verlassen hat, fährt sie direkt ins Center, wo heute auch Belinda und die Zwillinge sind. Außerdem sind Emilia und Alina da. Sie sehen besorgt zu den beiden Mädchen, die wieder da sind. Sie sitzen zusammen und schlingen die Suppe und das Brot von heute in sich hinein. Sie tragen wieder genau die gleichen Sachen und scheinen völlig ausgehungert zu sein.

Alena bringt ihnen zwei Joghurts. Die anderen Kinder machen einen großen Bogen um die beiden, da man deutlich riecht, dass die beiden schon eine ganze Weile keine Seife und Dusche mehr gesehen haben.

Belinda hat eine Idee: Als die beiden fertig sind und neugierig auf dem Hof sehen, wie die anderen Kinder spielen, nimmt Alena einen Gartenschlauch und stellt ihn an. Sofort kommen die Jungen und Mädchen und laufen unter dem Strahl durch, es ist heiß und jeder genießt diese Abkühlung.

Alina ermutigt die beiden Mädchen auch unter dem Strahl zu spielen und als sie sich dann endlich trauen, fließt der Schmutz und der Staub nur so von ihnen hinunter.

Es zerreißt einem das Herz, wenn man sieht, wie schmutzig die beiden sind und wie sehr sie das Gefühl von Wasser auf der Haut genießen. Belinda lässt Vida und Paz mit den Wasserpfützen spielen, die sich auf dem Hof bilden und geht ins Haus. Mit Seife und zwei kleinen weißen T-Shirts, von denen sie immer welche hier haben, falls eines der Kinder sich zu sehr bekleckert, kommt sie wieder heraus.

Spielerisch nimmt sie erst das große Mädchen zu sich und wäscht ihr die verfilzten Haare aus, dann hilft ihr Alina bei der Kleinen. Sie brauchen fast eine Stunde, um die Haare wieder richtig sauber und frei von Knoten und allem, was da in den Haaren war, freizubekommen. Einige Jungen halten den Schlauch und Alena wäscht die verschmutzen Tops aus und hängt diese zum Trocknen in die Sonne.

Die beiden Mädchen spielen weiter, fast als wäre es ewig her, dass sie unbeschwert spielen konnten, und als sie dann sauber und nur in ihren Unterhöschen vor ihnen stehen, sehen sich Belinda, Alina und Alena schockiert an.

Nun sieht man, dass die beiden überall blaue Flecken und Schrammen haben und völlig ausgehungert aussehen. Sie müssen unbedingt herausfinden, was bei diesen Mädchen los ist, wer sie sind und woher sie kommen.

Sobald ihre Tops wieder trocken sind, nehmen sich die beiden Mädchen noch Kuchen und verlassen das Center wieder. All ihre Bemühungen, mit ihnen zu sprechen, schlagen fehl. Das jüngere Mädchen redet nicht mit ihnen und das größere antwortet nur auf ganz einfache Fragen, bei allen anderen sieht sie nur weg und sagt nichts mehr.

»Sollen wir sie einfach begleiten und gucken, was da los ist?« Besorgt sehen sie alle drei den beiden hinterher, doch Belinda schüttelt den Kopf.

»Noch nicht, sie vertrauen uns gerade und sie werden uns so nicht mitnehmen. Sie werden morgen wiederkommen und dann können wir ihnen heimlich folgen und gucken, wo sie wohnen. Unauffällig, wir dürfen sie nicht verschrecken.«

Sie alle sehen zu, wie die beiden über die große schwerbefahrene Straße gehen.

Sie ahnen, dass das, was sie entdecken werden, ihnen nicht gefallen wird.

# Kapitel 6

Vidal öffnet müde die Augen.

Seine Brust fühlt sich schwer an, doch er atmet zufrieden ein, als er auf Vidas dunkelblonde Haare blickt. Seine Tochter ist heute Nacht wieder einmal zu ihnen ins Bett gekommen und liegt nun halb auf Vidal.

Paz sitzt neben ihm, auch er ist in ihr Bett geschlichen und nun reibt er sich müde die Augen. Er muss gerade wach geworden sein. Deswegen ist Vidal auch wach geworden, Paz und er haben eine sehr tiefe Verbindung, er spürt ihn immer und sieht ihm schon in den Augen seine Gedanken an.

Ohne Vida zu wecken streicht er über den Rücken seines Sohnes. »Hast du gut geschlafen? Ist alles in Ordnung?« Er sieht ihn müde an. »Hunger.« Vidal lacht. Vida spricht schon etwas mehr als Paz, doch Paz kann sich trotzdem gut mitteilen.

Sie haben gestern noch lange mit Alejandro, Santos und Lilly zusammengesessen. Irgendwann kamen auch Dante und Camilla dazu, sie sind erst weit nach Mitternacht ins Bett gegangen und seine Frauen machen keine Anstalten, wach zu werden.

Sachte bettet er Vida neben Belinda und sieht zu seiner wunderschönen Verlobten. Er würde all das immer und immer wieder von vorne machen, nur um sie jetzt hier bei sich mit ihren Kindern zu haben.

Paz steht im Bett auf und Vidal hebt ihn auf die Arme. »Dann komm, kleiner Mann. Wir sehen mal nach, was es gibt.«

Sie laufen die Treppen hinunter und Paz legt noch einmal seinen Kopf an Vidals Schulter. So munter und wild sein Sohn auch ist, er ist gerade erst zwei geworden und braucht auch hin und wieder Kuscheleinheiten.

Liebevoll küsst er die Haare seines Sohnes. Er ist unglaublich stolz auf seine kleine Miniversion. Er könnte ihn den ganzen Tag beobachten und würde davon nicht müde werden, doch leider geht das nicht.

Sie haben gerade viel zu tun. Ihre Geschäfte laufen immer besser. Vidal hat heute zwei Lieferungen, die er abnehmen geht, da es große und wichtige Lieferungen sind und auch ein Treffen mit einer bekannten Sicherheitsfirma aus Guatemala steht an. Sie wollen sich komplett von ihnen ausstatten lassen und auch damit werben, dass sie mit ihnen zusammenarbeiten.

Das wird sie einiges kosten, doch sie waren sehr interessiert und das sind nur die normalen Termine, es kommen immer noch unvorhergesehene Dinge dazu, das bleibt bei solch einer großen Familia gar nicht aus.

Das bedeutet allerdings auch, dass er so seine Kinder heute kaum oder vielleicht gar nicht mehr sehen wird, deswegen genießt er die Zeit am Morgen.

Er setzt Paz auf der Küchenarbeitsfläche ab und öffnet den Kühlschrank. Neben einem Teller Obst und einem Joghurt macht er ihm auch einen Kakao und schmiert ihm einen Toast. Er lässt den Kaffee durchlaufen und hilft Paz, seinen Jogurt richtig leer zu machen, da hört er mehrere Stimmen draußen und sieht verwundert auf die Uhr.

Als es noch lauter wird, nimmt er Paz mit seinem Kakaobecher und seinem Toast auf den Arm und geht vor die Haustür. Benito verschwindet gerade in sein Haus und Elian steuert auch seine Haustür an. »Was macht ihr denn schon hier?«

Sein Bruder sieht zu ihm und hebt die Augenbrauen. Er kommt zu ihm und nimmt Paz von seinem Arm, wobei er seine Wange küsst.

»Liest du deine Nachrichten nicht? Es ging alles sehr schnell, leider.«

Sofort macht sich wieder das ungute Bauchgefühl von Vidal breit, er will es ihm nicht zeigen, doch er macht sich Sorgen um Elian.

Das mit Alena setzt ihm zu, vielleicht mehr, als er sich selbst eingestehen möchte.

Paz ist ganz verrückt nach seinem Onkel und lacht, als Elian von dem Toast abbeißt. »Okay, und hat alles geklappt?« Sein Bruder nickt, er sieht müde aus. »Ja, alles so wie es besprochen war. Ich geh schlafen. Ich habe die Tage wenig geschlafen.«

Sein Bruder küsst Paz noch einmal. »Ich komme dich und deine Schwester nachher besuchen, sei solange lieb, nur deinen Vater, darfst du terrorisieren.«

Vidal sieht Elian noch einmal in die Augen. Belinda bekommt kaum etwas aus Alena heraus und er weiß, dass auch Elian nicht darüber sprechen möchte, doch sie alle machen sich Sorgen wegen dem, was gerade zwischen Elian und Alena passiert.

Gerade weil sie wissen, wie sehr sich die beiden lieben und sie merken, dass all das, was sie sich aufgebaut haben, auseinanderbricht, und wenn sie alle das bereits wissen, dann werden das Elian und Alena erst recht spüren.

»Ist bei dir wirklich alles in Ordnung, Elian?«

Sein Bruder senkt sofort den Blick und dreht sich um. Sein Bruder ist stark, mental und physisch, dass Einzige, was ihn wirklich brechen könnte, ist die Liebe zu Alena.

»Es ist alles gut. Ich brauche nur Schlaf. Bis später.«

Vidal sieht ihm besorgt hinterher und als er mit Paz zusammen ins Haus zurückkehrt, blickt er in Belindas Augen, die Vida auf ihren Armen trägt.

Sie wird die letzten Worte mit Elian mitangehört haben und sie beide denken in dem Moment genau das Gleiche.

Auch wenn sie es wirklich hoffen, glaubt keiner von ihnen, dass das gut ausgehen wird.

Elian steigt aus der Dusche.

Er ist müde, er hat es nur geschafft, wenige Stunden zu schlafen und das nicht nur, seit er wieder zurück ist. Auch in L.A. hat er kaum geschlafen, er kann so nicht weitermachen. Es fühlt sich falsch an, es zerrt an seinen Nerven, wie ein Kampf, der sich wie ein Kaugummi endlos zieht und ihm all seine Kraft kostet.

Im Kleiderschrank ignoriert er die Kleidung von Alena. Er ist müde, müde von alldem. Ohne weiter darauf zu achten, nimmt er ein weißes Shirt und eine hellblaue Sportshorts, zieht sie über und geht direkt in die Küche.

Dort sieht er das erste Mal auf sein Handy: kein Anruf, keine Nachricht, nichts, als würden Alena und er bereits getrennt sein. Er sieht auf ihr Profilbild, es war monatelang ein Bild von ihnen beiden, sie waren mit Vidal und Belinda und den Zwillingen für zwei Wochen auf Mauritius und dort entstand das Bild. Sie lagen zusammen in der Hängematte, Alena an ihn gekuschelt und beide haben in die Kamera gestrahlt. Sie hat es geändert, jetzt ist sie auf den Bild zusammen mit Vida und Mariza und strahlt mit den Kleinen in die Kamera.

Als wäre er nicht mehr da. Offenbar hat sie mit alldem schon längst abgeschlossen, während er sich damit herumquält. Der Kaffee, den er sich eingegossen hat, schmeckt bitter, er schluckt ihn herunter, nimmt sich einen Bagel vom Tisch und zieht sich die Sneakers über. Es reicht, er will auch weiterleben, es wird Zeit, dass sie das klären und Alena endlich ihren Mund aufmacht und mit ihm spricht.

Noch während er das Haus verlässt und in sein Auto steigt, ruft er Alena an. Sie nimmt nicht an, was ihn nicht verwundert, doch dieses Mal kann sie ihm nicht einfach ausweichen. Er lässt erneut klingeln und dieses Mal nimmt sie den Anruf entgegen.

»Hi.«

Allein ihre Stimme lässt seinen Magen rumoren.

»Wo bist du?« Er weiß, dass er sich schroff anhört, doch er kann nicht anders, es ist Zeit, dass auch er sich und seine Gefühle schützt, so wie sie es schon seit einer Weile tut.

»Ähm, ich bin mit Roman und Emilia am Hafen. Wir besorgen ...«

Elian hat schon Gas gegeben.

»Wo genau am Hafen?«

Alena hört, wie geladen er ist.

»Beim Casitas, bei den Anlegeplätzen, was ...?«

Elian lässt all das nicht mehr zu.

»Bleib da, ich bin in zehn Minuten dort.«

Er legt auf, ob sie will oder nicht. Sie werden das jetzt klären.

Er rast zum Hafen, er will ihr nicht die Chance geben, sich dort wieder herauszuwinden und es scheint wie Feuer auf seiner Haut zu brennen, all das endlich zu klären.

Sobald sein Auto steht, steigt er aus und geht zum Hafen. Er entdeckt die drei sofort. Alena sitzt auf einer Box, während Roman sich mit einem Mann unterhält und dabei den Arm um Emilia gelegt hat. Sie stehen beim Casitas und haben dort offenbar etwas getrunken.

Elian geht auf sie zu, murmelt eine Begrüßung zu den anderen und hält Alena die Hand hin.

»Bist du nicht verreist?« Roman sieht ihn verwundert an, doch Elian ignoriert all das. Alena nimmt wirklich seine Hand an und er geht mit ihr zu den Stegen. Einer ist komplett leer und Elian läuft mit ihr bis zum Ende, wo sie alleine sind.

Als er sich zu ihr umdreht, senkt Alena sofort ihren Blick. Seine hübsche Freundin sieht nicht viel besser aus als er sich fühlt, auch sie hat dunkle Ringe unter den Augen und schafft es nicht einmal, ihn anzusehen.

Er setzt an, etwas zu sagen und es wäre wahrscheinlich viel zu hart und schroff gewesen, doch dann besinnt er sich und denkt an den Tag, als er sie das erste Mal in der Tankstelle gesehen hat. Wahrscheinlich war er vom ersten Moment an in Alena verliebt.

Er blickt auf ihr feines Gesicht, die wunderschönen grünen Augen, ihre samtige Haut, die schmale Nase mit der feinen Narbe, er liebt diese Frau so sehr, dass es ihn verrückt macht und er weiß, dass er daran kaputt gehen kann.

»Du hast immer mit mir gesprochen, Alena. Es gab Zeiten, da hast du nur mit mir geredet. Ich weiß nicht, was passiert ist, dass sich das geändert hat.«

Sofort kullern Tränen über Alenas Wangen. Er ist nicht sauer auf sie, er weiß, dass sie nicht immer handeln kann, wie sie es möchte, doch es ist jetzt an der Zeit, den Mund aufzumachen.

»Ich weiß einfach nicht mehr, was ich dir noch sagen oder geben kann, Elian.«

Er hebt ihr Kinn hoch, sodass sie ihn ansieht.

»Ich habe nichts von dir verlangt, Alena. Alles was ich verlange ist, dass du mich nicht von dir stößt oder mit mir sprichst. Dieses Versteckspiel ist das, was wir hatten, nicht wert. Das hat keiner von uns verdient.« Sie nickt.

»Du hast recht. Doch ich kann einfach nicht ... ich hatte gehofft, dass wenn ich mich zurückziehe, du selbst merkst, dass das, was ich dir bieten kann, einfach nicht genug ist.« Elian lacht auf.

»Was für eine Scheißidee. Wie kommst du darauf, dass ich jemals denken könnte, du wärst nicht gut genug für mich. Ich habe immer für dich und für uns gekämpft, Alena. Immer. Auch jetzt bin ich derjenige, der dich zwingt, mit mir zu sprechen, doch weißt du was, langsam bin ich es leid. Es macht mich müde, um etwas zu kämpfen, was du ja offenbar nicht mehr willst.«

Ihre grünen Augen sehen ihn flehend an. »Nein, so darfst du nicht denken. Du weißt, wie sehr ich dich liebe, mehr als alles andere, Elian, doch genau deswegen ... ich bin einfach an meinen Grenzen angekommen. Die ganze Zeit habe ich gesagt, dass ich kaputt bin, dass ich nicht in der Lage bin, eine Beziehung zu führen, doch keiner hat mir das abgenommen, besonders du nicht. Wir haben es probiert, niemand kann behaupten, wir hätten nicht alles dafür getan, doch es reicht nicht. Ich bin nicht ...«

Nun wird er doch sauer.

»Komm nicht damit, Alena. Du bist nicht in der Lage, du bist kaputt. Es ist alles gut. Das alles ist doch völlig normal. Ich habe mich niemals beschwert. Alles was ich will und wollte, war dich an meiner Seite, mit allem anderen kann ich leben, und jetzt kommst du wieder damit? Nach all den Monaten, die wir dagegen gekämpft haben, fängst du wieder von vorne an?«

Aber nun wird auch sie lauter und ihre Augen sehen ihn ungeduldig an. »Es ist normal? Es ist nicht normal, Elian, dass wir nicht richtig miteinander schlafen können. Dass ich dir wahrscheinlich niemals Kinder schenken kann und ich niemals eine normale Ehefrau sein kann. Denkst du, ich weiß nicht, dass das auch für dich schwer ist? Ich sehe doch, wie sehr du deine Neffen liebst, wie sehr dir die Flirtversuche von dieser Rothaarigen und all den anderen Frauen zeigen, was du haben könntest? Die Freundin von Sofia hat mir doch gesagt, dass da mehr ist. Denkst du, ich kann das nicht verstehen ...?«

Elian hebt die Hand. Er ist nicht stolz darauf, er würde Alena aber auch niemals belügen und sieht sie nun völlig ungläubig an.

»Du kannst das verstehen? Das ist wirklich krank, Alena. Ich habe mich nie beschwert. Wenn du denkst, du musst nun für mich entscheiden und all das, wofür wir gekämpft haben, wegschmeißen, darauf scheißen, dass wir uns lieben und mir ein Leben zu ermöglichen, das ich gar nicht haben möchte, tu das, aber komm mir nicht mit 'du kannst nicht anders' und 'du bist kaputt' und alldem. Ich bin kein Kind mehr, ich weiß vielleicht besser als du, wie du tickst und ich weiß, was ich mir zumuten kann und was nicht. Nichts in den verdammten letzten Jahren hat mir mehr zugesetzt als die letzten Wochen, wo du mich einfach ignoriert hast, mich von dir gestoßen hast und ich dir wie ein Hampelmann hinterhergerannt bin, um mal wieder um uns zu kämpfen, wie so oft. Doch weißt du was? Ich bin es leid, als Einziges zu kämpfen, wenn du nicht mehr willst, sag es. Aber finde keine falschen Entschuldigungen dafür.«

Alena wischt sich die Tränen weg, seine Worte verletzen sie, doch er kann nicht immer nur auf sie Rücksicht nehmen.

»Ich möchte diese Beziehung nicht mehr, weil ich dich mehr liebe als mein eigenes Glück und ich dir das nicht mehr zumuten kann. Vielleicht kannst du damit leben, dass ich dein Leben so unvollständig mache, aber ich kann es nicht. Alles, was ich möchte, ist, dass du glücklich bist, und wenn ich dich dafür von mir stoßen muss, dann tue ich das, und wenn du mich jetzt dafür hasst, ist das auch in Ordnung, weil ich weiß, dass du eines Tages wieder glücklich bist, Kinder hast und ein normales Leben führen wirst.«

Elian lacht bitter auf, sie meint das völlig ernst. Er schüttelt traurig den Kopf.

»Von alldem was alles passiert ist, ist das hier das Krankeste. Pass auf dich auf, Alena. Ich hoffe, dir geht es besser, jetzt ohne dein schlechtes Gewissen und wo du weißt, dass du mir ein Leben ermöglichst, nachdem ich niemals gefragt habe.«

Um nicht völlig die Beherrschung zu verlieren, geht Elian.

Er hört Alena schluchzen und dreht sich nicht mehr um. Er weiß nicht viel über Beziehungen und die Liebe, doch er weiß, wann es Zeit ist zu gehen und etwas hinter sich zu lassen.

Eine bittere Enttäuschung legt sich um sein Herz.

Er läuft an Roman vorbei, der ihn wütend anfunkelt. »Was hast du getan?« Alena muss ein schreckliches Bild abgeben hinter ihm, doch er hat sich oft genug nach ihr umgedreht. Wenn er nicht völlig daran zerbrechen will, wird es Zeit, damit aufzuhören.

»Halt die Schnauze!«

Ohne weiter auf jemanden zu achten, geht er zu seinem Auto und gibt Gas.

Seine Gedanken rasen, alles dreht sich und die Enttäuschung lastet schwer auf seinem Herzen. Er nimmt sein Handy und wählt die Nummer, die Loti ihm irgendwann in sein Handy gespeichert hat. »Wo bist du?«

Loti scheint genauso überrascht wie Alena, sein Herz wird immer schwerer. »In der Uni. Ich habe gerade eine Pause und ...« Er unterbricht sie. »Warte am Eingang auf mich.«

Elian rast vor Wut, sein Blut pumpt durch seine Adern und er muss sich beruhigen. Es fühlt sich an, als hätte er all die Zeit völlig umsonst gekämpft und jetzt schiebt Alena ihn einfach ab.

Ohne darüber nachzudenken was er tut, hält er an der Uni, die Loti, Sofia und Suela zur Zeit besuchen und wirklich steht die rothaarige Freundin seiner Cousinen da und erwartet ihn lächelnd.

Wie lange hat er solch ein Lächeln und solch eine Freude schon nicht mehr an Alena gesehen. »Das ist ja eine Überraschung, was ...?«

Elian nimmt ihre Hand und zieht sie in die Uni. Er öffnet die ersten Türen, alle sind verschlossen. »Ich liebe Überraschungen!« Erst die vierte Tür ist offen und sie betreten einen leeren Hörsaal.

Sofort wendet sich Elian zu ihr um und küsst sie. Er hat noch kein Wort zu ihr gesagt. Gierig erwidert Loti seinen Kuss. »Endlich, die ganze Zeit liegt das schon zwischen uns und ...«

Elian beendet den Kuss enttäuscht, als sich kein Gefühl bei ihm einstellt. Kein Gefühl, außer dass das verdammt falsch ist. Er hat es geliebt, Alena zu küssen, die Bitterkeit in seinem Herzen stößt ihm schwer auf, sobald er wieder ihren Namen denkt.

Ihre Lippen küssen seinen Hals entlang, während er ihr Kleid hochzieht und unter ihren Slip fasst. Er flucht auf, als er ihre Bereitschaft spürt und setzt sie auf das Lehrerpult. Ohne ihr etwas vorzumachen, zeigt er ihr, wozu er gekommen ist. Er reibt sie, während er ihre Brüste befreit und liebkost, und Lotis Stöhnen hallt von den leeren Wänden wider.

»Verdammt, Elian, ich will dich spüren ... du bist so gut.«

Elian schiebt alles weit von sich.

Sie hält lachend einen Kondom hoch, den sie aus ihrer Handtasche angelt und zieht ihn mit ihrem Mund über, nachdem sie sich vor ihn gekniet hat. Als sie sich wieder auf den Tisch setzt und ihre Beine spreizt, will sie ihn wieder küssen, doch Elian widmet sich ihren Brüsten. Er kann sie nicht küssen.

Während er tief in sie eindringt, weiß er, dass Alena nicht ganz unrecht hat. Es war schwer für ihn. Er konnte all das nicht mehr haben, musste vorsichtig sein und sein Sexualleben hat sich von hundert Prozent über Nacht auf zwanzig verringert, doch er war noch zu viel mehr bereit, für Alena hätte er alles getan und ertragen.

Wieder zieht sein Herz sich zusammen, er muss sie von sich schieben, so gut wie sie es macht.

Er dringt tiefer und tiefer in Loti ein, schneller und schneller. Sie stöhnt und ruft seinen Namen, und als sie ihn erneut versucht zu küssen, zieht er sich zurück, dreht sie um und dringt von hinten in sie ein.

»Ich wusste, dass du ein böser Junge bist. Du bist so ...« Nun schreit Loti lustvoll auf, als er sie zusammen zum Höhepunkt bringt.

Sie sackt zusammen und auch er atmet schwer aus, doch sofort spürt er, dass es nicht die Befreiung gebracht hat, die er sich erhofft hat. Elian flucht auf und zieht sich wieder an.

»Das nenne ich mal eine gelungene Pause.«

Keine fünf Minuten später verlässt er die Uni wieder.

Suela und Sofia kommen ihm entgegen. »Was tust du denn hier?« Er küsst beide auf die Wange und geht weiter. »Mein Leben leben.«

Er will niemanden sehen und noch weniger etwas erklären, was er selbst nicht begreifen kann. Er hat genug von den vorsichtigen Nachfragen und den Blicken all der anderen.

Sie werden erfahren, dass Elian und Alena nicht mehr zusammen sind und er wird nicht hier sein, um Fragen zu beantworten.

Deswegen gibt er Gas und statt nach Hause, fährt er direkt zum Flughafen.

# Kapitel 7

»Wieso hauen die Männer immer gleich mit dem Flugzeug ab, wenn irgendetwas passiert?«

Belinda zuckt die Schultern. »Das habe ich auch schon gemacht. Es hilft im ersten Moment schon, einige tausend Kilometer zwischen sich und sein Problem zu bringen, doch wenn es dir wirklich am Herzen liegt, wird dir auch das auf längere Zeit nicht helfen.« Emilia seufzt leise auf und Roman stellt sich zwischen Belinda und sie und legt um beide seine Arme.

»Je weiter Elian von Alena weg ist, desto besser.«

Belinda zwickt ihren Cousin in den Arm. »Alena geht es nicht gut mit der Trennung, und Elian wird genauso damit zu kämpfen haben, auch wenn er sich gerade in der Karibik befindet. Sie gehören einfach zusammen.« Derselben Meinung ist Emilia auch, doch sie hat respektiert, dass Alena nicht darüber sprechen wollte, als sie sich vor einigen Tagen mit Elian am Hafen gestritten hat.

Belinda hat ihr erzählt, dass sie gestern zusammen mit ihr all ihre Sachen aus Elians Haus geholt hat und die ganze Zeit hatte sie Tränen in den Augen. Alle Versuche, doch noch einmal mit ihr zu sprechen und genau zu verstehen, was passiert ist, hat Alena von sich geschoben. Sie macht das komplett mit sich alleine aus.

Auch wenn Roman jetzt so gelassen tut, weiß Emilia, dass auch ihn es trifft, seine Schwester so traurig zu sehen. Er hat versucht, mehr Zeit mit ihr zu verbringen, doch auch ihn lässt sie nicht an sich heran. Sie versteckt sich mit Arbeit im Center. Es gibt momentan aber auch viel dort zu tun. Sie hatten eine geplatzte Leitung und mussten zwei Tage schließen, nun ist einiges liegengeblieben und sie mussten vieles ersetzen.

Vidal hat heute die Zwillinge und Belinda war mit Emilia im Kinderladen am Hafen einkaufen, nun warten sie auf Roman, der noch auf einen Geschäftspartner wartet. »Wie lange dauert das denn noch? Wir warten schon seit einer halben Stunde.« Roman sieht einem Mann entgegen und Emilia stellt sich schon auf das Schlimmste ein. »Da kommt er, ich fahre euch gleich ins Center.«

Ein Mann mit tief ins Gesicht gezogenem Cap kommt unsicher auf sie zu. »Es tut mir leid, Roman. Mir ist etwas dazwischengekommen.« Roman atmet tief aus und Emilia sieht zu Belinda, die auch schon einen Schritt zurückgeht.

»Dazwischengekommen?« Er tätschelt leicht die Wange des Mannes und lächelt. »Kein Problem, kann passieren.«

Belinda und Emilia sehen sich an, Roman nimmt einen Umschlag entgegen und geht mit ihnen zusammen zu seinem Auto. »Wow, was war das? Kein Ausrasten? Nichts?« Roman küsst Emilia auf die Wange. »Ich arbeite an mir, mein Engel, wie ich es versprochen habe.«

Auch wenn er sie beide damit zum Schmunzeln bringt, hofft Emilia das wirklich, er muss sich nicht ändern, das würde sie niemals wollen, doch er sollte zumindest versuchen, seine Wut etwas mehr in den Griff zu bekommen.

Nach der Übergabe des Umschlages bringt Roman sie dann auch direkt ins Center. Er hat einen Termin mit Alejandro und sagt, dass er sie später abholen wird und sie etwas essen gehen. Als sie dann ins Center kommen, sind viele Kinder schon da. Die ersten spielen auf dem Hof. Belinda geht direkt in die Küche, während Emilia nach Alena sucht und sie in einem der hinteren Büroräume findet.

Romans Schwester trägt heute einen hohen Zopf. Ihre Haut schimmert, sie hat eine wunderschöne Haut bekommen, nachdem die letzten Behandlungen abgeschlossen waren. Sie trägt keine Schminke und sieht müde aus, aber trotzdem wunderschön. Ihre grünen Augen sehen sie traurig an, als sie ihr entgegenblickt.

»Hat alles geklappt?« Emilia nickt und legt ihr die Unterlagen hin. »Ja, Roman hat uns etwas aufgehalten, doch wir haben alles besorgt. Die größeren Sachen werden morgen geliefert.« Alena nickt und sieht wieder zu ihren Papieren.

Emilia fasst sich ein Herz und setzt sich ihr gegenüber auf den Stuhl.

»Hör mal, Alena, ich weiß, dass du nicht gerne darüber sprichst, doch ich ... habe mich im Internet mal etwas umgesehen. Denkst du nicht, du solltest noch einmal einen Spezialisten aufsuchen? Jemanden ...«

Alena legt die Papiere zurück und sieht sie an. Emilia erkennt die Traurigkeit in ihren Augen und doch auch eine Entschlossenheit, die sie einfach nicht nachvollziehen kann. Alena unterbricht sie ruhig.

»Weißt du, wie oft ich untersucht wurde? Wie viele Monate ich insgesamt in Behandlungen war? Was alles in meinen Körper eingeführt wurde, entfernt, erneuert, verbessert, untersucht? Irgendwann habe ich gesagt, dass ich nicht mehr will. Ich weiß, dass noch nicht alle Untersuchungen erfolgt sind, doch wenn du all das hinter dir hast, willst du irgendwann nicht mehr. Ich werde zu keinem Arzt mehr gehen, keine neue Therapie, keine tausendste Untersuchung machen, ich habe damit abgeschlossen, ich kann das einfach nicht mehr.«

Sie hat vieles, aber natürlich bei Weitem noch nicht alles mitbekommen. Sie kann sich daran erinnern, wie oft Alena nach einer Untersuchung vor Schmerzen geweint hat, wie oft sie operiert wurde, wie viele Ärzte auf sie eingeredet haben. Wahrscheinlich würde Emilia das auch alles nicht mehr zulassen, aber es muss doch eine Möglichkeit geben, ihr zu helfen.

Alena lächelt müde.

»Ich weiß, dass ihr alle euch nur Sorgen macht, doch ...« Alina kommt zu ihnen und unterbricht sie. »Die beiden Mädchen sind wieder da.«

Sofort stehen Alena und Emilia auf. Während der letzten Tage haben sie alle sich schlecht gefühlt wegen der beiden Mädchen.

Dass etwas bei ihnen nicht stimmt, ist allen klar. Sie wollten mehr über sie erfahren, doch weil am nächsten Tag der Wasserschaden war, konnten sie nicht öffnen. Zwei Tage war das Center geschlossen, zwar hatte sie ein Schild angebracht, doch es ist unwahrscheinlich, dass die Mädchen lesen können. Vielleicht die Ältere, doch viel Hoffnung haben sie da nicht. Als sie dann wieder geöffnet haben, sind die beiden nicht mehr gekommen. Vielleicht dachten sie, das Center habe nun komplett geschlossen. Sie alle hatten schon die Hoffnung aufgegeben, die beiden wiederzusehen und zu erfahren, was bei ihnen los ist, doch offenbar sind sie nun doch wieder da.

Zusammen mit Alina gehen sie in die Cafeteria, wo Belinda sich mit den beiden hingesetzt hat und ihnen das Essen hinstellt. Sie schneidet ihnen auch Obst und Emilia seufzt laut aus, als sie sieht, in was für einem Zustand die beiden wieder sind. Sie sind fast genauso schmutzig wie vor ihrer Wasserschlauchaktion und tragen noch immer die gleichen Frauentops. Bei dem jüngeren Mädchen sieht man am gesamten Bein Schrammen und Alena verschränkt die Arme vor der Brust. »Wenn die beiden heute gehen, folgen wir ihnen unauffällig mit dem Auto und sehen mal nach, wo sie wohnen.«

Auch Alina steht noch bei ihnen. »Vielleicht haben sie keine Eltern mehr und leben bei Verwandten, die sich nicht kümmern oder ihre Eltern haben kein Geld, um sie richtig zu versorgen, wir sollten nicht zu voreilig handeln. Wir sehen uns das erstmal an, die Hauptsache ist, sie wissen, dass wir hier sind und sie bekommen hier ein warmes Essen pro Tag.«

Emilia stimmt zu. »Ja, wir müssen aufpassen, dass wir sie nicht vergraulen und ihnen auch noch das hier genommen wird, aber trotzdem: Selbst wenn die Eltern keine Zeit und kein Geld haben oder ihre Verwandten sie zu verpflegen haben, selbst wenn sie in einem Heim leben müssen, dass sie nicht sauber sind und keine Anziehsachen haben, ist eine Sache, doch nichts rechtfertigt die Verletzungen und dass sie so abgemagert sind.«

Da stimmen ihr alle zu. Sie beobachten die beiden noch einen Moment, doch sie wollen sie auch nicht verschrecken, und so geht Emilia auf den Hof und bereitet wieder alles für das Wasser vor. Auch dieses Mal kommen die Mädchen nach den Essen hinaus. Sara, das ältere Mädchen, beginnt sofort wieder im Wasser zu spielen, während sich Daliya nur traurig an die Seite setzt und zusieht.

Emilia geht zu ihr und bringt ihr einige Kekse. »Wieso bist du so traurig? Willst du nicht mit dem Wasser spielen?« Das Mädchen sieht sie an. Sie ist wunderschön, ihre hellbraunen Haare locken sich leicht; wenn all der Schmutz weg wäre, hätte sie bestimmt niedliche kleine Locken, doch vor allem ihre hellblauen Augen sind ganz besonders. Auch Alena und Roman haben grüne Augen, aber diese Augenfarbe sticht noch einmal besonders hervor und man erkennt trotzdem deutlich, dass die Kleine eine Latina ist. Wunderschön und das schon in ihrem zarten Alter. Emilia lächelt und das Mädchen sieht wieder weg.

»Siarra ist weg, deswegen ist sie traurig.« Die Große hält kurz ein und beantwortet Emilias Frage. »Und wer ist Siarra? Eure Schwester?« Sara schüttelt den Kopf und hüpft weiter. »Wir sind keine Schwestern. Ich passe nur auf Daliya auf.« Sie wendet sich um und spielt weiter unter dem Wasser.

Emilia sieht auf und direkt in Alenas besorgte Augen. Sie hebt ihre Hand und möchte über Daliyas Arm streichen, doch das kleine Mädchen zuckt zusammen, umarmt ihre Knie und beginnt von vorne nach hinten zu wippen, als müsste sie sich selbst beruhigen. Sie müssen unbedingt herausfinden, was mit den beiden Mädchen passiert ist.

Deswegen machen sie sich auch bereit. Alena und Emilia wollen den Mädchen mit dem Auto folgen, und wie auch schon beim letzten Mal bleiben die beiden nicht lange. Das ältere Mädchen wartet noch, bis ihr Top wieder getrocknet ist und dann gehen beide wieder. Belinda gibt ihnen noch Getränke und Kekse mit, Emilia und Alena setzen sich in der Zeit schon draußen in das Auto.

»Sollen wir den Männern davon erzählen?« Emilia setzt sich neben Alena, die sich ans Steuer setzt. »Nein, wir wissen doch noch gar nichts und du kennst sie ja. Die machen sich eher Sorgen um uns und sagen, wir sollen uns nicht überall einmischen.« Da hat sie wohl recht, also lassen sie die beiden vorlaufen und folgen ihnen dann unauffällig.

Es ist nicht so leicht, die beiden laufen langsam und die Straßen sind voll, Alena muss immer wieder am Straßenrand halten und warten, bis sie etwas vorgelaufen sind. Sie laufen fast zwanzig Minuten in der prallen Sonne, beide mit gesenktem Kopf.

Es bricht Emilia das Herz, hinter ihnen im klimatisierten Auto herzufahren und zu sehen, wie diese kleinen Füße ohne Schuhe auf den sandigen Steinen umherlaufen. Keiner beachtet die beiden, sie werden immer wieder angerempelt. Auch Alena ist ganz ruhig. Wie können sie jedes Mal so weit zu ihnen laufen?

Nach zwanzig Minuten kommen sie zu dem Brunnen, von dem das Mädchen gesprochen hat, von da an gehen sie über ein Feld in Richtung Wald.

»Wir können hier nicht weiterfahren. Lass uns aussteigen.«

Alena hält und sie steigen leise aus. »Ich weiß nicht, denkst du wirklich, das ist eine gute Idee?« Sie beobachten aus sicherer Entfernung, wie die Mädchen über das Feld in den Wald laufen. Sie folgen ihnen. »Es gibt keine andere Möglichkeit, wir verlieren sie und sie werden uns sicher nicht von alleine erzählen, was los ist. Du hast doch gesehen, wie verängstigt sie sind.«

Das stimmt, doch trotzdem hat Emilia ein merkwürdiges Gefühl, als sie sehen, wie die Mädchen in den Wald gehen. Sie beeilen sich, hinterherzukommen, doch als sie den Wald dann endlich erreichen, finden sie die Kleinen nicht mehr. Es ist hier nicht sehr zugewachsen und es führen nur zwei Wege weiter. Sie nehmen den Weg, auf dem auch Reifenspuren zu sehen sind, offenbar gibt es doch einen Weg, wie man mit dem Auto hier hineinkommt, doch sie gehen zu Fuß weiter.

Fast sind sie schon dabei wieder umzudrehen, da verlassen sie den Wald wieder und stehen auf einem freien Feld. Nun können sie die Mädchen wieder sehen, die über das Feld zu einem Haus mit Stall laufen. Es wirkt fast wie ein Bauernhof, doch noch können sie zu wenig erkennen.

»Warte!« Emilia deutet zu dem Wald am Rand. Sie gehen zurück und nähern sich im Wald dem Haus. So sind sie noch etwas weiter weg, können aber geschützt und ungesehen beobachten, was da los ist.

Auf dem Grundstück laufen einige Hühner und Hunde herum. Es ist alles sehr trocken, sandig und steinig. Aus dem Haus kommt eine Frau und sagt etwas zu den Mädchen, als sie auf den Hof kommen. Die beiden Mädchen setzen sich mitten in der Sonne auf eine Bank zu zwei weiteren Mädchen, die ungefähr so alt wie Sara sind und beginnen, Körbe zu flechten.

Viel mehr erkennt man nicht, sie sitzen lange da. Emilia und Alena wird schon zu warm und sie bekommen Durst, obwohl sie im Schatten stehen, diese Mädchen sitzen da in der prallen Sonne und machen die ganze Zeit die gleiche Arbeit.

Als es langsam zu dämmern beginnt, kommt die Frau und gibt jedem der Mädchen eine kleine Flasche Wasser und ein Stück Brot und schickt sie lieblos in den Stall.

»Was ist da bloß los? Was soll das hier sein?« Eigentlich hätten sie schon längst umkehren sollen, sie wissen jetzt, wo die beiden leben, doch sie können sich von alldem auch nicht losreißen. Die Frau bleibt stehen, als die Mädchen im Stall verschwunden sind und im selben Moment hören sie ein Auto kommen. Es kommt aus dem Wald und hält auf dem Hof.

Es ist ein Kleintransporter. Zwei Männer steigen aus, sie tragen Maschinenpistolen. Emilia und Alena sehen sich an, sie sind noch zu weit weg, doch es sind auf keinen Fall Männer ihrer Familia und auch nicht der Puentes.

Sie öffnen die hintere Tür des Transporters und ziehen drei Frauen heraus. Den Frauen sind die Hände auf den Rücken gebunden und die Augen verbunden.

Alena neben Emilia versteift sich, auch Emilias Herz beginnt zu rasen, als sie dabei zusehen, wie die Männer die Frauen in den Stall schubsen und die Tür zum Stall abschließen. Sie lachen und gehen mit der Frau in das richtige Haus.

»Was passiert da? Wer sind die Frauen und wieso sperren sie die Kinder und die Frauen in den Stall? Das muss da drinnen doch wahnsinnig heiß sein?«

Alena deutet auf ein geöffnetes Fenster, darunter steht eine Bank.

»Ich schleiche mich hin und gehe in den Stall. Ich sehe mir selbst an, was da passiert und komme dann wieder und dann entscheiden wir, was wir machen.«

Emilia hält sie am Arm zurück. »Alena, nein, das ist zu gefährlich, es ist schon zu dunkel. Lass uns die Männer holen und ...« Sie schüttelt den Kopf. »Das tun wir, wenn wir wissen, was hier passiert. Ich schleiche mich rein und du bleibst hier. Wenn die Männer kommen, eskaliert die Situation sofort, vielleicht kriegen wir das auch so hin. Lass mich nachsehen, was da los ist und wenn irgendetwas schief geht, können wir die Männer immer noch rufen. Behalte alles im Auge.«

Alena läuft schnell und geduckt zum Grundstück, Emilia blickt sich ängstlich um.

Das ist keine gute Idee, gar keine.

# Kapitel 8

»Ich habe gedacht, hier ist ein Center, um Schulaufgaben zu machen. Ich wusste nicht, dass wir hier in einem Zoo mit lauter wildgewordenen Affen sind.«

Alina legt das Geschirrtuch weg, als sie Ponces vertraute dunkle Stimme durch den Speisesaal des Centers hört. Die Küche ist fertig und geschlossen und die ersten Küchenhilfen verlassen das Center bereits. Sie lassen die Kinder noch bis zum Schluss spielen, doch jetzt sind auch nur noch wenige da.

Während sie die Küche verlässt und das Licht löscht, bindet sie ihre schweren dunklen Haare zu einem Zopf zusammen, damit es um ihren Nacken ein wenig kühler wird. Sobald sie ihren Verlobten entdeckt, bildet sich automatisch ein Lächeln auf ihrem Gesicht. Noch immer beginnt ihr Herz zu rasen und in ihrem Bauch schlagen Schmetterlinge aufgeregt ihre Flügel zusammen, wenn sie den Mann erblickt, der ihr Herz erobert hat.

Drei Jungen halten sich an Ponces Armen fest. Die Kinder lieben es, wenn einer der Männer im Center vorbeikommt, und die, die noch da waren, haben sich gleich auf Ponce gestürzt. Ohne Mühe hebt er die drei, die sich fest an seine Arme geklammert haben, hoch, dabei bildet sich das freche Grinsen auf seinem Gesicht, was seine Grübchen sofort hervorhebt.

»Sieh doch, wie stark wir sind. Dürfen wir auch in die Familia?« Ponce lacht auf und stellt die Jungen zurück auf den Boden. »Wenn ihr noch zwei Köpfe größer werdet, können wir darüber sprechen.« Alina lehnt sich gegen den Türrahmen und sieht zu Belinda, die dabei ist, die Stühle hochzustellen und liebevoll ihren Bruder und die Kinder beobachtet.

Noch einmal wuschelt Ponce den Jungen durch die Haare. »Immer schön euer Gemüse essen, damit ihr groß und stark werdet.« Alina lacht auf, als er zu ihr kommt und ihr einen Kuss gibt.

Belinda scheint er schon begrüßt zu haben. »Machen wir, und dann werden wir auch echte Cinco Sombras!« Die Jungen stürmen in den Garten und Alina hebt die Augenbrauen. »Gemüse, ja? Das ist eine gute Idee. Ich könnte zu Hause gleich eine leckere Gemüsepfanne vorbereiten, du hast doch sicherlich Hunger.«

Es ist später als sonst. Sie haben auf Emilia und Alena gewartet und das Center aufgelassen. Vorhin hat Emilia ihnen geschrieben, dass sie jetzt das Haus haben, aber noch beobachten wollen, was genau dort passiert und wer dort lebt. Sie wollten noch warten, so langsam müssten die beiden aber zurückkommen.

Ponces Arme umfassen ihre Hüften, dabei verzieht er sein Gesicht leicht. Er hasst Gemüse. Es ist selten, dass er mal etwas Gesundes isst. »Ich dachte, wir gehen lieber ins Restaurant. Bist du fertig?« Sie nickt. »Ja, wir warten nur noch darauf, dass Emilia und Alena zurückkommen.«

Die Tür geht auf und Vidal, Vida und Paz kommen in das Center. Die Kleinen springen freudig zu ihrer Mutter und Alina und Ponce gehen automatisch auch dorthin, um die beiden Süßen zu begrüßen. Vidal spricht gerade mit jemandem am Handy, gibt Belinda aber einen Kuss und auch Alina küsst er auf die Wange, während er Ponce ein Paket reicht, ohne das Handy vom Ohr zu nehmen.

»Wollt ihr auch mitkommen? Ich dachte, wir probieren das neue Fischrestaurant am Hafen?« Ponce nimmt Vida und Paz gleichzeitig hoch. Belinda sieht zu Vidal und nickt. »Ich denke ja, ich habe auch Hunger. Ich habe vorhin nichts gegessen. Emilia meinte, das Restaurant ist gut, sie war dort bereits mit Roman. Aber wir müssen noch auf Alena und sie warten.«

Vida zeigt ihrem Onkel ihre neue Puppe, in der Zeit beendet Vidal das Gespräch am Handy. Er hat aber auch ihnen offenbar zugehört, denn auch er nickt. »Unbedingt. Ich muss dringend etwas essen. Wieso macht ihr heute so spät zu?« Alina freut sich, auch Belinda lächelt. Sie ist glücklich, wenn Vidal und ihre Brüder

Zeit miteinander verbringen und auch Alina versucht dafür zu sorgen, dass sie immer mal wieder Zeit dafür finden.

»Wo sind Alena und Emilia hin? Wie lange müssen wir noch warten?« Ponce scheint Hunger zu haben. Belinda legt den letzten Stuhl auf den Tisch, damit die Reinigungskräfte, die abends kommen, durchwischen können und geht in den Garten, um auch den restlichen Kindern zu sagen, dass sie schließen und sie morgen wiederkommen können. Sie nimmt die letzten Brötchen und verteilt sie an die noch anwesenden Kinder.

»Hier gibt es zwei kleine Mädchen ... wir alle haben ein komisches Gefühl bei ihnen. Sie sind keine Geschwister und doch immer zusammen. Sie sind sehr dünn und bekommen offenbar nicht genug zu essen, außerdem haben sie lauter blaue Flecken und sind wirklich stark verschmutzt. Wir haben ein ungutes Gefühl; Emilia und Alena sind den beiden mit dem Auto gefolgt, um mal zu gucken, wo sie leben, damit wir dann entscheiden können, ob wir da eingreifen sollten oder nicht.«

Beide Männer sehen sie an.

Ponce setzt Vida wieder ab, die zu ihrer Mutter möchte, um auch ein Brötchen zu bekommen. Er seufzt nur leise auf. »Ihr wusstet, dass es hier nicht nur fröhliche Kinder geben wird. Ihr könnt nicht die ganze Welt retten.« Vidal nickt zustimmend und Belinda sieht auf ihre Armbanduhr. »Das wollen wir auch nicht ... doch die beiden sind wirklich sehr auffällig vernachlässigt. Emilia und Alena müssen jeden Moment kommen; ich bin gespannt, wo sie leben und wieso jemand Kinder so behandelt. Ich rufe mal bei Alena an und frage, wie lange die beiden noch brauchen.«

Mist, Alena spürt ihr Handy in ihrer Umhängetasche vibrieren, sie ist froh, dass sie es fast immer auf lautlos hat, da es so stark vibriert, dass das völlig ausreichend ist.

So leise wie möglich nähert sie sich dem Grundstück, was mit einem einfachen Holzzaun umrandet ist. Alenas Hände sind schwitzig, ihr Puls schlägt ihr bis zum Hals, als sie zum hinteren Teil des Stalles läuft und dort auf den Holzzaun zugeht. So kann sie vom Haus aus nicht gesehen werden.

Ihre gesamte Muskulatur ist angespannt, sie ignoriert das Vibrieren ihres Handys und ist froh, als es dann aufhört. Sie sollte das nicht tun. Alles in ihr schreit danach, zurück zu Emilia zu gehen und sich nicht in Gefahr zu bringen, nicht noch einmal, doch sie muss sehen, was in dem Stall passiert.

Noch stärker als der Drang nach Sicherheit ist der Drang herauszufinden, was mit den Frauen hier passiert. Dort in dem Stall sind kleine Kinder und sie hat jede Bewegung der Frauen gesehen, die gefesselt in den Stall gebracht wurden. Sie hat gesehen, wie sie zusammengezuckt sind, als sie berührt wurden, wie eng ihnen die Bänder umgebunden sind, wie ängstlich sie gelaufen sind.

Niemand weiß besser als Alena, was diese Frauen gerade durchmachen und auch wenn sie noch so sehr zittert, kann Alena nicht anders, als durch die offenen Balken am Holzzaun zu schlüpfen und sich noch vorsichtiger zum Stall zu schleichen.

Sie konnte sehen, dass die Männer die Stalltür mit einem Schloss verriegelt haben, doch es gibt Fenster, die zum Glück nicht zu hoch sind. Sie geht zu einer Bank, die an der Seite der Scheune unter einem solchen geöffneten Fenster steht und stellt sich auf die oberste Sprosse der Bank. Da sie an dem Stall angelehnt ist, hat sie genug Halt.

Alena beeilt sich, von hier kann man sie sehen. Sie schafft es, sich am Fenster hochzustemmen und klettert schnell durch die Öffnung. Da auf der anderen Seite keine Bank steht, fällt sie ziemlich tief und flucht leise auf, als ihr Bein beim Aufprall ein brennender Schmerz durchfährt, doch sie rappelt sich blitzschnell auf und zieht sich ihren Rock wieder richtig, bevor sie sich aufrichtet und umsieht.

Sie stockt und hält den Atem an bei dem, was sie hier zu sehen bekommt.

Der Stall ist ausgelegt mit Stroh, doch statt irgendwelcher Tiere sitzen und stehen hier fünf Frauen und fünf Kinder herum, darunter die zwei, die bei ihnen im Center waren und sie alle sehen panisch zu ihr.

»Was tust du hier? Wer bist du?« Eine der Frauen, die den drei gefesselten Frauen gerade die Augenbinden abgenommen zu haben scheint, flüstert ihr scharf die Worte zu und sieht ängstlich zur abgeschlossenen Stalltür. Das ältere der beiden Mädchen, die sich auf eine Decke im Stroh gelegt hatte, erkennt sie und kommt zu ihr gelaufen.

»Du bist doch aus dem Center? Was tust du hier? Haben sie dich auch geholt?«

Es sind viele erschreckende und angsteinflößende Eindrücke und Alena atmet tief ein, um einen klaren Kopf zu bekommen. Es ist unglaublich stickig im Stall, die Hitze, die den Tag über geherrscht hat, hat all das hier aufgeheizt, dazu der penetrante Geruch des Strohs und Heus und es riecht dazu noch nach Schweiß und einigem mehr. Im Stroh liegen mehrere Decken, worauf die Frauen offenbar schlafen, es gibt einen Haufen mit schmutziger Kleidung und ein Eimer mit Wasser steht herum.

Die Kinder kauen alle auf einem Stück Brot und sehen sie neugierig an, die Frauen panisch. Die drei Frauen, die gerade erst hier hereingebracht wurden und die erst jetzt sehen können, wo sie hier sind, sehen sich genauso schockiert wie Alena um.

Sie zwingt sich, all das erst einmal zu ignorieren und das beklemmende Gefühl, was sich in ihrer Brust ausbreitet, bei dem Geruch und dem Wissen, dass sie hier eingesperrt ist, zu unterdrücken.

Sie sieht zurück zum Fenster, durch das sie gekommen ist und erkennt, dass es sehr hoch ist und sich hier keine Möglichkeit bietet, dort hinaufzukommen wie von außen.

»Ich bin Alena, die beiden sind regelmäßig in unserem Center und meine Familie und ich haben uns Sorgen um sie gemacht, wir haben nachgesehen, wo sie wohnen und haben mitbekommen, wie sie hier eingesperrt worden sind. Ich wollte unbedingt nachsehen, was hier los ist.«

Die Frau, die sie angesprochen hat, hinkt auf sie zu. Sie bewegt sich langsam und hat ein Auge mit einem runden Pflaster abgedeckt. Sie sieht ihr in das unverdeckte Auge. »Wer seid ihr, warum lebt ihr hier im Stall und wieso sind diese Frauen hier gefesselt reingebracht worden?« Allen drei Frauen sind noch die Hände verbunden und Alena tritt zu ihnen, vorbei an den immer noch auf dem Stroh sitzenden Kindern, einer Frau, die auf einer der Decken liegt und unbeteiligt alles beobachtet und der Frau mit dem Augenpflaster.

Sie versucht, den Frauen die einschnürenden Handfesseln abzunehmen, doch die Frau mit dem Augenpflaster kommt ihr schnell hinterher und schlägt ihr die Hände weg. Alena hält in der Bewegung ein und sieht die Frau an, sie will sie erst zurechtweisen, doch sie erkennt die Angst im Auge der Frau. »Nein, sie kommen bald die Frauen holen, um sie noch einmal richtig zu begutachten. Wenn die Fesseln ab sind, werden sie es sofort merken. Wir dürfen nur die Augenbinden abnehmen.«

Alena lässt ihre Hände sinken, sie sieht wie stark die Fesseln einschnüren. »Wer sind 'sie' und was passiert mit diesen Frauen?« Sara, die Alena die ganze Zeit gefolgt ist, stellt sich nun auch zu ihnen. »Sie ist eine gute Frau, Mara. Sie gibt uns Essen und Trinken und als wir so sauber waren, war sie das mit ihrer Familie.« Sie blickt Alena in die Augen.

»Die Frauen werden zum Arbeiten hergeholt. Sie bleiben einige Tage oder Stunden hier und werden dann weggeschickt. Sie tanzen und kellnern und verdienen so Geld.« Sara lächelt matt und Mara sieht noch immer misstrauisch zu Alena. »Und wieso müssen sie gefesselt werden, wenn sie nur zum Arbeiten hier sind? Wollen sie das nicht? Und was macht ihr Kinder hier?«

Sara deutet auf die anderen Mädchen, und jetzt bemerkt Alena das erste Mal richtig, dass alle hier wunderschön sind. Sie alle haben feine Gesichter, schöne Augen, volle Lippen, die Frauen haben nur weiße Tops und Slips an und man erkennt, dass sie gut gebaut sind ... alle. Die Mädchen tragen alle dieselben Tops.

»Wir sind hier, damit unsere Mütter oder Schwestern sich mehr Mühe beim Arbeiten geben und wenn wir älter sind, dürfen wir auch mitarbeiten. Als sie meine Mutter geholt haben, war ich bei ihr, deswegen haben sie mich mitgenommen. Ich bin seit ungefähr einem Jahr hier, die beiden schon länger und Kique sagt, dass wir bald auch arbeiten dürfen. Solange flechten wir Körbe, die wir einmal die Woche auf dem Markt verkaufen. Als Letztes kam Daliya mit ihrer Mutter und zwei anderen Frauen hier an. Sie mussten zwei Wochen warten, bis sie arbeiten durften und ich habe die Aufgabe, mich um Daliya zu kümmern, weil sie noch so klein ist und ständig weint. Das nervt die Chefin, sie wohnt drüben im Haus mit Kique und seinem Bruder zusammen. Deswegen nehme ich Daliya immer und gehe mit ihr raus und zu euch, damit sie beschäftigt ist. Ihre Mutter wurde vor einigen Tagen weggebracht und seitdem ist es noch schlimmer geworden. Sie weint sehr viel und redet kaum.«

Sara deutet auf Daliya, die sich auf einer der Decken zusammengerollt hat und an die Wand sieht, als würde all das hier gerade gar nicht passieren. Das ist doch ... Alena reibt sich die Stirn und wendet sich zu der Frau mit dem Augenpflaster, Mara, die Einzige, die hier offenbar weiß, was los ist, um. »Was genau passiert hier? Gehörst du dazu? Zwingst du diese Frauen zu irgendetwas?«

Mara sieht erneut zu der abgeschlossenen Tür und zieht Alena am Arm ein Stück von allen weg. »Sara, gib den drei neuen Wasser. Sie sollen sich setzen, ich kümmere mich gleich um sie.« Mara ist ziemlich grob, doch Alena lässt sich das nicht anmerken, als sie sich dann vor ihr aufbaut.

»Ich gehöre nicht dazu, ich war selbst eine Gefangene hier. Das was hier passiert, kann man ganz einfach als Frauenhandel bezeichnen. Ich bin schon über drei Jahre hier und habe einiges mitbekommen und auch bei Gesprächen mitgehört. Ich weiß nicht alles, aber die Männer scheinen in allen Ländern und Städten und vor allem auf Dörfern nach den schönsten Frauen zu suchen. Am besten aus armen Familien. Sie beobachten die Frauen eine Weile und schlagen irgendwann zu. Diese Aktionen betreffen immer bestimmte Gebiete und meistens holen sie gleich drei bis vier Frauen. Oft entführen sie sie, manchmal verkaufen die Väter ihre Töchter aber auch oder auch die Ehemänner. Es gibt ganz unterschiedliche Geschichten, doch keine der Frauen ist freiwillig hier.«

Alenas Kopf dröhnt, die Informationen strömen auf sie ein und automatisch bilden sich schreckliche Bilder in ihrem Kopf, die sie weit von sich schiebt. »Bei mir sind mehrere Männer in unser Dorf in Mexiko gekommen. Sie haben drei Hütten angezündet, einige Bewohner getötet und drei von uns mitgenommen. Ich weiß noch, wie lange wir im Auto waren, bis wir hier gelandet sind. Ich schätze, wir wurden mit dem Schiff hergebracht.«

Einen Moment stockt sie, auch wenn sie die ganze Zeit sehr emotionslos wirkt, sieht sie nun auf den Boden. »Wenn sie die Frauen dann hier haben, werden sie auf das, was sie erwartet, vorbereitet. Sie werden geschlagen, manchmal sind Kinder dabei, mit denen sie unter Druck gesetzt werden, allen Frauen hier ist schnell klar, dass sie aus dem hier nicht so einfach herauskommen. Ich war auch eine der Frauen, die sich lange geweigert hat. So schlimm, dass Kique irgendwann komplett ausgeflippt ist. Er hat mir ein Auge zertrümmert und mein Fuß scheint gebrochen zu sein, zumindest kann ich seitdem nicht mehr auftreten. So war ich natürlich nicht mehr zu gebrauchen und bleibe seitdem hier und kümmere mich um die Neuankömmlinge.«

Alena sieht Mara schockiert an. Sie hebt ihre Hand und streicht ihr eine Locke ihrer langen Haare weg. Auch sie hat ein feines Gesicht, sie ist noch immer wunderschön, doch man sieht den Schmerz in dem noch offenen Auge und Alena tut es sofort leid, dass sie wirklich gedacht hat, Mara hätte mit alldem etwas zu tun haben können.

»Das tut mir so leid. Was passiert mit den Frauen, wo kommen sie hin?« Mara sieht zu den Kindern. »Wir sagen, dass sie kellnern sollen, damit die Kinder nicht solche Angst haben, doch sie kommen in Clubs, wo sie sich um Männer kümmern müssen, egal was diese wollen. Hier in Puerto Rico und in Mexiko gibt es diese Läden. In Mexiko gibt es mehr, dort gibt es aber generell mehr solcher Clubs, hier in Puerto Rico laufen diese Läden deswegen besser und die hübschesten Mädchen werden hergebracht oder man findet sie hier in Puerto Rico, das ist ganz unterschiedlich. Ich weiß auch nicht sehr viel darüber, aber ich weiß, dass keine dieser Frauen je zurückkam und ich denke auch nicht, dass sie freikommen. Ich weiß es nicht genau. Ich habe gehört, dass einige auch schon gestorben sind, weil sie krank wurden oder Männer zu brutal zu ihnen waren, doch was genau da passiert, weiß ich auch nicht. Sie verbringen hier nur einige Tage und werden dann weggebracht.«

Sie deutet zu den Mädchen. »Bei Daliyas Tante war es länger, weil der Club gerade ausgebaut wurde, wir sagen es den Kindern nicht, aber es wurde noch nie eines der Kinder wieder hier abgeholt. Sie bleiben hier, bis sie alt genug sind, meist so mit vierzehn, fünfzehn kommen sie dann selbst in die Clubs, wenn sie es bis dahin schaffen. Kique und sein Bruder trinken viel und sind dann sehr brutal, und die Frau ist auch sehr ungerecht und hart zu den Kindern. Ich versuche sie zu schützen und die Frauen so vorzubereiten, dass sie möglichst ruhig sind und ihnen nicht das Gleiche passiert wie mir, mehr kann ich nicht tun.«

So langsam versteht Alena alles, was hier passiert, wieso die Kinder so abgemagert und mit lauter Verletzungen zu ihnen gekommen sind. Sie sieht sich noch einmal um und reibt sich die Stirn. »Wir müssen euch hier rausholen, wir ...« Mara schüttelt den Kopf und deutet zum Fenster.

»Hier kommt man nicht raus. Ich habe schon einige Männer hier gesehen, einmal war sogar der Präsident Puerto Ricos hier, er wollte sich alles ansehen, und als er etwas sagen wollte wegen uns, hat er sich einfach eines der Mädchen aussuchen dürfen, von denen, die gerade da waren und damit wurde er zum Schweigen gebracht. Ich habe schon Polizeibeamte und einige andere gesehen, keiner hier hilft uns. Die Männer, die hinter alldem stehen, sind sehr mächtig. Du musst wieder gehen. Wir müssen dich aus dem Fenster bekommen und dann vergisst du all das einfach wieder. Uns kann keiner helfen. Wenn du wirklich etwas tun möchtest, hilf Sara und Daliya, für einige Stunden am Tag all das zu vergessen und ...«

Sie hören Schritte und lautes Lachen und Mara sieht Alena panisch an. »Versteck dich hinter den Strohhaufen und sag kein Wort, wenn sie dich hier finden, überlebt das keiner von uns.«

Alenas Herz beginnt augenblicklich wieder schneller zu rasen und sie rennt zu dem Platz, den Mara ihr gezeigt hat.

Ein beißender Geruch, noch schlimmer als es hier eh schon riecht, setzt sich in Alenas Nase und eine bittere Säure steigt ihr hoch. Sie muss husten und hält sich die Hand vor den Mund. Hier verrichten die Frauen offenbar alles, was sie müssen, solange sie hier im Stall eingesperrt sind.

Alena zieht sich ihr Shirt hoch und hält es sich vor die Nase. »Kinder, stellt euch schlafend und ihr sagt kein Wort, tut so, als wärt ihr sehr müde von der Reise.« Maras Stimme ist nur ein Flüstern, doch es ist so still im Stall, dass jeder sie hört und nur wenige Sekunden später hört Alena, wie die Tür aufgeschlossen wird.

Sie weiß, in was für einer Gefahr sie ist und zieht leise ihr Handy hervor. Sie hat keinen Empfang, sie kann nichts tun. Sie steckt es leise zurück und kann nur hoffen, dass keiner sie hier bemerkt.

Als sie vorsichtig hinter dem Haufen hervorguckt, sieht sie die zwei Männer, die die Frauen aus dem Transporter geholt haben, mit jeweils einer Waffe und einem Messer in der Hand in den Stall treten.

Alena kennt gefährliche Männer, auch die zwei sehen furchteinflößend aus.

Sie spricht gedanklich ein leises Gebet, dass all das hier gut geht und versucht ihren donnernden Herzschlag unter Kontrolle zu bekommen, als die Männer sich im Stall umsehen.

# Kapitel 9

»Hast du ihnen schon klargemacht, wo sie sind und was sie hier zu erwarten haben?«

Der jüngere der beiden Männer stellt sich sofort zu den drei Frauen, die noch immer eng zusammenstehen, die Hände auf den Rücken gefesselt, und sich ängstlich umschauen.

Der Mann hat einen längeren Bart und sieht sehr ungepflegt aus. Er hat ein schmutziges Unterhemd und eine Sportshorts an, dazu trägt er Badelatschen. Der ältere Mann trägt dasselbe, nur ist ihm all das einige Nummern zu klein und sein Bauch ragt über die Hose hinaus. Beide sind mit einer Waffe und einem Messer bewaffnet, der Jüngere nimmt einen Schluck Bier aus einer Flasche, die er auch in der Hand hält.

Mara weicht ein wenig zurück. »Ich habe gerade begonnen. Ich denke ...« Der Mann unterbricht sie und schneidet die Armfesseln einer der Frauen durch. »Du sollst nicht denken, Mara, das hatten wir doch schon oft genug.«

Die Frau, deren Fesseln nun entfernt sind, zieht ihre Hände an sich und reibt über die wunden Stellen. Sie weicht einige Schritte von dem Mann zurück, doch dieser merkt das und umfasst hart ihr Kinn. »Sehr schön, da haben die Männer sich wieder gute Ware ausgesucht.« Alena spürt immer stärker die Übelkeit in sich hochkommen. Der Geruch, die Angst der Frauen, die sie spüren kann und die Worte des Mannes lassen sie würgen, doch sie hält sich die Hand vor den Mund, sie muss vorsichtig sein.

Die Frau versucht ihr Gesicht wegzudrehen und der Mann lacht. »Zieh dich aus.« Alena hält den Atem an. Die Frau sieht den Mann ängstlich an und reagiert nicht. »Glaub mir, das wird in den nächsten Monaten das Harmloseste sein. Zieh alles aus und dieses Top und den Slip an. Alle tragen hier das Gleiche. Ab jetzt lasst ihr euer altes Leben hinter euch und werdet zu einem Teil unserer großartigen Familia, also mach schon.«

Er wendet sich ab und schneidet der zweiten Frau die Fesseln durch, auch ihr reicht er ein Top. Die erste Frau zieht sich langsam ihr Kleid aus, darauf bedacht, nicht zu viel Haut zu zeigen, was den älteren Mann laut loslachen lässt, er beobachtet das Ganze nur. Unsanft schubst der jüngere Mann die zweite Frau zu der anderen und dreht sich zu der letzten um. Die beiden Frauen haben die ganze Zeit über Tränen in den Augen. Die dritte hingegen sieht wütend zu dem jungen Mann, als er sie zu sich zieht und ihre Hände befreit.

»Du bist ja eine ganz besonders reife Frucht.« Er fährt mit seiner Hand über ihr ausgeprägtes Hinterteil. Sie ist eher kurvig, doch sie hat eine schmale Taille und lange schwarze Haare, die ihr fast bis zu den Hüften gehen. Als der Mann aufseufzt und über ihren Po streicht, dreht sich die Frau um und schlägt ihm mit voller Wucht ins Gesicht. Damit hat keiner gerechnet, auch Alena keucht erschrocken auf, doch der Schlag und der Fluch des älteren Mannes, der sofort dazukommt, waren so laut, dass niemand ihr Geräusch vernommen hat.

»Du blöde Schlampe, was denkst du ...« Der ältere Mann versucht die Frau zu schnappen, doch sie wehrt sich mit Händen und Füßen und spuckt auf den Boden. »Mein Verlobter konnte nicht verhindern, dass ich gefangen genommen wurde, aber glaubt mir, er wird mich suchen und wenn er mich gefunden hat, dann ...«

Der jüngere Mann streicht sich amüsiert über seine Wange. Auch wenn es sehr hart aussah, scheint ihn der Schlag nicht sonderlich beeindruckt zu haben. »Wenn dein Verlobter bei deiner Gefangennahme dabei war, kannst du mir glauben, atmet er jetzt nicht mehr.«

Der ältere Mann schlägt der Frau hart ins Gesicht und sie schreit laut auf und fällt zu Boden. Ob wegen der Schmerzen oder wegen der Worte, die Frau krümmt sich zusammen und bleibt liegen.

»Mädels, eigentlich ist Mara dafür zuständig, doch sie ist nicht mehr so helle im Kopf, nachdem wir ihr ihren letzten Verstand rausgeprügelt haben, weil auch sie auf die glorreiche Idee kam, sich gegen das zu wehren, was wir ihr hier bieten. Seht sie euch an, was sie damit erreicht hat. Ich kann euch nur raten, euch eurem Schicksal zu fügen und uns dankbar zu sein. Ihr lebt und wir geben euch sogar noch einen Job, was will man mehr. Alle, die sich nicht an unsere Regeln halten, haben das sehr schnell bereut.«

Der ältere Mann nickt und sieht zu der Frau, die noch immer wimmernd am Boden liegt. »Ich werde ihr mal zeigen, wie es hier läuft.« Ohne Erbarmen greift er nach ihren Haaren und zieht sie hoch. Sie schreit erneut auf und versucht, nach dem Mann zu schlagen, doch dieses Mal hält er ihr die Waffe vor das Gesicht. »Genug von deinem kleinen Aufstand, Prinzessin.«

Die Frau erstarrt, auch Alenas Herz rast immer schneller. Sie weiß nicht, ob sie bei all diesem Wahnsinn weggucken oder hinsehen soll, sie überlegt krampfhaft, wie sie all das hier schnell beenden kann. Sie hofft, dass die Männer einfach wieder verschwinden und Alena mit den Frauen besprechen kann, wie sie ihnen helfen könnte, doch der ältere Mann schleift die Frau weg von den anderen in die Nähe ihres Verstecks.

»Wir sollen die Ware nicht benutzen.« Der junge Mann nimmt noch einen Schluck Bier, doch der ältere Mann zuckt nur die Schultern und wirft die Frau auf einen Strohhaufen. »Manchmal geht es nicht anders.«

Die Frau wehrt sich erneut, als er ihr ihre Leggings von den Beinen zerrt, der Mann legt die Waffe beiseite und hält ihr ein Messer an den Hals, so schafft er es die Stoffhose herunterzuziehen und lässt auch seine Shorts fallen.

Alena ist völlig erstarrt.

So heiß und stickig es hier auch ist, eine Kälte fährt in sie, die sie sofort wieder in ihr Gefängnis zurückversetzt. Der Geruch von Eisen, Blut und Schweiß füllt ihre Lungen und sie schmeckt bittere

Säure auf ihrer Zunge. Sie blickt sich um, sieht in dem stillgelegten verglasten Affenkäfig umher und sucht irgendetwas, was ihr zur Flucht verhelfen könnte, doch da gibt es nichts.

Das ist nicht real, du musst dich zusammennehmen und dieser Frau helfen!

Es ist der langen Therapie und viel Geduld und Liebe der Menschen, die ihr nahestehen, zu verdanken, dass Alena mittlerweile so gefestigt ist, dass sie sich selbst aus solch einer Blockade herausziehen kann. Sie sagt sich das immer wieder, während sie beobachtet, dass der ältere Mann das Shirt der Frau hochziehen will und sich zwischen ihre Beine stellt.

Nein!

Alles in ihr schreit auf und auch wenn sie weiß, was sie riskiert, muss sie etwas tun. Er rechnet nicht mit ihr und das ist ihre Chance. Blitzschnell kommt sie aus ihrem Versteck und greift nach der Waffe, die der Mann beiseite gelegt hat.

»Lass sie sofort los!«

Alena ist eine Cinco Sombra und auch wenn sie nie aktiv in der Familia mitgewirkt hat, so weiß sie doch, wie man mit einer Waffe umgeht.

Der Mann schreckt zusammen und wendet sich verdutzt zu ihr um. »Wer bist du? Lass die Waffe fallen, bevor du noch ernsthaft jemanden verletzt, du weißt doch gar nicht, mit wem ...«

Die Frau sieht Alena dankbar an und zieht sich blitzschnell die Leggins wieder über, bevor sie die Knie an sich zieht und sich leise bekreuzigt. Alena überprüft, wie viel Schuss in der Waffe sind, das dauert eine Millisekunde: drei Kugeln.

Als der Mann auf sie zukommen will, schießt sie genau vor ihm auf den Boden, sie verfehlt ihn nur um Millimeter und er reißt die Augen weit auf. »Bist du ...« Alena sieht ihm in die Augen und meint die nächsten Worte todernst, und das erkennt auch der Mann in diesem Moment.

»Ich habe noch zwei Kugeln, eine für dich und eine für deinen Partner dahinten. Falls du denkst, ich habe ein Problem damit, einem Mistkerl wie dir eine Kugel in den Kopf zu schießen, täuschst du dich, also stell dich da hinten zu deinem Partner.«

Der ältere Mann lacht belustigt auf, doch er hebt die Hände und bewegt sich nach hinten, auch wenn er dabei rückwärts läuft und sie nicht aus den Augen lässt, kann man seinem Gesicht nicht entnehmen, wie ernst er Alena nimmt.

»Komm mit!« Sie deutet der Frau, ihr zu folgen, was diese dann auch tut. Der junge Mann nimmt einen Schluck Bier, er hat das alles beobachtet und hebt nun lässig seine Waffe hoch. »Und du denkst, du kommst damit durch?« Alena richtet die Waffe auf ihn. »Wenn ich abdrücke, hast du keine Chance mehr, das herauszufinden.«

Dunkle Augen bohren sich in ihre, der junge Mann versucht sie einzuschätzen, dann sieht er zu den Frauen und lacht kurz auf. »Bitte sehr, das ist es nicht wert.« Unmerklich atmet Alena tief ein, als auch er die Waffe fallen lässt.

»Bist du irgendeine Psycho-Freundin einer der Neuen, die dem Transporter gefolgt ist? Wie bist du aufs Boot gekommen? Wie hast du das geschafft?« Alena sieht zur Tür. »Das geht euch nichts an. Ich nehme jetzt die Frauen und die Kinder und bringe sie hier weg. Wo ist die Frau, die bei euch war? Ist sie im Haus?«

Neben ihr steht die Frau, sie ist noch immer die Mutigste von allen anderen. Die Kinder starren sie an, selbst Daliya hat sich aufgesetzt und sieht erschrocken zu ihnen. Alena lässt die Männer nicht aus den Augen, doch das Nein neben ihr und der Schmerz, der plötzlich durch ihren Kopf fährt, lässt sie die Waffe fallen lassen und ihre Hände an den Kopf nehmen.

Sie schließt die Augen und spürt etwas Nasses. Verdammt. Als sie die Augen wieder öffnet, hebt der jüngere Mann gerade alle Waffen auf, Alena dreht sich um und sieht zu Mara, die hinter ihr steht mit einem Holzbrett, woran Blut klebt. Ihr Blut. Sie hat Tränen in den Augen und sieht sie an. »Es tut mir leid, ich musste es tun, sonst wären wir alle später ...«

Alena erkennt die Angst und die Entschuldigung in ihren Augen, doch sie versteht es nicht. Sie hatte die Situation im Griff und hätte ...« Eine Faust trifft sie, und auch wenn es wirklich hart war, zwingt sie sich, nicht zu Boden zu fallen. Noch ein Schlag trifft sie und dann kann sie ihre Augen nicht mehr offen halten.

Es wird alles schwarz um sie herum, ihr Kopf brummt und alle Kraft weicht aus ihren Beinen. Sie spürt, wie sie grob herumgeschleift wird, doch trotz aller Schmerzen schafft sie es nicht, erneut ihre Augen zu öffnen.

»Da hat sie gedacht, sie kann sich mit uns anlegen, sagt schon, zu wem von euch gehört sie? Dann wird sie die nächsten Monate mal ganz genau zeigen müssen, was sie so drauf hat, da hast du noch einmal Glück gehabt, dass sie für dich eingesprungen ist.« Alena spürt etwas Stacheliges unter sich und Hände an ihrem Oberteil und in diesem Moment reißt sie die Augen wieder panisch auf. Nein, niemals, eher wird sie sterben!

Der Mann hat nicht damit gerechnet, dass sie noch bei Bewusstsein ist und sieht nicht kommen, dass Alena hochgreift und einmal quer durch sein Gesicht fährt, sie hinterlässt blutige Kratzer und der Mann flucht auf. In dem Moment trifft sie seine Faust noch einmal, doch dann durchfährt ein lauter Knall das alles und der Mann fällt zu Boden.

Im nächsten Moment ist Emilia bei ihr. »Alena, Alena, sieh mich an. Geht es dir gut?« Alena zwingt sich, wach zu bleiben. Sie spürt Emilias Hände an ihrem Gesicht und sieht hoch, direkt in Ponces Augen, der seine Waffe auf den jüngeren Mann richtet, genau wie Vidal, der auch eintritt.

»Bringt die Kinder hier raus.« Vidal sieht zu Mara, die sich die Kinder nimmt und schnell den Stall verlässt. »Hey, hey, ich weiß nicht, was ihr damit zu tun habt, aber die Frauen hier gehören ...« Der junge Mann hebt unschuldig die Hände, doch Ponces Blick gleitet zu Alena. »Interessiert mich nicht, keiner fasst jemanden aus meiner Familie an.« In der nächsten Sekunde fällt auch der Mann zu Boden und Ponce kommt zu ihr, während Vidal in der Scheune nachsieht, ob noch jemand da ist.

»Kannst du laufen? Haben sie dir etwas angetan?« Alena schüttelt den Kopf und bereut es sofort, da er wie verrückt dröhnt, so stark, dass sie erneut die Augen schließen muss. Auch Vidal tritt nun zu ihnen und zieht sein Shirt aus, er knüllt es zusammen und sieht Alena besorgt an, während er ihr das Shirt gegen den Kopf hält, um die Blutungen zu stoppen, die sie durch das Brett bekommen hat.

»Nein, haben sie nicht. Ihr seid gerade rechtzeitig gekommen ...« Der laute Schrei einer Frau lässt sie alle aufblicken, die Frau aus dem Haus ist in den Stall getreten und schreit schmerzvoll herum, als sie die Männer erblickt, gleichzeitig hören sie mehrere Autos zum Grundstück kommen. Ponce legt den Arm um Alena und stützt sie.

»Es stinkt unerträglich, kommt erst mal raus hier und erklärt uns, was zur Hölle hier los ist!«

Draußen erwartet sie ein Bild, bei dem sie nicht weiß, ob sie erleichtert oder schockiert sein soll. Die Mädchen und Frauen stehen alle zusammen, sie sehen ängstlich zu den Autos, die auf dem Grundstück halten. Die jüngeren Mädchen umringen Mara und drücken sich ängstlich an sie.

Alejandro, Santos, Levi und Roman steigen zusammen mit Petro aus zwei Wagen. Ihre Brüder sind sofort bei ihr, Roman nimmt ihr Gesicht in seine Hände, sieht auf das Shirt, was sie sich noch an die Wunde drückt und ihr wieder in die Augen.

»Was ist hier passiert, wer war das? Wo sind die ...«

Ponce steckt seine Waffe weg, Vidal hat sich umgesehen und deutet an, dass keine Gefahr mehr besteht, er aber lässt seine Waffe noch gezogen und geht in das Haus. Levi gibt ihr einen Kuss und folgt Belindas Verlobten.

»Die liegen in dieser Scheune. Ich weiß nicht, was hier los ist. Emilia hat uns angerufen und uns gesagt, dass Alena in Gefahr ist, sie hat uns ihren Standort geschickt und wir sind hergekommen, dabei haben wir euch Bescheid gegeben. Dann hat sie uns hergeführt und wir haben zwei Männer und diese ganzen Frauen und Kinder vorgefunden, ich weiß selbst noch nicht, was hier los ist.«

Erst als Alena ihm versichert, dass es ihr gut geht, lässt Roman ihr Gesicht los. Sie ist überrascht, wie klar sie noch denken kann, doch das liegt wahrscheinlich an den Frauen und ihrem Schicksal und dass sie handeln muss.

Erneut sieht sie auf die Frauen und wendet sich zu ihren Brüdern und Cousins um, die sich um sie versammelt haben. Alejandro blickt zur Scheune und auf die Frauen, dann sieht er ihr in die Augen.

Vorsichtig nimmt sie sich Vidals Shirt vom Kopf, um zu gucken, ob sie noch blutet, Petro nimmt ihr das Shirt ab und streicht ihre Haare von der Stelle. »Da ist ein tiefer Schnitt, der muss sicherlich genäht werden. Lass das Shirt noch drauf, es blutet nicht mehr sehr stark, aber press es noch auf die Wunde. Waren das die Männer? Wie kommst du hierher, Alena?«

Es wird Zeit, alles zu erklären, doch es ist gar nicht so leicht, das alles in Worte zu fassen.

»Hier haben einige Männer Frauen und Kinder gefangen gehalten. So wie ich es verstanden habe, werden die Frauen in Clubs oder Bordelle gebracht und müssen dort arbeiten. Die Kinder bleiben hier, um als Druckmittel zu dienen oder werden, wenn sie alt genug sind, selbst angeboten ... ich weiß es selbst noch nicht genau. Ich weiß nur, dass wir die Frauen aus dem Club herausholen müssen, bevor die anderen Männer erfahren, dass wir hier waren und die Frauen vielleicht wegbringen können. Die Männer arbeiten in Puerto Rico und Mexiko. Mara, komm mal bitte her.«

Alejandro, Roman und die anderen sehen Alena verwirrt an. Emilia geht zu den Mädchen, die sie aus dem Center kennen und spricht mit ihnen. Sara wirkt nun auch sehr verunsichert, Daliya versteckt sich hinter deren Beinen. Es ist verständlich, wenn die beiden Männer für sie schon angsteinflößend waren, will Alena gar nicht wissen, wie die Männer der Cinco Sombras und der Puentes auf sie wirken. Sie kann nur hoffen, dass sie nicht alles, was in der Scheune passiert ist, mitbekommen haben.

»Wie ... was ... wie kommst du hierher, Alena?« Roman wird lauter. Man sieht ihm die Sorge an und Mara, die sich genähert hat, bleibt erschrocken stehen. Emilia kommt zu ihnen, sie hat Daliya auf dem Arm, die ängstlich zu den Männer sieht.

»Wir sind den Mädchen gefolgt. Sieh sie dir an, so kamen sie tagelang ins Center und wir alle haben uns Sorgen gemacht. Siehst du die blauen Flecken und wie verschmutzt sie sind? Sie haben hier nicht genug zu essen bekommen und sind im Stall gehalten worden. Als wir das gesehen haben, ist Alena los, um genauer nachzusehen und war plötzlich im Stall. Ich habe gewartet, dass sie herauskommt, doch dann kamen die Männer und ich wusste, dass ich etwas tun musste.«

Emilia blickt ihren Mann traurig an. »Eine Chance, die Männer zu überwältigen, war nicht gegeben, sodass ich euch so schnell ich konnte informiert habe. Ich hatte zu wenig Empfang und musste etwas zurück und dort habe ich dann auf Ponce und Vidal gewartet und sie sofort zu Alena geführt. Du siehst doch, was hier los ist. Die Frauen brauchen Hilfe. Wo finden wir diese Clubs? Werden alle Frauen dort gezwungen zu arbeiten?«

Mara sieht zum Stall, aus dem man noch immer die Frau schreien hört. »Ich weiß es nicht. Ein Club liegt nicht weit von hier, außerhalb von San Juan. Wo die anderen genau sind, weiß ich nicht. Sie bringen die Frauen immer weg und kaum eine kommt zurück, außer sie ....« Sie deutet zu der anderen Frau. »Sie war mit Daliyas Mutter bei denen, die erst vor einigen Tagen in den Club nach San Juan gebracht worden sind. Sie mussten länger in der Scheune warten, da der Club gerade renoviert wurde. Doch sie ist nach einem Tag zurückgekommen, sie haben sie getestet und gemerkt, dass sie

HIV-positiv ist, deswegen sollte sie wie ich in der Scheune bleiben und die Kinder im Auge behalten und die neuen Mädchen einweisen. Ich weiß nicht, ob dort auch andere Frauen arbeiten, ich war noch nie in solch einem Club.«

Emilia nickt. »Wir müssen die Frauen da rausholen, bevor jemand davon erfährt, dass wir hier waren und die Frauen weggeschafft werden, bevor wir etwas tun können. Lasst uns diesen Club suchen, die Frauen befreien und ...«

Vidal kommt mit einigen Papieren und Visitenkarten wieder.

»So wie es aussieht, ist das alles wirklich ein großes Geschäft. Sie schaffen von überall Frauen heran. Ich habe lauter Reisedokumente aus Puerto Rico, Mexiko, Bolivien und Chile gefunden.«

Er hat Emilias Worte noch gehört und sieht zu Alejandro.

»Ganz so einfach ist das alles nicht. Das alles sind die Frauen aus Basces Läden!«

Alena versteht gar nichts mehr, doch das Auffluchen von Roman und die Blicke der anderen verheißen nichts Gutes.

# Kapitel 10

Alejandro kann Romans Reaktion verstehen. Er geht zu Vidal und sieht sich die Unterlagen in seinen Händen an.

»Das ist … wer ist Basces? Es ist doch völlig egal, wem das gehört, und wenn ihr diesen Mistkerl kennt, umso besser. Wir sollten losfahren und die Frauen befreien.« Nicht nur Alena sieht ihn fordernd an, auch Emilia blickt von Roman zu ihm.

»Basces ist nicht irgendjemand. Er ist seit vielen Jahren ein guter Geschäftspartner von unserer Familie und auch von den Puentes. Da können wir nicht einfach reinstürmen und seinen Laden einnehmen.«

Alena stemmt die Arme in den Hüften. Alejandro kennt seine Cousine genau. Sie wird diese Antwort nicht akzeptieren. Das Shirt, das sie sich eigentlich noch an den Kopf halten sollte, hält sie weiter in der Hand, ohne die Wunde damit zu bedecken. Sie schließt einen Moment schmerzhaft die Augen, doch er weiß, dass sie das nicht stoppen wird. Alena hat ihre alte Kraft wiedergefunden.

Es ist lange her, dass er dieses Funkeln in ihren Augen gesehen hat, es freut ihn, dass sie es noch hat, doch gerade jetzt wünschte er, sie würde sich nicht so tief in die Sache hineinsteigern. Er kann es verstehen, auch ihn trifft der Anblick der Frauen und Kinder, doch so einfach wie sie denkt, wird es nicht werden.

»Ihr seid hier aber reingestürmt und habt zwei seiner Männer getötet und diese Frauen und Kinder befreit«, stellt Emilia trocken fest. Alejandro behält Alena im Auge und wartet auf ihre Reaktion.

»Das war wegen Alena, die beiden haben sich an einer Frau von uns vergriffen, das wird Basces verstehen. Es bedeutet nicht, dass wir akzeptieren, was er hier gemacht hat, doch es wird nicht so einfach gelöst, indem wir seinen Laden stürmen.«

Alena schnauft auf, Vidal, der noch neben ihr steht, räuspert sich leise. Er ahnt, dass auch Belinda ihm nachher zu alldem noch einiges sagen wird und Alejandro weiß auch, dass Vidal Alena sehr mag. Dadurch, dass sie lange mit seinem Bruder zusammen war, kennt er sie mittlerweile auch sehr gut, doch diese Seite, die temperamentvolle Alena, die genau weiß, was sie will und alles dafür tut, kennt er nicht. Sie kommt erst jetzt langsam, wo ihre Wunden nach und nach besser verheilen, wieder. Doch sie, ihre Familie, kennen diese Seite an ihr ganz genau, deswegen verschränkt Roman schon einmal seine Arme vor der Brust.

»Das ist doch nicht dein Ernst, Alejandro? Das ist doch nicht euer aller Ernst? Was macht es für einen Unterschied, ob ich es bin, die hier festgehalten wird oder eine andere Frau? Bin ich besser als diese Frauen? Was haben sie verbrochen, dass die Männer wie Tiere über sie herfallen und sie gezwungen werden, irgendwo Dinge zu machen, die sie nicht wollen? Wie könnt ihr mit solch einem Menschen Geschäfte machen und viel schlimmer: Wie könnt ihr überhaupt zögern, diesen Frauen und Kindern zu helfen?«

Sie geht zu Emilia und nimmt Daliya auf ihren Arm. »Dieses Mädchen könnte Vida sein, die hier gefangengehalten wird, damit Belinda die Fantasien irgendwelcher Männer befriedigt, wie fändet ihr das? Es passt nicht zu euch, Unterschiede zwischen den Menschen zu machen, und noch weniger passt es zu den Cinco Sombras oder den Puentes, vor irgendetwas zurückzuschrecken, nur weil irgendein Geschäftspartner damit etwas zu tun hat. Unsere Familias sollten nie zögern, egal um wen es geht. Doch mir ist das egal, wenn ihr das nicht macht, tue ich es. Ich werde nicht schlafen gehen mit dem Wissen, dass dort in einem Club Frauen zu Dingen gezwungen werden, die sie nicht möchten.«

Sie wendet sich ab mit dem kleinen Mädchen auf dem Arm, und Emilia stellt sich sofort zu ihr. Wäre die Situation nicht so ernst, würde Alejandro am liebsten die Augen verdrehen, doch er weiß auch, dass Alena recht hat, das hier ist nicht in Ordnung. Nur kann er sich nicht nur von Emotionen leiten lassen, nicht wenn er die Verantwortung für eine ganze Familia trägt.

»Lass das, Alena, du weißt, dass wir das alles hier nicht einfach ignorieren, doch wir können auch nicht kopflos einen Krieg anzetteln. Ihr kennt noch nicht einmal alle Fakten. Levi, bring diese Frau her. Sie wird mehr wissen. Ich kenne die Clubs von Basces, dort kam mir niemals eine Frau eingeschüchtert vor. Wir hören mal ...«

Alena dreht sich zu Alejandro um. »Sag mir jetzt nicht, dass ihr euch dort auch mit den Frauen vergnügt habt?« Vidal neben Alejandro lacht leise auf, er kann sich ein leises Aufseufzen nicht verkneifen. Alena sieht ihn an, dann Roman, Levi, Ponce und schüttelt den Kopf.

Nun mischt sich auch ihr Bruder ein. »Komm mal wieder runter, Alena. Denkst du, einer von uns hat es nötig, eine Frau zu etwas zu zwingen oder würde das jemals tun? Wir werden schon herausfinden was da los ist und das, ohne einfach loszurennen und zu handeln. Man hat ja bei dir gesehen, zu was das führt. Du bist innerhalb weniger Minuten selbst eine Gefangene gewesen.«

Emilia und Alena sind stehengeblieben, diese Mara steht bei ihnen und das kleine Mädchen ist noch immer auf ihrem Arm und sieht sich unsicher um. Sie würden sicherlich noch gerne etwas dazu sagen, doch Levi kommt mit der Frau wieder, die noch immer schluchzt, wenn auch nicht mehr so verzweifelt wie vorher.

Zwei weitere Wagen von ihnen kommen auf das Grundstück und Alejandro erkennt auch Dantes Wagen von Weitem. Vidal tippt etwas in sein Handy und sieht dann auch zu der älteren Frau. Sie wird sicherlich schon über sechzig sein, doch auch wenn sie weint und zu trauern scheint, hat sie etwas sehr Hartes und Kaltes im Gesicht. Besonders als sie sie jetzt ansieht.

Sie wischt sich ihr Gesicht mit ihrem langen orangefarbenen Rock ab und flucht laut auf, bevor sie ihre Hand zu einer Faust hebt.

»Ihr wisst gar nicht, was ihr getan habt? Basces' Zorn wird euch treffen und dann werdet ihr ...«

Mit dem kleinen Mädchen im Arm tritt Alena vor und stellt sich genau vor die Frau. Das Mädchen schreckt zurück und verbirgt ihr Gesicht an Alenas Schulter und Roman tritt vor, um seine Schwester zurückzuhalten, doch Alejandro deutet ihm, ruhig zu bleiben.

Das was Alena erlebt hat, wird niemand von ihnen jemals komplett nachvollziehen können und Alejandro versteht, warum ihr das Schicksal der Frauen und Kinder so nah geht und wieso sie sich dafür einsetzt. Deswegen lässt er es zu, dass sie die Frau vernichtend ansieht.

»Was wir getan haben? Wie können Sie es wagen, sich hier noch hinzustellen und Ihren Mund aufzumachen? Wie kann eine Frau es zulassen, dass hier Kinder und Frauen wie Tiere gehalten werden? Wie konnten Sie kleine Kinder wie Daliya schlagen und ihnen kaum etwas zu essen geben? Haben Sie gar keine Gefühle in sich? Sie sind noch schlimmer als die beiden Männer, von denen ist man nicht überrascht, doch Sie als Frau ...«

Die Frau deutet zu Daliya. »Die haben hier einen Platz zum Schlafen gehabt, wir haben sie durchgefüttert und sie haben nur etwas abbekommen, wenn sie nicht gut genug gearbeitet haben oder wenn sie, wie die da auf deinem Arm, nicht aufgehört haben zu weinen. Das ist immer noch besser, als sie einfach im Wald auszusetzen oder sie sonst wie loszuwerden.«

Nun greift Alejandro doch ein und stellt sich zwischen Alena und die Frau. Dabei fällt sein Blick auf das kleine Mädchen, als sie einen Moment hochsieht.

Sie hat Angst, ihre hellblauen Augen streifen ihn kurz, bevor sie ihr zartes Gesicht wieder versteckt. Sie ist schmutzig und ihre Haare verklebt, und wenn Alejandro sie mit Vida vergleicht, zieht sich auch sein Magen zusammen, doch er muss jetzt klar denken.

»Sie weint sicherlich wegen ihrer Mutter, was normal ist. Also, was ist hier los? Gehört das alles wirklich Basces? Was genau passiert mit den Frauen? Woher habt ihr sie und was erwartet sie? Und ich habe nach der Wahrheit gefragt.« Er zieht seine Waffe aus dem Hosenbund und die Frau schluckt leise, bevor sie ihm in die Augen sieht.

»Hier bleiben die Frauen immer nur einige Tage. Es gibt Männer, darunter auch mein Freund und sein Sohn, Gott möge ihrer Seelen gnädig sein, die sich nach hübschen Frauen umsehen. Hier, in Mexiko, ... überall hat Basces solche Männer. Er möchte nur die schönsten Frauen und seinen Kunden nur das Allerbeste anbieten.«

Ponce war relativ ruhig die ganze Zeit. »Also, ich kenne genug Clubs, wo das anders läuft. In Chile war ich dabei, als ein Kunde von uns Castings hatte für seinen Club, es waren viele Frauen dort, die arbeiten wollten, freiwillig, dazu muss man niemanden zwingen.«

Die Frau zuckt die Schultern. »Er will aber die Allerschönsten, nicht die, die wollen. Sie beobachten die Frauen und Mädchen einige Tage und suchen eine Schwachstelle. Eine arme Familie der sie sie abkaufen können, einen Weg, auf dem sie alleine sind und sie mitgenommen werden können, Kinder, über die das laufen kann. Wenn es zu lange dauert, kann es auch passieren, dass die Frauen mit Gewalt aus den Häusern geholt werden, da bleibt dann niemand übrig, der sie jemals suchen könnte. Diese Frauen kommen alle aus kleinen Dörfern, sehr armen Familien, es wird dafür gesorgt, dass es nicht allzu sehr auffällt.«

Keine Reue, keine Schuld, die Frau erzählt ihnen eiskalt, was diesen Frauen angetan wird. »Dann wird entschieden, wohin sie kommen. Diese Farmen gibt es überall und wenn sie hierher nach Puerto Rico kommen, kommen sie zu uns. Hier bleiben sie nur ein paar Tage und werden dann auf die Clubs verteilt. Die Kinder und Kranken bleiben hier. Basces möchte nur das Allerbeste für seine Kunden.«

Er will das alles gar nicht hören, doch nun ist es schon zu spät. Er reibt sich die Stirn. »Okay, aber wie bekommt er die Frauen dazu, das zu machen, was sie tun? Ich meine, keine der Frauen sieht verängstigt oder so aus, als würde man sie zwingen.«

Die Frau zuckt die Schultern.

»Sie werden eingearbeitet, das dauert länger. Wir hier bereiten sie schon vor, im Club geht es dann weiter. Sie alle schlafen dort und werden daran gewöhnt zu dienen. Sie bekommen Drogen und man droht ihnen mit ihren Kindern oder Eltern. Außerdem wird ihnen gesagt, dass wenn sie besonders gut arbeiten, sie nach sechs Monaten wieder freikommen, da sie nach einem halben Jahr immer einen Wechsel der Frauen machen. Länger als sechs Monate ist keine Frau da. Die Frauen glauben das, die Drogen und Schläge tun den Rest. So schwer ist das nicht.«

Alejandro sieht zu Vidal, der auch zugehört hat und in dessen Augen er genau solch eine Abscheu sieht, wie Alejandro sie verspürt. »Und werden die Frauen dann auch wieder freigelassen?« Die Frau schüttelt ungerührt den Kopf. »Nach sechs Monaten werden die, die noch zu gebrauchen sind, in den nächsten Club geschickt alle anderen werden ... aussortiert. Ich weiß nicht genau, was mit denen passiert, aber ich weiß, dass sie ihre Mutter nicht wiedersehen wird.«

Sie deutet zu dem kleinen Mädchen, was die ganze Zeit noch nichts gesagt hat, sich nur ängstlich an Alena hält und doch zu der Frau sieht. Bei ihren Worten beginnt sie augenblicklich zu weinen, stumme, dicke Tränen treten aus ihren Augen und seine Cousine streicht über ihren Rücken. »Nein, das stimmt nicht. Mach dir keine Sorgen. Wir werden deine Mutter da heute noch rausholen, hörst du?«

Sie sieht zu der Frau. »Ist sie in dem Laden hier in San Juan?« Die Frau nickt nur und zieht ihr Handy aus der Tasche ihres Rockes. »Aber das wird Basces nicht zulassen. Ihr habt hier schon genug Unheil angerichtet ...« Alejandro nimmt ihr das Handy aus der

Hand und schleudert es mit einem hohen Wurf in den Wald, der um das Grundstück herum liegt, dabei blickt er zu den Männern, die neu dazugekommen sind. »Bringt sie zurück in die Scheune, behaltet sie dort, bis ich anrufe.« Sie nicken und trotz heftiger Gegenwehr der Frau bringen sie sie weg.

Das Mädchen weint noch immer, auch die anderen Mädchen haben wohl die Worte der Frau gehört und beginnen zu weinen. Er will sich gar nicht vorstellen, was diese Kinder für eine Angst haben müssen. Alena und Emilia haben recht, sie sehen sehr schlecht aus. Man sieht, dass sie einiges mitgemacht haben müssen und besonders jetzt, als Onkel und mit den Bildern der Gesichter seiner Nichte und seines Neffen, trifft ihn das noch einmal mehr, sicherlich mehr, als es das früher getan hätte, auch wenn ihm das niemals egal gewesen wäre.

»Was willst du jetzt tun? Mit Basces Kontakt aufnehmen?« Roman kommt zu ihm und auch Ponce und Santos stellen sich dazu. Vidal erklärt Dante in kurzen Sätzen was hier passiert ist und Levi und Petro weisen ihre Männer ein und kommen dann auch zu ihnen.

»Sie haben recht, wenn ich jetzt mit ihm Kontakt aufnehme oder er davon erfährt, dass wir hier waren, lässt er die Frauen aus dem Club verschwinden. Er wird wissen, dass wir das nicht gutheißen. Nur weil wir ihm erlaubt haben, hier seine Clubs zu eröffnen, bedeutet das nicht, dass er Familien in Puerto Rico überfallen und die Frauen entführen darf.«

Er sieht zu den Frauen und den Kindern.

»Alle die hier sind, woher kommt ihr?« Mara räuspert sich. »Sie sind alle aus Mexiko, bis auf sie hier, sie stammt aus Puerto Rico.« Sie deutet auf die Frau, die offenbar wegen ihrer Krankheit weiter in der Scheune gefangen gehalten wurde.

»Woher kommst du?« Sie nennt schüchtern ein Dorf ganz im Süden. »Okay, Domingo, sorg dafür, dass sie zurück zu ihrer Familie kommt. Ihr anderen, wisst ihr, wo ihr in Mexiko eure Familie findet, wo ihr hin könnt?« Alle nicken, er fragt die kleinen Mädchen alle noch einmal einzeln, und alle nennen ihre Dörfer und sagen, dass dort noch ihre Großeltern, Tanten oder sonst wer ist, zu dem sie können.

Mara meldet sich zu Wort, Alejandro sieht zu ihrem Augenpflaster, es ist wahrscheinlich besser, wenn er gar nicht erfährt, wie ihr das passiert ist. »Ich kann die Kinder nach Hause bringen, sie wohnen alle in der Nähe meiner Stadt und dann würde ich nach Hause zurückkehren. Es wäre ... wir wären Ihnen unglaublich dankbar, wenn wir endlich zurück nach Hause dürfen.«

Sie hat bisher als die Stärkste gewirkt, doch nun merkt man auch ihr den Horror an, den sie alle hier durchlaufen haben. »Ihr seid alle frei, jeder kann zurück zu seiner Familie. Wir bringen euch zum Flughafen und fliegen mit euch nach Mexiko. Levi, kümmere du dich darum, aber pass auf, dass Basces euch nicht erwischt, fliegt gleich los, bevor alles rauskommt.« Er nickt und Emilia stellt sich dazu. »Ich fliege mit und begleite die Kinder.« Roman seufzt auf. »Das war ja fast zu erwarten, dann übernehmen wir das, wir nehmen noch zwei Männer mit. Verteilt euch auf die Autos.«

Die Frauen und Mädchen sehen sich unsicher an, doch Emilia ermutigt sie, weiterzulaufen und sich auf die Autos zu verteilen. Diese Mara aber bleibt stehen und sieht zu Daliya. »Von ihr weiß ich nichts, sie kommt auch aus Mexiko, aber ich weiß nicht woher, und so wie ich es verstanden habe, ist ihre Mutter, die Einzige, die noch lebt aus ihrer Familie. Sie ist seit ein paar Tagen im Club.«

Alejandro sieht zu dem kleinen Mädchen auf Alenas Arm. »Wir kümmern uns um sie. Wir fahren jetzt in den Club und sehen nach, was da los ist. Die Frauen, die wir dort finden, schicken wir auch zurück nach Mexiko, sodass sie auch bald wieder zu Hause sein werden.« Das erste Mal überhaupt legt sich ein Lächeln auf das Gesicht dieser Frau. Sie bekreuzigt sich und spricht ein leises Gebet.

»Gracias.«

Innerhalb weniger Minuten sind die Frauen und Kinder weg, nur noch das kleine Mädchen ist bei ihnen. Alejandro weist einige Männer an, auf dem Bauernhof zu bleiben und alles unter Kontrolle zu halten, bis sie grünes Licht geben.

»Wir fahren in den Club und sehen nach, was da wirklich los ist. Alena, bring das Mädchen zu Belinda, Ponce bringt dich dann zum Arzt und ...«

Seine Cousine geht mit dem Mädchen im Arm an ihm vorbei zu den Autos. »Wir kommen am Center vorbei, dort gebe ich Belinda Daliya und dann komme ich mit in den Club. Ich muss mit eigenen Augen sehen, was da passiert und ob wir alle Frauen retten können. Zum Arzt kann ich dann immer noch gehen.«

Alejandro atmet laut aus. Er wollte eigentlich einen entspannten Trainingsabend mit Santos machen und jetzt das. Die Ruhe der letzten Wochen war wirklich entspannend und er weiß, dass es hiermit erst einmal vorbei sein wird.

Basces wird das alles nicht einfach so hinnehmen und Alena wird nicht dazu beitragen, dass die Situation mit so wenig Schaden wie möglich behoben wird. Wenn sie so reagiert, hat sie viel von Roman und seiner impulsiven Art.

Alle gehen zu den Autos, nur Vidal bleibt noch bei ihm stehen.

»Sag deinem Bruder Bescheid. Wenn einer Alena ein wenig beruhigen kann, ist es nur er.« Vidal lacht leise auf. »Ich habe ihm schon eine Nachricht geschrieben. Er ist auf dem Rückweg aus der Karibik und hat wahrscheinlich gerade keinen Empfang. Doch ich bezweifle, dass er momentan der Richtige ist, um mit Alena zu sprechen. Lass uns fahren, wir begleiten euch. Ich muss selbst sehen, mit wem genau auch wir Geschäfte machen.«

Alejandro sieht zu, wie sich alle verteilen und steckt seine Waffe wieder ein.

Das wird eine lange Nacht werden.

# Kapitel 11

Es ist kühler geworden.

Belinda reibt sich über die Arme und sieht auf die leere Straße, von der die Autos kommen müssten. Sie hat ein Shirt für Vidal dabei, er hat sie darum gebeten, und sie weiß mittlerweile, dass das bedeutet, dass jemand geblutet hat oder es immer noch tut, doch ihr Verlobter hat ihr versichert, dass niemand schlimm verletzt ist.

Sie hat die Zwillinge nach dem Anruf bei ihrem Vater zurückgelassen. Es ist ein merkwürdiges Gemisch von Aufregung und Mitleid, das sich in ihrem Magen ausbreitet. Sie ist dankbar, als sie Alina zu sich kommen sieht. Sie hat noch schnell Unterlagen nach Hause gebracht.

Beide sind in die Cuidad zurückgekehrt, als sie den Anruf bekommen und Ponce und Vidal los sind. »Hat Ponce dir alles erzählt?« Alina seufzt auf und nickt. »Ja, ich habe damit gerechnet, dass da etwas nicht stimmt, aber ich habe es mir nicht so schlimm vorgestellt.« Belinda weiß, was sie meint, man hat ein schlechtes Gewissen, dass sich das eigene Gefühl nicht getäuscht hat.

»Emilia hat mir gerade geschrieben, dass sie schon fast beim Flughafen sind. Sie halten davor noch bei einem Laden und kaufen etwas anderes zum Anziehen für die Frauen und Mädchen und dann fliegen sie los.« Auch Alina reibt sich die Arme. Zur Zeit kühlt es abends und nachts ziemlich stark ab, es ist angenehm, doch mit ihrer Aufregung und Sorge im Bauch spüren sie das gleich noch mehr.

Alina hat sich bereits umgezogen und hat nur noch eine schwarze Shorts und ein Top an, Belinda trägt noch immer ihr geblümtes Sommerkleid. »Ponce hat gesagt, dass das nicht ungefährlich ist, und es sein kann, dass diese Situation neue Unruhe bringt.« Sie seufzt leise auf und muss an ihre Vorahnung bei der Geburtstagsparty der Zwillinge denken. »Ich habe mir schon gedacht, dass es nicht ewig so friedlich und ruhig bleiben wird, obwohl ich es mir sehr gewünscht habe.«

Einen Moment sieht Alina sie an. Sie beide wissen, dass das Leben in der Familia niemals wirklich ruhig und ohne Risiko sein wird, auch wenn sie mal ruhigere Phasen haben können, wird dieses Leben immer gefährlich sein.

Die Verlobte ihres Bruders setzt an, etwas zu sagen, da sehen sie die ersten Scheinwerfer, obwohl die Straße sonst gut befahren ist, ist sie heute ruhiger und sie wissen genau, dass es die Autos ihrer Familia sind, die auf sie zukommen.

Mehrere Wagen halten auf dem Parkplatz vor dem Center. Alena steigt mit Daliya auf dem Arm aus, auch Ponce und Vidal steigen aus und kommen zu ihnen. »Ich denke, sie steht unter Schock, vielleicht ist es besser, ihr ruft einen Arzt an.« Alena gibt ihr das kleine Mädchen in den Arm, das sich sofort an Belinda festhält, auch wenn man sieht, dass sie Angst hat und sich umsieht. »Okay, machen wir. Was macht ihr jetzt genau?«

Vidal zieht sich das Shirt über und deutet zu Daliya. »Wir versuchen ihre Mutter zu finden und sehen nach, was da in dem Club wirklich los ist. Alle anderen Frauen und Kinder werden zurück zu ihren Familien gebracht.« Alina sieht besorgt zu Alena und da erst bemerkt auch Belinda die Wunden ihrer Cousine. »Du solltest auch bei uns bleiben und ein Arzt ...«

Alena hebt ihre Hand und erst da bemerkt Belinda das Shirt von Vidal, was sich ihre Cousine an den Kopf hält, die Wunde scheint noch immer zu bluten. »Es hat schon fast aufgehört, ich muss mitfahren, um dafür zu sorgen, dass alle Frauen, die nicht dort sein wollen, auch freikommen.«

Am Blick, den sich Ponce und Vidal zuwerfen, erkennt man deutlich, dass sie die Idee nicht so gut finden, doch sie sagen nichts dazu. Beide geben ihnen einen Kuss auf den Mund und wollen zu den Autos, auch Alena setzt sich zu Alejandro in einen der wartenden Wagen.

Belinda aber hält Vidal an seiner Hand zurück. »Pass bitte auf. Ich habe dir doch gesagt, dass ich ein ungutes Gefühl hatte in letzter Zeit und ich möchte nicht, dass einem von euch etwas passiert.« Er lächelt und küsst sie noch einmal. »Keine Sorge, Schatz, wir sind bald zurück. Versucht, die Kleine etwas zu beruhigen. Sie muss essen und schlafen.« Belinda sieht ihm in die Augen. »Sie braucht ihre Mutter, Daliya ist vielleicht gerade mal ein Jahr älter als unsere Tochter, wer auch immer hinter alldem steckt ...« Vidal nickt und küsst ihre Stirn. »Bis später.«

Besorgt sehen sie den Autos hinterher, bevor Belinda zu dem Mädchen auf ihrem Arm sieht, das genau wie sie auf die Straße blickt. »Hey ... Daliya, oder? Was hältst du davon, wenn wir reingehen und essen? Ich habe gerade Nudeln mit Tomatensoße gemacht. Magst du das?« Hellblaue Augen sehen sie ängstlich an, doch sie sagt keinen Ton. Alina lächelt und sie gehen über die Straße in die Cuidad. »Also ich finde, das hört sich toll an, denkst du, für mich ist auch noch etwas da?«

Sie wünschte, sie wüsste, wie sie Daliya helfen könnte, es bricht ihr das Herz zu sehen, wie viel Angst sie hat und zu wissen, was sie durchgemacht hat. Sie lassen sich Zeit, ins Haus ihres Vaters zu laufen, immer wieder versuchen sie, Daliya zum Reden zu bekommen, doch sie sagt nichts.

Als sie dann zur Haustür hereinkommen, rennt Paz gerade durch den Wohnbereich und jagt einem ferngesteuerten Auto hinterher, während ihr Vater mit Vida auf dem Arm Teller auf den Tisch stellt. Ein sicher eher seltenes Bild, den Anführer der Cinco Sombras bei der Hausarbeit zu sehen, doch es zaubert Belinda sofort ein Lächeln auf das Gesicht. Sie hat auf dem Weg den Arzt kontaktiert, der auch immer kommt, wenn Vida oder Paz krank ist.

Sobald ihre Kinder das kleine Mädchen auf ihrem Arm bemerken, kommen sie angelaufen. Sie sind noch jünger, doch sie beginnen langsam zu sprechen und fragen Daliya nach ihrem Namen. Belinda antwortet für sie, als die Kleine es nicht tut und zusammen gehen sie in die Küche.

Ihr Vater sieht genauso erschrocken zu der Kleinen, wie sie sie die ersten Tage betrachtet haben. Dann aber sorgt er dafür, dass ihre Kinder sich setzen und tut allen Essen auf.

Erst als die anderen sitzen, setzt Belinda das kleine Mädchen auf einen Stuhl. Sie kennt ihren Hunger und obwohl sie so ängstlich ist, nimmt Daliya sich eine Gabel und beginnt, die Nudeln zu essen. Belinda gießt Trinken ein und beobachtet zufrieden, wie schnell sie isst und dass sie aufhört zu weinen.

Man kann wirklich von Glück sprechen, dass Paz solch ein Hampelmännchen ist. Es dauert nicht lange und er zieht eine Grimasse, dass alle lachen müssen und dann erkennt Belinda auch wirklich das erste Mal ein Lächeln auf Daliyas Gesicht.

Vida beobachtet all das die ganze Zeit nur. Als sie mit dem Essen fertig ist, rennt sie nach oben, wo ihr Vater ein Spielzimmer für die Zwillinge eingerichtet hat. Sie kommt kurze Zeit später mit einer ihrer liebsten Puppen wieder und hält sie Daliya hin. »Damit sie nicht so traurig ist«, erklärt sie ihrer Mutter und Belinda streichelt stolz die weichen Haare ihrer Tochter. »Das ist lieb von dir.«

Nach kurzem Zögern greift Daliya dann auch wirklich zu der Puppe und drückt sie an sich. Durch die Kinder beginnt sie, sich etwas zu entspannen, sie scheint zu spüren, dass sie hier nicht in Gefahr ist, und durch den vollen Magen und das Gefühl von Sicherheit schläft sie schließlich fast beim Essen ein.

Es klingelt und der Arzt kommt herein, genau in dem Augenblick, als Paz aus Daliya herausbekommen hat, dass sie drei ist. Zwar hat sie noch nicht gesprochen, doch nachdem Paz sie gefühlte zwanzig Mal gefragt hat, hat sie drei Finger hochgehalten.

Sobald sie den Arzt allerdings erblickt, schreckt sie wieder zusammen. Sie bemühen sich, Belinda nimmt die Kleine auf den Arm und versucht ihr so Sicherheit zu geben, doch es ist sehr schwer, sie zu untersuchen.

Unterernährung, Wunden, die schlecht heilen, viele Prellungen, aber keine erkennbaren Brüche, keine Läuse, aber sehr trockene

Haut, es ist einiges, was der Arzt sofort bemerkt, als er Daliya untersucht. Er bittet Belinda trotzdem, mit ihr morgen in die Klinik zu kommen, um genauere Untersuchungen vornehmen zu können. Er lässt einige Salben für die Wunden und eine spezielle Creme für die Haut da und verabschiedet sich, währenddessen haben Vida und Alina oben schon ein Bad eingelassen.

Auch davor hat Daliya unglaubliche Angst. Erst als sie einiges vom Wasser wieder herauslassen und Vida einige ihrer rosa Badeperlen ins Wasser gibt, schaffen sie es, Daliya in die Badewanne zu setzen.

Erneut kümmern sie sich um ihre Haare, was wieder eine Herausforderung ist, sie müssen sie mehrmals shampoonieren und kämmen. Belinda sieht in der Kinderkleidung, die sie hier hat, nach, was Vida noch zu groß ist und findet einige Sachen, die Daliya passen müssten.

Als sie Daliya dann abtrocknen und ihre Haare föhnen, steht ein komplett anderes Mädchen vor ihnen. Sie hat hellbraune Locken, eine selten honigfarbene Haut und diese unglaublich schönen hellblauen Augen, ihre Wangen sind rotgefärbt, sie presst die Puppe an sich und Belinda weiß, dass sie satt ist.

Ihr Vater hat sich in der Zeit um Vida und Paz gekümmert und sie liegen bereits in ihren Betten, als Belinda Daliya in das gemütliche Bett legt, was ihr Vater dazugestellt hat. Belinda ist darauf eingestellt, eine Weile hier zu bleiben, bis Daliya es geschafft hat einzuschlafen, doch kaum spürt sie die weiche Matratze, die Kissen und die Decke, ist sie auch schon ins Land der Träume gereist und sie können nur hoffen, dass sie dort nur Schönes erlebt.

Alina und Belinda sehen erleichtert zu ihr hinab, dann liest Belinda ihren Kindern noch leise eine Geschichte vor und als sie dann das Zimmer verlässt, atmet sie tief ein.

Sie kann nur hoffen, dass die Männer und Alena ihre Mutter finden und alles gut verläuft und sich ihr ungutes Bauchgefühl nicht bewahrheitet.

Alejandro sieht auf den Club, den sie alle schon einige Male besucht haben.

Er kann nicht glauben, dass wirklich so viel Leid hinter diesen Frauen steckt, die jedes Mal so verführerisch und bereitwillig erschienen sind. Natürlich hat er sich nie was dabei gedacht, wenn er hier war, um Basces zu treffen, doch wenn ihm eine Frau wirklich gequält vorgekommen wäre, hätte er doch etwas gemerkt.

Vielleicht stellt sich all das doch als ein Missverständnis heraus. Er kann es nur hoffen. Sie machen schon lange Geschäfte mit den Mexikanern und nach Puerto Rico sind sie die größte Macht Lateinamerikas.

Sein Vater hat ihm gerade noch eine Nachricht geschrieben: Sie müssen trotz allem, was sie gesehen haben, mit Bedacht und Vorsicht an diese Sache herangehen.

Und das tun sie: Sie haben extra etwas weiter weg geparkt, damit die Security am Eingang des Clubs nicht sofort ihre Autos erkennt und Basces mitteilt, dass sie da sind. Sie brauchen Zeit, sich alles anzusehen.

Alejandro, Ponce, Santos, Vidal, Dante und Petro gehen zusammen mit Alena zum Eingang. Petro hat Alena erklärt, dass sie bei ihm bleiben soll und vorsichtig sein muss, wenn nicht, bringen sie sie zurück zu den Männern, die am Auto warten, falls sie Verstärkung brauchen. Sie wollen nicht gleich wie ein Überfallkommando in den Club stürmen.

Die Security bemerkt sie spät, da gerade eine Gruppe junger Männer eingelassen wurde. Sie sehen ihnen verwundert entgegen. »Basces ist zur Zeit in Mexiko. Er wird in einigen Tagen kommen, sollen wir …?« Sie heben ihre Handys, doch Alejandro schüttelt den Kopf und deutet ihnen, diese wieder in die Taschen zu stecken. Ponce und Santos haben die Waffen gezogen.

»Uns ist etwas zu Ohren gekommen und wir wollen das mal überprüfen, kommt mit rein.«

Verwundert sehen die Männer der Security sie an, sind aber vorsichtig genug, auf sie zu hören und sie in den Club zu begleiten, wo ein Mann an der Kasse steht. Alejandro zieht ebenfalls seine Waffe. »Trommle alle Mitarbeiter zusammen, sie sollen sich alle hier am Eingang einfinden.« Der Mann sieht ihn überrascht an und in die Mündung von Alejandros Waffe. Als er ein Walkie-Talkie hochhält, nimmt Alejandro dieses an sich.

»Alle Mitarbeiter sofort an die Kassen.«

Sie warten und nach und nach finden sich zehn Männer ein. Alle sind zu überrascht von ihrem Erscheinen, um vorher reagieren zu können, sodass es ihnen gelingt, sie alle um die Kasse herum zu versammeln, wo Dante und Ponce sie in Schach halten können.

»Ich bin der Manager hier und ich garantiere, dass Basces ausflippen wird, wenn ...« Alejandro schubst den Mann vor sich in den Club. »Dich brauchen wir! So erkläre uns jetzt mal genau, wie der Laden hier aufgebaut ist.«

Sie durchqueren den Flur und betreten die abgedunkelten Räume, in denen die Tische stehen, an denen auch Alejandro und alle anderen schon öfter gesessen und mit Basces verhandelt haben.

Überall sind Stangen montiert und zwei Frauen tanzen daran. Eine vor einer Gruppe junger Männer, die gerade erst hereingekommen sind, die andere vor einem älteren Mann. Zwei Frauen im sexy Kellnerinnen-Kostüm kommen auf sie zu und sehen erschrocken zu ihren Waffen.

»Setzt euch alle auf die Sitzcouch dort. Männer, der Abend ist vorbei, kommt morgen wieder.« Die Frauen setzen sich auf die Sitzbank, die Männer verlassen bei ihrem Anblick schnell den Club und der Manager flucht auf.

Sie müssen so vorgehen, um wirklich die Wahrheit zu erfahren und dafür zu sorgen, dass nichts vor ihnen verborgen bleibt, doch sie sollten versuchen, niemanden zu verletzen oder etwas zu zerstören. Diese Durchsuchung können sie mit dem Angriff auf Alena begründen, falls all das doch nicht wahr sein sollte und als Alejandro nun auf die Frauen sieht, kann er es erneut nicht glauben.

Sie sind allesamt schön und sexy, doch keine von ihnen sieht verletzt oder unterdrückt aus. Natürlich sehen sie ihn jetzt ängstlich an, doch Alejandro hat immer noch Zweifel. »Habt alles im Blick, ich sehe in den Räumen nach.« Santos hebt seine Waffe und bleibt mit Ponce und Alena im Raum zurück, Vidal deutet nach hinten. »Ich sehe mich in dem Teil um.«

Auch Alejandro hat schon einen dieser Räume genutzt, als er nach der Trauer um April versucht hat, sich mit einigen Frauen abzulenken. Nach einem Geschäft mit Basces hatte er hier im Whirlpool etwas Spaß, jetzt betritt er den ersten Raum mit einem ganz anderen Gefühl, stellt aber erleichtert fest, dass dieser Raum genau wie der Nachbarraum leer ist. Im dritten der vier Räume hört er Geräusche und tritt ein.

Ein fülliger Mann steht da, mit einer kleinen Handpeitsche in der Hand, völlig nackt und schlägt einer nur mit einem Stringtanga bekleideten Frau auf einem Tisch mit voller Wucht auf den Hintern. »Was soll ...« Er sieht Alejandro an und der wirft dem Mann seine Klamotten zu. »Verschwinde, du Perversling.«

Alejandro geht in das kleine Bad im Raum und nimmt einen neuen Bademantel an sich, den er zu der Frau bringt. Er muss die Fesseln lösen und flucht auf, als er die vielen Striemen auf ihrem Hinterteil bemerkt. »Geht es? Hast du starke Schmerzen?«

Erst da blickt die Frau zu ihm hoch. Sie sieht ihn an und fast durch ihn durch. »Geht es dir gut?« Er hebt ihr Kinn an, doch sie reagiert kaum. Alejandro legt der Frau den Bademantel um und hilft ihr aus dem Raum heraus, sie muss unter Drogen stehen. Der Mann verlässt halbnackt den Club und Alejandro sieht, dass der letzte Raum auch noch leer ist, wahrscheinlich deshalb, weil die Nacht gerade erst begonnen hat.

Zusammen mit der Frau kehrt er zurück in den Raum mit den Tischen und den Stangen und deutet ihr, sich zu den anderen zu setzen. Der Manager sieht ihn genervt an. »Was soll das hier? Diese Frauen gehören ...« Alena unterbricht ihn scharf.

»... niemandem. Sie sind freie Menschen.« Der Mann lacht auf und Alejandro sieht ihn ernst an. »Wir haben euren Hof im Wald gefunden. Dort sind Frauen und Kinder wie Tiere gehalten worden und uns wurde gesagt, dass diese Frauen hier auch von dort kommen. Dass ihr sie zwingt, hier zu arbeiten, sie aus ihren Leben gerissen habt, entführt, ihre Familien umgebracht und ihre Kinder als Druckmittel haltet. Stimmt das?«

Der Mann sieht auf sein Handy. »Mir hat Kique nicht gesagt, dass jemand ...« Alejandro wird immer wütender, als er merkt, dass der Typ die Situation nicht so ernst nimmt, wie er sollte. »Weil Kique niemandem mehr etwas sagen kann und du bald auch nicht mehr, wenn du mir nicht antwortest. Sind sie freiwillig hier?«

Der Mann deutet auf die Frauen. »Fragt sie doch selber.« Alena schnauft auf und geht zu den Frauen, die unsicher zwischen allen hin und her blicken. Sie stellt sich vor sie und sieht sie genau an.

»Hey, ich bin Alena. Ich weiß, dass ihr euch jetzt sicher unsicher seid und nicht wisst, was ihr tun sollt, doch ich war heute in dem Stall, wo auch ihr alle wahrscheinlich wart. Alle Frauen und Kinder, die dort waren, sind schon auf dem Weg zurück nach Mexiko.« Eine der Frauen hält sich den Mund zu, um einen ersticken Laut zu unterdrücken. Alena greift nach ihrer Hand.

»War deine Tochter dabei? Du brauchst dir keine Sorgen zu machen, sie sind alle in Sicherheit und auch euch holen wir hier raus. Wir müssen nur wissen, was genau hier vor sich geht.«

Alejandro sieht aufmerksam hin. Einige der Frauen wirken völlig abwesend, sie sehen sie an, scheinen aber gar nicht alles genau mitzubekommen. »Was gebt ihr ihnen? Die stehen unter Drogen.« Der Manager lacht erneut auf und dieses Mal holt Alejandro aus und schlägt ihn mit seiner Waffe zu Boden. Augenblicklich schießt Blut aus einer Wunde an der Augenbraue und Alejandro zieht den Mann wieder auf die Beine. Er hält ihm die Waffe an den Kopf.

»Wenn du bereit bist, für die Sache hier zu sterben, bitte, ich habe damit kein Problem, aber versuche mich nicht zu verarschen. Ich bekomme meine Antworten so oder so.« Der Mann hebt die Hände.

»Sie bekommen ein extra angemischtes Mittel. Am Anfang mehr und nach und nach wird es weniger. Es betäubt den Körper und die Wahrnehmung, aber man kann sich weiter bewegen. Die Frauen hier haben davon nur noch eine kleine Dosis, sie arbeiten schon länger hier.«

Das Blut spritzt über sein ganzes Gesicht. »Also gibst du zu, dass keine der Frauen hier freiwillig ist?« Der Mann wischt sich das Blut weg, sagt aber nichts. Alejandro sieht zu den Frauen, die sich auch noch nichts trauen zu sagen, bis die Frau, die wahrscheinlich eine Tochter im Stall hatte, all ihren Mut zusammenfasst. »Seht im Keller nach, dort erfahrt ihr, was hier passiert.«

Er lässt den Mann los. »Führe uns dahin.« Die Frau steht auf und deutet zu dem Mann. »Er hat die Schlüssel.« Alejandro reißt den Schlüsselbund von der Stoffhose des Mannes und gibt ihn der Frau.

Sie folgen ihr zu einer versteckten Seitentür. Santos bleibt bei den anderen oben, Petro und Alena folgen zusammen mit Alejandro der Frau eine schmale Treppe hinab. Das gemütliche warme Ambiente des Clubs endet hier, alles ist in kaltem dunkelgrauen Stein gehalten.

Unten angekommen sehen sie in zwei Vorratsräume, dann folgen zwei offene Räume mit Betten, Tischen und an der Wand angebrachten Fesseln.

An einer der Fesseln hängt eine blutüberströmte nackte Frau. Alejandro flucht auf und geht schnell dorthin, doch in dem Augenblick, als er den Puls der Frau fühlt, hört er die Stimme der anderen Frau.

»Hier werden die Frauen eingearbeitet, tagelang, bis sie sich nicht mehr wehren. Diese Frau haben sie so lange gefoltert, bis sie gestorben ist, weil sie nicht eingeknickt ist. Das passiert sehr oft. Sie ist tot, sie hängt seit gestern Nacht hier, um die anderen Frauen daran zu erinnern, zu gehorchen.«

Alejandro verlässt den Raum wieder und sieht Alenas Tränen. Er legt den Arm um seine Cousine und sie bleiben vor einer verschlossenen Tür stehen.

»Hier leben wir. Wir dürfen den Raum nur zum Arbeiten verlassen. Es sind noch Frauen dort, die gerade eingearbeitet werden.« Sie schließt auf und sie blicken in einen weiteren kahlen Raum, in dem um die fünfzehn Matratzen auf dem Boden verteilt sind und drei Frauen mit vielen Wunden zusammengekrümmt darauf liegen. Es riecht nach Schimmel und vielem mehr.

»Kommt raus, zieht euch etwas über und geht nach oben zu den anderen Frauen, ihr seid frei!« Alena geht zu den Frauen und kümmert sich um sie. Die Frau neben ihm deutet auf ein Zimmer, was wie ein kleiner Frisörladen aussieht. »Hier werden die Frauen regelmäßig zurechtgemacht, damit man ihnen all das hier nicht ansieht.«

Alejandro nickt. »Wie lange bist du hier?« Sie zuckt die Schultern. »Ich schätze vier Monate.« Er sieht ihr in die großen Mandelaugen. »Du kannst heute nach Hause gehen. Ich denke, deine Tochter wartet dort auf dich.« Augenblicklich bilden sich Tränen in ihren Augen. »Ich kann das nicht glauben.«

Weiter unten ist nur noch ein abgeschlossener Raum. »Was ist dort drinnen?« Die Frau sieht am Schlüsselbund nach. »Vor einigen Tagen kamen Neue an und die Schönsten werden hier eingesperrt. Der Chef arbeitet sie dann selbst ein, davor darf niemand Hand an sie legen, deswegen werden sie extra gehalten. Der Chef sollte in einigen Tagen kommen, dort ist eine Frau für ihn drinnen.«

Sie findet den Schlüssel und schließt auf. Alejandro muss sich bücken, als er den kleinen Raum betritt. Auf einer kleinen Pritsche mit nur einer dünnen Decke liegt zusammengerollt eine Frau. Es ist dunkel, trotzdem erkennt Alejandro, dass sie hellbraune Haare hat, die so wild um sie gefächert sind, dass man nichts weiter von ihr sehen kann.

»Hey.« Vorsichtig greift er nach der zarten Schulter, die Frau trägt nur ein enges schwarzes Kleid, was kaum alles bedeckt. Er rechnet damit, dass sie erschrecken wird, doch sie reagiert kaum, da dreht er sie vorsichtig um. Sie ist wach, ihre Augen offen, doch auch sie muss unter Drogen stehen, noch mehr als die Frauen oben.

Nachdem sich seine Augen an die Dunkelheit gewöhnt haben, erkennt Alejandro erst wie schön die Frau ist. Alle Frauen hier sind schön, doch sie hat ein besonders feines Gesicht. Ihre Haut wirkt samtig, sie hat zarte Konturen, eine schmale Nase, volle Lippen; auch wenn man genau sieht, dass sie aus Lateinamerika kommt und sie eine honigfarbene Haut hat, sehen hellblaue Augen durch ihn hindurch, die ihn sofort an etwas erinnern.

»Wir haben deine Tochter.«

Die Frau reagiert nicht, doch er ist sich sicher, Daliyas Mutter vor sich zu haben. Er versucht sie aufzurichten, doch sie bewegt sich nicht, deswegen nimmt er sie auf seine Arme.

»Noch eine?« Alena sieht erschüttert zu ihm in die Arme. Er spürt den zarten Körper der Frau an sich und bringt sie zusammen mit den anderen Frauen hoch.

Dort sehen Santos und Vidal gerade von Unterlagen hoch, der Manager ist weggebracht worden und beide blicken ihn ernst an und das nicht nur wegen der Frauen, die er mitgebracht hat.

»Das alles ist eine verdammte kranke Scheiße hier!« Die Frauen gehen zu den anderen, nur die Frau auf seinem Arm bleibt bei ihm, weil sie sich nicht einmal mehr bewegen kann. Sie hat ihre Augen geschlossen und ihr Körper ist schlaff, doch er spürt ihren flachen Atem.

Vidal atmet tief aus, sieht ihn an und deutet auf einige Unterlagen und Bilder. »Ich glaube, wir ahnen noch gar nicht, wie weitreichend und wie kaputt das Ganze wirklich ist und was das alles zu bedeuten hat!«

Alejandro hat heute wirklich schon viel gesehen, doch als er auf die Bilder blickt, die ganz oben liegen und die Männer, die darauf abgelichtet sind, beginnt sein Blut vor Wut zu kochen.

»Was zur Hölle ist hier los?«

# Kapitel 12

»Das wäre geschafft.«

Alena atmet aus, sie hat die Luft angehalten und öffnet die Augen.

»Der Schnitt war relativ groß. Sie haben einiges an Blut verloren. Vielleicht sollten Sie sicherheitshalber hierbleiben und wir kontrollieren ...«

Alena fasst vorsichtig an die Wunde. »Nein, das geht schon. Ich fahre direkt nach Hause und ruhe mich aus.« Der Arzt lächelt und legt die Geräte, mit denen er sie behandelt hat, zurück. Zum Glück mussten keine Haare abrasiert werden.

»Okay, darf ich mir dann noch kurz die anderen Wunden ansehen?« Er zögert einen Moment, dann legt er zaghaft seinen Finger unter ihr Kinn und betrachtet ihr Gesicht. Sie konnte kurz in den Spiegel sehen und weiß, dass ihre Wange aufgeschürft und auch etwas rot und angeschwollen ist durch die Schläge, die sie abbekommen hat.

Vor einigen Monaten hätte sie diese Nähe nur schwer ertragen, mittlerweile hat sie gelernt, damit umzugehen. Sie sieht auf einen kleinen Leberfleck, den der Arzt auf der Nase hat und versucht, weiter ruhig zu atmen. »Das sieht böse aus, wollen Sie darüber sprechen, wie das passiert ist?«

Er sieht ihr in die Augen. Es ist ein junger Arzt, er hat dunkle Locken und ein hübsches Gesicht. Die Art, wie er sie ansieht, alles was er zu ihr sagt, der Augenkontakt, den er die ganze Zeit sucht, sollte ihr vielleicht zeigen, dass er Interesse an ihr hat, doch Alena ignoriert all das und schüttelt den Kopf. »Es ist alles schon geklärt worden.«

Der Arzt bricht den Augenkontakt nicht ab. »Sie sollten das unbedingt gut kühlen heute, ich gebe Ihnen etwas dafür mit.« Er lächelt und lässt ihr Kinn los, geht um die Ecke und kommt mit einem Kühlkissen wieder, dann geht er an den Schreibtisch und schreibt etwas auf.

Alena steht auf, dabei spürt sie, dass ihr noch immer schwindelig ist. Wie bereits am Anfang dröhnt ihr Kopf und sie ist wackelig auf den Beinen. Während der ganzen Geschichte im Club hat sie von alldem nichts gespürt, sie stand völlig unter Adrenalin. Sie hat geholfen, die Mädchen zu befreien.

Es ist mittlerweile schon früher Morgen. Das Ganze hat sich lange hingezogen. Ihre Brüder und Vidal haben noch einiges entdeckt, doch Alena hat sich nicht darum gekümmert, sondern geholfen, die Frauen zu den Autos zu bringen und herauszufinden, woher sie kommen.

Sie alle sind auf dem Weg in die Freiheit, ihre Männer kümmern sich darum. Auch wenn ihr alles wehtut, fühlt Alena sich gut, weil sie weiß, dass diese Frauen keine Nacht mehr leiden müssen und genau wie sie es damals getan hat, anfangen können, ihre Wunden heilen zu lassen.

Die Frau, die sie für die Mutter von Daliya halten, haben sie in die Cuidad gebracht zu ihrer Tochter. Sie war noch immer nicht ansprechbar, doch Alejandro hat sich darum gekümmert, nachdem ihre Wunde wieder angefangen hat zu bluten und Petro sie ins Krankenhaus gebracht hat.

Der Arzt reicht ihr ein Kühlkissen und einen Zettel. »Dort steht meine Nummer drauf, Sie können sich jederzeit melden, wenn noch etwas ist, Fragen sind, Sie sprechen möchten oder auch einfach so.«

Eine leichte Röte bildet sich auf den Wangen des Arztes und Alena versucht zu lächeln. Wenn der Mann wüsste, was sie in den letzten Stunden erlebt hat, würde er sich wahrscheinlich niemals wagen sie anzusprechen, sie bedankt sich nur leise und verlässt den Raum.

Petro hat vor dem Behandlungsraum gesessen, als sie hineingegangen war, nun sieht Elian hoch und ihr direkt in die Augen und Alena bleibt überrascht stehen.

Das ist es, was den großen Unterschied macht. Ihre Schmerzen und die Müdigkeit sind sofort vergessen, ihr Herz schlägt aufgeregt schneller und ihr Magen zieht sich sehnsüchtig zusammen, als sie in seine dunklen Augen blickt.

Elian wirkt sehr angespannt. Er trägt eine graue Jogginghose und ein weißes Shirt, er hat die Arme auf den Oberschenkeln und reibt sich die Hände, er wirkt fast unsicher, als er sie jetzt ansieht. Gedankenfetzen ihres letzten Aufeinandertreffens und des großen Streites kommen ihr wieder vor das innere Auge und sie braucht einen Moment, bis sie ihre Stimme wiederfindet.

»Was tust du denn hier?«

Elian steht auf, er zögert, fast als würde er nicht wissen, wie er ihr nahe kommen soll, doch dann kommt er näher und sieht sich ihre Wunden an, er streicht über ihre Wange.

»Ich bin vor einer Stunde gelandet und wollte nachsehen, wie es dir geht.«

Natürlich, Alena fühlt sich sofort wieder in die Opferrolle gedrängt und erkennt Mitleid in Elians Blick, als er auf ihre Wange blickt.

»Es geht mir gut, sehr gut. Wir haben Frauen befreit und ich weiß, dass sie heute Nacht in Frieden schlafen können. Das habe ich dafür gerne in Kauf genommen.« Sie geht langsam zu den Fahrstühlen. Er bleibt neben ihr und betrachtet sie von der Seite. Alena wendet sich noch einmal um.

»Wo ist Petro?« Elian drückt den Knopf, um den Fahrstuhl zu holen. Als ihr Kopf wieder zu dröhnen beginnt, hält sich Alena das Kühlkissen auf die Wange, vielleicht hört sie wenigstens auf zu brennen, bis die Schmerztablette richtig wirkt, die der Arzt ihr gegeben hat.

»Als ich gekommen bin und nach dir gefragt habe, hat er gesagt, dass er geht und ich dich bringen soll. Er ist der Meinung, wir sollten miteinander sprechen, er möchte seine Schwester nicht so leiden sehen wie die letzten Tage.«

Sie wendet ihren Blick ab und ist dankbar, dass in diesem Moment der Fahrstuhl die Türen öffnet. Ein älteres Ehepaar steht drinnen und sieht sie neugierig an, als Alena einsteigt und Elian ihr folgt. Er stellt sich genau neben sie und drückt den Knopf für das Erdgeschoss.

Erneut ermahnt sich Alena, einen klaren Kopf zu behalten, was angesichts der letzten Stunden, der Schmerzen, die sie immer stärker wahrnimmt, der Müdigkeit und Elians plötzlichem Erscheinen und der Sehnsucht, die unerträglich in ihrem Herzen aufschreit, einfach zu viel ist. Sie drückt sich das Kältekissen gegen die Wange und schließt die Augen, um den Kampf gegen die aufkommenden Tränen nicht zu verlieren.

Erst als Elian plötzlich den Zettel aus ihrer Hand nimmt und auf die Handynummer des Arztes blickt, öffnet sie die Augen wieder. Sie selbst hat noch keinen Blick darauf geworfen und sieht erst jetzt, dass er, Jacob, eine Handynummer und ein Smiley drauf geschrieben hat.

Elian schnauft leise auf und drückt ihr den Zettel wieder in die Hand. Das Klingen des Fahrstuhles unterbricht die darauf folgende angespannte Stille im Fahrstuhl und Alena steigt nach Elian aus, das ältere Paar bleibt stehen.

Als sie das Krankenhaus betreten hat, ist die Sonne langsam aufgegangen, jetzt steht sie schon hoch am Himmel und scheint auf sie hinab.

Alena blickt nach oben und bleibt einen Moment stehen. Die Strahlen wärmen ihre Haut und sie atmet tief aus. Als sie dann die Augen wieder öffnet, sieht sie direkt in die von Elian, der sie mit einem undefinierbaren Ausdruck betrachtet.

Seine kleine Falte zwischen den Augen, die jedes Mal erscheint, wenn er wütend oder sauer ist, ist noch zu sehen, der Zettel des Arztes hat ihn wütender werden lassen, als es sollte. Trotzdem deutet er zu seinem Auto, was in der ersten Reihe steht. »Hast du Hunger?« Sie nickt und geht zum Wagen. »Schon, aber ich muss nach Hause. Ich brauche dringend Schlaf. Die Tabletten wirken langsam und mein Körper braucht Ruhe.« Elian hält ihr die Beifahrertür auf.

Sein vertrauter Duft umhüllt sie sofort, noch stärker als gerade schon und Alena schmiegt sich ins weiche Leder, hält sich das Kühlkissen an die Wange und sieht ihm entgegen, als er sich auf die Fahrerseite setzt und langsam den Motor startet.

»Was weißt du eigentlich? Was haben Alejandro und Vidal noch herausgefunden, was waren das für Unterlagen?« Elian verlässt das Krankenhausgelände und nimmt den Weg in Richtung Hafen.

»Noch nicht sehr viel. Ich weiß von den Frauen und wie du alles entdeckt hast. Dann was ihr im Club vorgefunden habt und dass sie auch Unterlagen gefunden haben, die auf einiges hindeuten ... Genaueres wird sich erst nachher herausstellen. Sie haben alles abfotografiert und so zurückgetan, als hätten sie es nie gefunden, um uns etwas Zeit zu verschaffen. Es gibt später ein Treffen. Ein richtiges Treffen.«

Alena hat Mühe, ihre Augen offen zu halten, sie sieht Elian von der Seite an.

Sie haben sich einige Tage nicht gesehen, doch sie haben immer so viel Zeit miteinander verbracht und ihre Trennung war so wütend und emotional, dass Alena seinen Anblick in sich aufsaugt. Sie betrachtet die maskulinen, schönen Gesichtszüge. Die langen Wimpern, seine Nase, die Wangenknochen, die Lippen ... doch sie hört ihm trotzdem aufmerksam zu.

»Was genau meinst du mit einem richtigen Treffen?« Er sieht zu ihr hinüber. »Wir kommen später zu euch, die inneren Kreise, alle, auch mein Vater, dein Onkel, sie alle werden kommen.« Alena setzt sich wieder etwas mehr auf. »Ramiro und Gonzales treffen sich? Was haben die dort gefunden, das …?«

Elian hält bei Alenas Lieblingsbäcker und zuckt die Schultern. »Das werden wir nachher sehen. Es muss auf jeden Fall sehr wichtig sein. Ich habe Vidal noch nicht getroffen, ich bin nach dem Landen direkt zu dir gefahren.«

Er steigt aus und Alena nimmt das Kühlkissen von ihrer Wange. Natürlich ist er das. Elian liebt sie, er tut alles, damit es ihr gut geht und das wird er wahrscheinlich auch immer tun, genau deswegen hat sie nicht das Recht, ihm so viel von der Lebensqualität zu nehmen, die er haben könnte.

Es dauert nicht lange und er setzt sich wieder ins Auto, reicht ihr einen heißen Kakao im Pappbecher und ihre Lieblingscroissants. Er legt zwei Tüten nach hinten und sie ist sich sicher, dass es Baguette und sein Lieblingsgebäck ist. »Danke.«

Alena nimmt einen Schluck und beißt vom Croissant ab.

»Ist es das, was du willst?« Elian fährt weiter und dieses Mal in Richtung ihrer Cuidad. Sie schluckt den Bissen herunter und nimmt gleich noch einen großen Schluck vom Kakao. »Was meinst du genau?« Er deutet zu dem Zettel, den sie noch immer in der Hand hält.

»Einen Neuanfang mit jemandem, der all das, was passiert ist, nicht weiß.« Sie hat nicht mit dem Arzt geflirtet oder war auf irgendetwas aus, doch eigenartigerweise fühlt Alena sich erwischt, obwohl das niemals ihr Ziel war.

»Ich bin auf keine neue Beziehung aus, Elian, natürlich ist es leichter und ich fühle mich nicht so … bemitleidet, wenn jemand die ganze Geschichte nicht kennt, doch falls du denkst, dass ich deswegen die Trennung für richtig gehalten habe, liegst du falsch.«

Am Hafen hat Alena gesehen, wie weh Elian all das tut, und jemanden wie ihn so tief getroffen zu sehen, hat ihr Herz ein weiteres Mal gebrochen.

Elian ist kein typischer Beziehungsmann, er ist ein Frauenheld und ein ungezähmter Mann, doch für sie hat er all das hinter sich gelassen. Für sie hat er auf viel zu viel verzichtet und zurückgesteckt und irgendwann konnte Alena das einfach nicht mehr mit ihrem Gewissen vereinbaren.

»Ich liebe dich, Elian, mehr als alles andere und ich vermisse dich wahnsinnig. Ich liebe dich zu sehr, als mein Glück über deins zu stellen und das was zwischen uns war ist zu besonders, um es jetzt kaputtgehen zu lassen, Stück für Stück, Monat für Monat. Du weißt, dass ich dich nicht so glücklich machen kann wie eine andere Frau und ...«

Elian flucht leise auf. »Ich will keine andere Frau, Alena! Ich weiß nicht, wann ich dir jemals das Gefühl gegeben haben könnte, ich wäre nicht glücklich an deiner Seite.« Sie zuckt zusammen, als ihr Kopfschmerz zunimmt. Dieses Thema trifft sie zu sehr, als dass es sie nicht sofort wieder aus der Bahn werfen würde.

»Das hast du nicht, doch denkst du, ich habe nicht gemerkt, wie verkrampft du bei jedem Mal warst, als wir probiert haben, miteinander zu schlafen, aus Angst, mir wehzutun? Denkst du, ich weiß nicht, wie dein Sexleben früher aussah und jetzt mit mir? Denkst du, ich habe nicht registriert, wie verkrampft du mich jedes Mal bewusst angelächelt hast, wenn du die Zwillinge auf dem Arm hattest, nur um mir nicht das Gefühl zu geben, du würdest auch gerne Kinder haben?«

Alena kann nur hoffen, dass er sie eines Tages verstehen wird. »Ich habe mich einfach immer schlechter gefühlt, weil ich nicht genug für dich bin, auch wenn du selbst das nicht siehst, Elian. Und immer dieses Gefühl, dass all das einfach auf dem aufgebaut ist, was mir angetan wurde. Ich habe letztens ein Buch gelesen, in dem die Autorin geschrieben hat, dass es nicht gesund ist, eine Beziehung auf der Grundbasis von Leid aufzubauen.«

Sie fahren in die Cuidad ein, vor dem Haus ihres Onkels steht Vidals Auto, auch Elian sieht dort einen Moment hin und dann wieder zu ihr. Er hält vor dem Haus ihrer Mutter und lehnt sich erschöpft zurück. Bevor er etwas sagen kann, hebt sie den Finger.

»Ich meine, die letzten Tage ohne mich … ich wette, dass du dich viel freier und unbeschwerter gefühlt hast, wieder wie früher …« Einen Moment sieht sie etwas in Elians Augen aufblitzen, Reue? Ein Schuldgefühl? Doch sie hebt die Hand, als er ansetzt, etwas zu sagen.

»Halt, das will ich gar nicht genau wissen, doch alles was ich möchte ist, dass du glücklich wirst.«

Sie sieht ihm in die Augen und hofft, dass er darin erkennt, wie sehr sie ihn liebt und dass sie nur das Beste für ihn will, auch wenn es bedeutet, dass sie für den Rest des Lebens mit diesem schmerzenden Loch im Herzen leben muss.

»Du bist mein Glück, Alena und alles, was du da gelesen hast und was du dir da im Moment einredest, ist Schwachsinn. Doch wie ich es dir schon erklärt habe, es war anstrengend für mich die letzten Wochen, als Einziger zu probieren, diese Beziehung zu retten und das funktioniert so auch nicht. Ich mache fünf Schritte auf dich zu und du rennst zehn weg. Das ist das Einzige, was wirklich anstrengend ist, Alena.«

Er beugt sich vor und küsst ihre Wange. Automatisch schließt sie ihre Augen und atmet seinen Duft ein. Wie sehr sie ihn vermisst.

»Geh dich ausruhen. Ich komme später, wenn das Treffen ist, nach dir sehen.«

Ihre Mutter tritt vor die Tür und sieht besorgt zu Alena.

Sie wird schon wissen, was passiert ist. Sie winkt Elian zu. Sie weiß, dass sie sich getrennt haben, warum Alena das getan hat und ihre Mutter versteht sie, doch sie liebt Elian auch sehr. Er hebt die Hand und grüßt zurück. Alena sieht ihm noch einmal in die Augen, bevor sie aussteigt.

»Machs gut, Elian.«

Sie weiß nicht, ob er wirklich jemals begreifen wird, was sie hier tut, doch sie hofft es. Ihre Mutter wartet auf Alena und legt den Arm um sie.
»Was machst du nur für Sachen?«

# Kapitel 13

Verdammt!

Alejandro sieht auf die Uhrzeit, die sein Handy anzeigt. Es ist später Nachmittag, er wollte nicht einschlafen, doch sein Körper hat die Kontrolle übernommen.

Das war eine lange Nacht und alles, was nun kommen wird, wird noch anstrengender. Schon gestern hat er versucht, aus alledem, was sie gefunden haben, schlau zu werden, doch er war zu müde, sein Verstand wollte nicht so arbeiten wie er. Sie haben ihre besten Männer darauf angesetzt.

Luca und Therone sind die Besten auf diesem Gebiet, sie finden alles, ihnen entgeht nichts und er kann nur hoffen, dass sie nachher bei dem Treffen die Antworten haben, die sie brauchen.

Ihm werden mehrere Anrufe von Basces angezeigt. Sie haben all das vor ihm versteckt. Sie haben den Club geschlossen und die Mitarbeiter nach Hause geschickt, so hatten sie die Möglichkeit, noch einmal alles zu untersuchen, abzufotografieren und wieder so hinzustellen, als hätten sie es nicht gesehen. Er weiß nicht, ob es wichtig ist, doch Vidal hat gemeint, es wäre sicherer, Basces vorerst nicht wissen zu lassen, was sie alles herausbekommen haben.

Auf seinem Handy entdeckt er eine Nachricht von den Männern, die sich darum kümmern sollen, die Frauen wegzubringen. Die Frauen, die aus Mexiko kommen, sitzen im Flieger; da keine Kinder dabei waren und jede Frau weiß, wohin sie muss, reicht es, dass sie ihnen die Flüge besorgt haben und das mit den Pässen am Flughafen geklärt haben. Die Frauen aus Puerto Rico bringen die Männer persönlich zurück.

Er blickt vor sich auf das Bett. Nur eine Frau ist noch da. Gestern Nacht hat er sie in sein Haus gebracht, sie ist die ganze

Zeit nicht richtig ansprechbar gewesen. Auch wenn sie hin und wieder die Augen geöffnet hatte, war ihr Körper völlig kraftlos und auch ihr Verstand noch nicht wach.

Eigentlich wollten sie sie gleich zu ihrer Tochter bringen, die im Haus seines Vaters zusammen mit Belinda ist, doch als seine Schwester die Frau in Alejandros Armen gesehen hat, haben sie beschlossen, sie erst einmal bei ihm in einem der Gästezimmer zu lassen, bis sie richtig wach ist.

Der Zustand, in dem sich ihre Mutter befindet, ist auch für sie merkwürdig, wenn die Kleine sie so sieht, ängstigt sie das vielleicht zu sehr. Sie müssen warten, bis sie wach ist, doch Belinda wird ihr sagen, dass sie ihre Mutter gefunden haben und sie erst noch zu einem Arzt zur Untersuchung muss.

Alejandro hat die Frau zu sich ins Haus gebracht und in eines der Gästebetten gelegt. Der Arzt kam und hat sie untersucht.

Der Arzt hat bestätigt, dass die Frauen einen selbstgemischten Drogencocktail erhalten haben. Erst wurden sie damit komplett ruhiggestellt, und dann haben sie irgendwann weniger bekommen und somit war ihre Hemmschwelle und alles einfach nur ausgeschaltet und die Frauen haben getan, was man von ihnen verlangt hat. Diese Drogen machen nicht abhängig, aber es dauert, bis sie wirklich aus dem Körper sind.

Die anderen Frauen waren in der Lage, selbst zu gehen und zu handeln, wenn auch alles sehr gedämpft und wie in Watte gepackt. Siarra, so heißt die Frau, die vor ihm liegt, wurde noch nicht eingearbeitet, wie man es in dem Club genannt hat. Somit wurde sie die Tage mit diesem Drogencocktail ruhig gehalten und hat dementsprechend viel davon im Blut. Sie ist geschwächt und wird einige Tage brauchen, bis sie wieder alles uneingeschränkt tun kann, doch sonst scheint es ihr gut zu gehen. Zumindest körperlich.

Alejandro hat sich dann zu ihr gesetzt und ihr beim Schlafen zugesehen. Jetzt, nachdem er gesehen hat, was wirklich in dem Club vor sich gegangen ist, fragt er sich, wie er all das nicht bemerken konnte.

Er erinnert sich an die vielen Male, als er dort war, um Basces zu treffen. Jedes Mal hat er die hübschen Frauen bewundert, doch er hat sich nie gefragt, wie sein Geschäftspartner an diese Frauen kommt. Vielleicht, weil er gar nicht solche kranken Gedanken hat und davon ausgegangen ist, sie arbeiten freiwillig bei ihm.

Während er die schlafende Schönheit besorgt betrachtet hat, muss auch er eingeschlafen sein, und als er jetzt aufsteht, bemerkt er, dass sie sich im Schlaf bewegt. Nicht viel, doch vorher hat sie einfach nur dagelegen, jetzt scheint sie wirklich zu träumen.

Leise, um ihr die Ruhe zu lassen, die sie braucht, verlässt er den Raum und geht duschen. Als er aus seinem Schlafzimmer wieder herauskommt, klopft es an der Haustür und Ponces Verlobte Alina tritt ein.

»Hi, ist sie schon wach?«

Alejandro schüttelt den Kopf und sieht auf die Uhr. »Ich muss zu dem Treffen, bleibst du hier, falls sie wach wird?« Alina nickt. »Daliya weiß, dass es ihrer Mutter gut geht und spielt gerade mit Vida im Garten. Meinst du, sie kann heute noch zu ihr?« Alejandro sieht nach oben. »Ich denke nicht, vielleicht morgen. Ist Ponce schon beim Treffen?« Sie nickt und geht nach oben. »Ja, er ist gerade ins Gemeinschaftshaus gegangen.«

Alejandro geht die Treppen hinab und fragt Alina, ob sie etwas trinken oder essen möchte. Sie nimmt nur Wasser mit nach oben, falls Siarra wach wird. Er selbst trinkt einen Kaffee und schnappt sich ein Croissant, er wird gleich im Gemeinschaftshaus etwas Warmes essen.

Statt dann aber direkt ins Gemeinschaftshaus, was nun auf dem neuen Gelände steht und als Erstes fertiggestellt wurde, läuft Alejandro noch zum Haus seines Vaters. Vidal sitzt in der Küche und redet mit seinem Vater. Vor einigen Jahren war dieses Bild noch undenkbar, offenbar hat der Verlobte seiner Schwester sogar hier geschlafen, da Belinda und die Kinder auch hiergeblieben sind.

Alejandro begrüßt die beiden und sieht in den Garten. Belinda sitzt mit Lilly und den Kindern an einem Tisch im Schatten. Die Kleinen tragen Badesachen und essen alle Eis und Melone. Wenigstens sie wissen nicht, wie ernst die Lage hier gerade ist. Das Handy seines Vaters klingelt.

»Deine Familie kommt gerade!« Vidal steht auf und Alejandro knackt seine Schultern. Es war nicht sonderlich ratsam, im Sitzen zu schlafen. Sein Vater atmet tief aus und man sieht ihm an, dass dieses Treffen nichts ist, was er gerne tut, doch das geht ihnen allen so. Sie alle ahnen, dass sich heute erneut einiges ändern wird.

Vidal und sein Vater laufen schon vor, Alejandro geht noch schnell in den Garten, begrüßt seine Schwester, Lilly und die Kinder und sieht sich die kleine Daliya auch noch einmal genau an. Sie hat Ähnlichkeiten mit ihrer Mutter, beide haben hellblaue Augen, sehr feine Gesichtszüge und dieselbe Haarfarbe, ein schönes hellbraun. Auch wenn sie noch sehr eingeschüchtert wirkt, lächelt Daliya hin und wieder und drückt die ganze Zeit über eine Puppe an sich.

Lilly und Belinda machen sich beide Sorgen wegen des Treffens. Sie versuchen aus Alejandro herauszubekommen, was ihre Männer erfahren haben, doch auch er weiß noch zu wenig, um ihnen Antworten geben zu können.

Am liebsten würde er zurück in sein Haus gehen und noch etwas schlafen, er hat keine Lust auf dieses Treffen und ist sich absolut sicher, dass es jedem so gehen wird.

Der neue Besprechungsraum ist beeindruckend geworden.

Er sieht sehr edel und teuer aus, sie haben einen riesigen Besprechungstisch und eine große Leinwand auf der alles abgespielt werden kann, zudem gibt es viele Panzerschränke mit wichtigen Unterlagen. Die Räume können nur von den engsten Kreisen mit Handabdruck geöffnet werden, es ist hier so sicher wie in einem Hochsicherheitstrakt. Sie haben all das von Spezialisten planen lassen und nun mussten sie ihre Türen öffnen und ihre ältesten Feinde hereinbitten.

Er kommt als einer der Letzten in den Raum, nur die allerengsten Kreise sind hier versammelt. Sie müssen das so geheim wie möglich halten, deswegen blickt er auf die eine Seite des Tisches, an der sein Vater, Santos, Ponce, Roman, der gerade wieder gelandet ist, Petro und zwei aus den engeren Kreise von ihnen, sitzen. Levi schließt etwas an den Laptop an.

Auf der anderen Seite haben Gonzales, Elian, Vidal, Dante, Benito, Cuca, Aaron und ein Mann, der nun auch sehr viel bei den Puentes zu sagen hat, Platz genommen.

Der Tisch ist mit Gebäck und Getränken bestückt. Würde man nicht wissen, wer hier zusammen sitzt, könnte man von einem netten Meeting ausgehen, so murmelt Alejandro nur eine leise Begrüßung und setzt sich an den mittleren Teil des Tisches, zwischen die beiden Familias. Sein Vater sieht in dem Moment von seinem Handy auf.

»Luca und Therone sind in einigen Minuten hier.«

Gonzales richtet sich auf und sieht zu seinem Vater hinüber. »Ich weiß gar nicht, was das Ganze soll. Wir alle machen seit Jahren Geschäfte mit Basces und weil eure Frauen einigen Kindern helfen wollten, sollen wir das alles aufgeben und einen Krieg beginnen, der nicht so einfach zu gewinnen ist?«

Alejandro legt sein Handy auf den Tisch.

»Es sind mehr als nur ein paar Kinder, denen geholfen wurde. Bei mir im Gästezimmer liegt eine der Frauen, die noch immer mit Drogen vollgepumpt ist, sodass sie sich nicht bewegen kann. Und ganz unabhängig davon haben wir diese Bilder gefunden und einige Dokumente, die darauf schließen lassen, dass noch mehr hinter Basces steckt, als wir wissen.

Levi ist fertig und deutet auf der großen Leinwand zu den Bildern, die Vidal im Club gefunden hat. Es zeigt ältere Aufnahmen von Basces, zusammen mit Suerte im Club. Sie feiern und lachen zusammen in die Kamera.

»Er hat mit Suerte zusammen gefeiert, da wusste noch niemand von seinem Verrat, vielleicht war es ein normales Geschäftstreffen.« Auch Elian ist skeptisch, doch Levi zeigt das nächste Bild.

»Das ist nicht nur Suerte, das sind genau die Männer aus unserer Familia, die hinter dem Verrat steckten und nun seht euch an, wer noch mit dabei war.« Auf dem nächsten Bild sieht man Nacho neben Suerte und nun schweigen einen Moment alle. Genau diese Männer haben sie verraten und hintergangen, sich mit Benjamin zusammengetan. Kann das ein Zufall sein, dass genau sie zusammen mit Basces feiern waren?

»Und genau diese Bilder liegen dort zufällig herum?« Dante schüttelt den Kopf und Vidal beantwortet ihm die Frage. »Nein, sie waren in einem Haufen mit Aufnahmen, die Prominente und andere im Club zeigen. Darauf war ein kleiner Zettel mit der Aufschrift diskret.

Vielleicht hat er die Bilder aufgehoben, um sie im Notfall gegen sie zu verwenden, dabei waren auch einige von hohen Polizeibeamten und dem Präsidenten mit nackten Frauen, das war eher eine Absicherung, die er in seinem Tresor hatte, der zufällig offen stand. Wir haben sie überrascht, der Manager scheint gerade irgendetwas im Büro bearbeitet zu haben, dort gab es unzählige Papiere.«

Alejandro möchte etwas sagen, doch es klopft an der Tür. »Miquel ist zurück.« Er nickt und deutet dem Mann, den sie beauftragt haben, die Frauen aus Puerto Rico zurückzubringen, einzutreten. Als er hereinkommt und sie alle zusammensitzen sieht, räuspert er sich und blickt dann zu Alejandro.

»Wir haben alle Frauen zurückgebracht, von den wenigsten hat die Familie noch gelebt, wo auch immer die Männer von Basces gewesen waren, haben sie viel Leid und Zerstörung hinterlassen. In einem Dorf haben sie zwei Häuser abgebrannt.« Roman nickt. »Das Gleiche in Mexiko, wenn nicht noch schlimmer. Was dieser Mann macht, ist das Letzte.«

Miquel stimmt zu. Alejandro bedankt sich bei ihm und sagt, er soll sich ausruhen, genau wie die meisten, die mit im Club waren, wirkt er sehr müde.

In dem Moment als die Tür zugeht, klingelt sein Handy: Basces. Die wenigsten Geschäftspartner haben direkt seine Nummer, doch da sie ihn so lange kennen und trauen, ist er einer der wenigen. »Ich muss ihn gleich zurückrufen, damit er nicht ahnt, dass wir misstrauisch sind. Er weiß, dass ich sauer bin und in seinem Club war, er wird sich wundern, dass ich nicht reagiere.«

Sein Vater hebt die Hand. »Lass uns erst einmal anhören, was die Männer gefunden haben.« Alejandro klopft ungeduldig auf der Tischplatte herum, während Roman noch erzählt, was er in Mexiko vorgefunden hat.

Ihm ist seit letzter Nacht klar, dass Basces ein Monster ist, doch er will wissen, was er gegen sie alles im Geheimen unternommen hat; nach einigen Minuten klopft es endlich an der Tür und Luca und Therone kommen herein.

Ihnen sieht man an, dass sie nicht geschlafen haben. Sie finden alles heraus und erkennen Zusammenhänge schneller als andere und man bemerkt sofort, dass sie wichtige Neuigkeiten für sie haben. »Wir haben jetzt alles ausgewertet und das war gar nicht so leicht, doch das, was wir ... ich muss es euch zeigen.«

Sie arbeiten immer mit ihren Laptops und Therone geht nach vorne, um seinen anzuschließen, während Luca sich neben Alejandro stellt und alle ansieht.

»Die wichtigsten Bilder aus dem Club habt ihr ja gesehen. Die Unterlagen dort haben wir alle durchsucht, es waren meist nur Dinge, die für den Laden sind, einige Erpressungen scheinen gelaufen zu sein, doch außer den Bildern habe ich nichts, was auf unsere Familias schließen lässt, was auch dumm wäre, so etwas in Puerto Rico aufzubewahren.

Doch beim Durchsuchen der Unterlagen habe ich auch Kontoauszüge durchgesehen und Kosten für ein Schließfach in einer Bank in Mexico City gefunden. Ich hatte sofort ein komisches Gefühl, obwohl Schließfächer an sich nichts ungewöhnliches sind, doch der Mann setzt offenbar auf Tresore, wieso noch ein Schließfach?

Also habe ich unsere Männer, die in Mexiko alles im Auge behalten, beauftragt. Sie haben es geschafft, heimlich an das Fach heranzukommen, mit sehr viel Geld und einem Spitzel.«

Er atmet tief ein und sieht sie an.

»Als ich die Bilder und Unterlagen gesehen habe, habe ich erst nicht alles verstanden, doch dann wurde es immer klarer und offensichtlicher. Ramiro ... diesen Krieg zwischen unseren Familias gab es nicht von Anfang an, das beweisen Bilder wie diese.«

Er öffnet ein Bild, was sie alle kennen. Es zeigt seinen Vater mit Vidals Vater und Belindas Mutter in einem Club zusammen feiern.

Ramiro zuckt die Schultern. »Nein, am Anfang haben die Familien sich nicht bekriegt, wir haben sogar hin und wieder zusammengearbeitet.« Gonzales lehnt sich angespannt zurück, er scheint zu ahnen, dass nun einiges aufgedeckt wird.

»Der Krieg begann, als meine Schwester und meine Cousine von seinem Bruder und seinem Cousin entführt wurden.« Ramiro will etwas sagen, doch Luca unterbricht sie. »Es tut mir leid, das jetzt zeigen zu müssen, aber waren das diese Frauen?«

Es wird ein Bild auf der Leinwand gezeigt von zwei Frauen, die gefesselt auf Matratzen liegen. Ein Mann hockt zwischen ihnen und hält mit einem Messer einen blutigen Slip nach oben und lacht in die Kamera. Man erkennt sofort, dass das Basces ist, noch sehr jung, mittlerweile ist er so alt wie ihre Väter, aber das ist er.

»Das ist meine Schwester und … woher stammen diese Bilder?« Man hört und sieht Gonzales an, dass ihn das trifft, was er da sieht und auch Alejandro kann sich das Bild nicht lange ansehen. »Hinter alldem steckt Basces? Das bedeutet, die Vergeltung, bei der mein Cousin und mein Bruder in ihrem Auto erschossen wurden und seine Frau entführt wurde, all das …«

Er funkelt Gonzales böse an und Luca atmet aus.

»Wir haben einiges dazu im Schließfach gefunden: Bilder und Dateien. Und nachdem ich mich ausführlich damit beschäftigt habe, kann ich sagen, dass hinter diesem Krieg Basces und seine Familia aus Mexiko stecken. Sie haben die Frauen entführt und getötet und es so aussehen lassen, als wären es die Sombras gewesen. Sie waren mit allen befreundet und hatten genug Einblicke, um es geschickt anzugehen. Danach brauchte es nicht viel, der Krieg begann und am meisten hat die Familia von Basces davon profitiert.«

Alejandro beginnt allmählich zu begreifen und auch in den Augen der anderen erkennt man deutlich, dass sie alle verstehen, was all das was sie gefunden haben, bedeutet. »Hätten sich jemals die Puentes und die Sombras zusammengetan, was damals durchaus denkbar gewesen wäre, wäre Puerto Rico viel zu mächtig geworden. So hat Mexiko immer mithalten können und war für beide Familias wichtig. Da waren auch Unterlagen, Überweisungen und Aufträge, die gezeigt haben, dass sie mit Suerte und allen anderen Kontakt aufgenommen haben.«

Er zeigt ihnen einige Unterlagen. »Es war ihnen zu friedlich und sie haben beschlossen, Puerto Rico komplett zu übernehmen, deswegen dieser erneute Angriff. Es gibt sogar Belege darüber, dass Basces immer großzügige Spenden an das Kloster gezahlt hat und über den Zustand der Kinder unterrichtet werden wollte, so ist er auf Benjamin aufmerksam geworden.«

Er sieht ihnen allen in die Augen. Nach und nach fangen sie an zu verstehen. Puzzleteile, die noch gefehlt haben, setzen alles zusammen und so viel mehr ergibt Sinn. »Das meinte Nacho damit, dass wir nicht ahnen, was noch hinter alldem steckt!«

Einen Moment ist es ruhig. Dann räuspert sich Therone.

»Wir haben hier alles zusammengefasst für beide Familias. All das war inszeniert, um den Krieg zu entfachen, um Puerto Rico an sich zu reißen und jetzt, da das mit Benjamin nicht funktioniert hat, nicht so, wie es gedacht war ... hat er offenbar schon neue Pläne.«

Luca sieht zu Vidal und legt ausgedruckte Bilder auf den Tisch.

Es sind Luftaufnahmen, vielleicht mit einer Drohne aufgenommen, und sie zeigen Vida und Paz beim Spielen.

Nicht nur Vidal flucht auf, sie alle lieben die beiden über alles. »Wahrscheinlich sind das seine neuen Ziele, um den Familias noch einmal einen richtigen Schlag zu versetzen.«

Der Raum ist gefüllt mit mächtigen Männern, die immer etwas zu sagen haben, doch in diesem Moment tritt eine gespenstige Stille ein. Einige Minuten sagt niemand etwas, sie alle verarbeiten das, was sie gerade gesehen und gehört haben, bis sein Handy erneut klingelt und Basces' Name zu lesen ist.

Vidals Vater sieht Alejandro in die Augen.

»Ruf ihn zurück, sei sauer, aber nicht zu sehr, sag ihm, ihr trefft euch in einigen Wochen, um all das zu besprechen, und verschaff uns Zeit, um seine Vernichtung zu planen.«

Alejandros Gedanken rasen, Levi stellt etwas ein und dann ist sein Handy mit der Leinwand verbunden. Die Kamera ist so ausgerichtet, dass nur Alejandro, Santos und Ponce zu sehen sind.

Eine ungeheure Wut brodelt in ihm, und je mehr er darüber nachdenkt, was sie gerade erfahren haben, umso wütender wird er, doch Gonzales hat recht, sie müssen jetzt überlegt handeln und ihre ersten Schritte für die Rache einleiten.

Schon nach dem ersten Klingeln nimmt Basces ab und Alejandro knackt seine Schultern, um sich zusammenzunehmen, als er in das Gesicht mit dem falschen Lächeln blickt.

»Alejandro, mein Freund. Meine Männer haben mich unterrichtet, dass du und deine Männer gestern in den Club gekommen seid und meine Mädchen mitgenommen habt. Was ist da los? Ich dachte, die Sombras beteiligen sich nicht am Frauenhandel. Wir hatten ...«

Alejandro unterbricht ihn und muss aufpassen, dass das nicht zu scharf wirkt. »Deine Männer haben meine Cousine mitgenommen und in einen Stall gesperrt, nachdem wir den aufgebrochen haben, haben wir auch die anderen Frauen befreit. Basces, nur weil wir dir erlaubt haben, hier deine Clubs zu eröffnen, bedeutet das nicht, dass du puertoricanische Frauen entführen und einsperren darfst und schon gar nicht jemanden aus unserer Familie.«

Er wird lauter und Basces hebt die Hände. »Das hätte ich nie zugelassen, jetzt verstehe ich das alles auch. Meine Männer müssen einen Fehler gemacht haben. Manchmal, wenn sie eine besonders hübsche Frau sehen, handeln sie ohne meine Erlaubnis und Alena ist eine der schönsten Frauen, die ich je gesehen habe, da muss ihnen ein Fehler passiert sein. Das tut mir aufrichtig leid, zum Glück ist es noch einmal gut gegangen. Ich erreiche meine Männer nicht. Bitte richte Alena meine Entschuldigung aus. Ich werde ihr etwas schicken lassen, geht es ihr gut?«

Alejandro würde ihn am liebsten durch die Kamera anspucken, doch sein Vater deutet ihm, ruhig zu bleiben. Er sieht einen Moment zu Elian, der genauso wütend wie er ist, besonders als Alenas Name gefallen ist.

»Ihr geht es gut, wir kamen rechtzeitig. Du denkst doch nicht, dass irgendjemand, der Hand an Alena legt, danach noch sprechen oder atmen kann, oder?«

Basces scheint in einem Büro in einem seiner Clubs zu sein und atmet tief ein. »Wie gesagt, das Missverständnis tut uns sehr leid. Ich hoffe, unsere Geschäfte leiden nicht darunter. Ich werde mich in nächster Zeit in Puerto Rico zurückhalten, bis wir darüber gesprochen haben. Zur Zeit kann ich nicht aus Mexiko weg, meine Mutter ist krank geworden und ich bleibe noch einige Tage, doch dann kann ich ...«

»In zwei Wochen habe ich einen anderen Termin in Mexiko, dann komme ich dich besuchen und wir klären das. Wie du siehst, sind wir gerade in einer Besprechung. Wünsch deiner Mutter gute Besserung und ich melde mich, sobald wir in Mexiko sind.«

Man sieht Basces die Erleichterung an und er lächelt breit.

»Machs gut und meine besten Wünsche an Alena, deinen Vater, deine Schwester und die beiden Kleinen.«

Alejandro sieht Basces in die verschiedenfarbigen Augen, bevor er das Gespräch beendet, durchatmet und allen hier versammelten Männern beider Familias in die Augen blickt.

»Das war der Anfang, Mexiko wird erzittern und die Maccetas werden vernichtet und für all das büßen, was sie hier in Puerto Rico angerichtet haben.«

Tief im Inneren hatte er immer das Gefühl, dass sie noch nicht alles wissen, was Benjamin und die Verräter betrifft und nun weiß er, dass ihre Rache noch nicht einmal richtig begonnen hat.

# Kapitel 14

Leise schließt Santos die Haustür und legt seine Waffe auf das obere Sideboard im Eingangsbereich.

In allen Häusern ist das extra so konstruiert worden, damit keine Kinder herankommen können, seitdem nun immer mehr Kinder bei ihnen herumlaufen.

Er ist müde, der wenige Schlaf und die vielen neuen Erkenntnisse machen ihm zu schaffen. Sie haben bis gerade eben alles, was sie gefunden haben, zusammengefügt und ausgewertet, und nun ist klar, dass Basces hinter allem steckt. Benjamin, Suerte und all die anderen waren nur seine Marionetten und er ist bereits dabei, einen neuen Schlag gegen sie zu planen.

Nun wissen sie allerdings davon und können ihn stoppen, doch dass sie das tun, ist eher ein Zufall. Wären die beiden Kinder nicht in dem Center aufgetaucht, hätte er sein Spiel noch weiter so treiben können. Das ist es, was Santos wirklich aufregt. Sie haben ihm vertraut, genau wie Suerte. Natürlich hatten Suerte und die anderen Männer ihrer Familia viel mehr Vertrauen, doch sie haben nicht damit gerechnet, dass sie mit gezücktem Messer hinter ihnen stehen und auch bei Basces hat er das nicht gedacht.

Sie müssen umdenken, sich noch mehr abgrenzen, als sie es eh schon tun und Geschäfte noch distanzierter abwickeln. Sie werden einiges ändern müssen, doch zuerst müssen sie Basces zur Rechenschaft ziehen und das wird nicht so einfach, wie es auf den ersten Blick scheint.

Mexiko ist nach Puerto Rico die zweitgrößte Macht in Lateinamerika. Die Maccetas sind nicht ganz so groß wie die Sombras, aber mächtig. Alleine wäre es sehr schwer, sie in ihrem eigenen Land zu besiegen, womit sie aber nie gerechnet haben, womit wahrscheinlich niemals jemand gerechnet hat, ist, dass sie nun nicht mehr alleine handeln. Das werden sie zusammen mit den Puentes beenden und gemeinsam kann sie niemand aufhalten.

Allerdings müssen sie dieses Mal auch wirklich zusammenhalten, und das wird mit ihrer Vorgeschichte wahrscheinlich das Allerschwerste.

Sich gegenseitig in den Cuidads zu akzeptieren, sich zusammen an einen Tisch zu setzen und miteinander zu sprechen ist etwas ganz anderes, als zusammen zu kämpfen. Sie müssen sich ihre Leben anvertrauen und komplett auf den anderen verlassen können.

Santos geht in die Küche und holt sich etwas zu trinken aus dem Kühlschrank.

Für heute ist das Treffen beendet. Allein das Auswerten und Bearbeiten der Unterlagen hat so lange gedauert, sie haben sich mit den Puentes ausgetauscht, jeder wird sich Gedanken machen und sie werden übermorgen ein weiteres Treffen haben und genau planen, wann sie wie zuschlagen. Seine Brüder und er wollen sich morgen dazu beraten, doch erst einmal brauchen sie alle Ruhe.

Was auch immer sie genau beschließen, all das wird in wenigen Tagen stattfinden und es wird der schwerste Kampf werden, den sie jemals geführt haben.

Es ist ernst, der Krieg, der zwischen den Puentes und den Sombras so hart und lange geherrscht hat, war niemals nötig gewesen. Basces hat diese Feindschaft verursacht, die so viel Leid und Tote gefordert hat.

Zu ihrer aller Verwunderung ist Gonzales, Vidals Vater, obwohl es so spät war, noch alleine mit seinem Vater zurückgeblieben. Sie wollten noch einiges besprechen und sie alle haben das respektiert, auch wenn es sie verwundert hat.

Sie waren einmal Freunde, nun haben sie gemeinsame Enkel und wissen, dass ihre Feindschaft auf falschen Tatsachen entstanden ist, vielleicht ist es an der Zeit, all das hinter sich zu lassen.

Er löscht das Licht im unteren Bereich ihres Hauses. Sie sind dabei, ein neues zu bauen, doch er wird das alte vermissen. Hier hängen einige Erinnerungen dran. Allerdings hat er die ersten Entwürfe schon gesehen und Lilly hat sich alle Mühe gegeben, das neue Haus zu ihrem Zuhause werden zu lassen.

Im Schlafzimmer brennt nur das kleine Nachtlicht seiner Tochter. Sie schläft neben Lilly, auch ihr Bett ist zerwühlt, aber offenbar ist sie doch in der Nacht zu ihnen ins Bett geholt worden. Er geht leise ins Bad und duschen.

Die letzten sechs Monate sind an ihnen vorbeigeflogen. Gestern ist Mariza schon ein halbes Jahr alt geworden und er wünschte, er könnte diese Zeit noch einmal mit ihr erleben. Sie wächst so schnell und bekommt immer mehr mit. Er möchte, dass sie friedlich aufwächst und wenn er es schafft, ihre größten Feinde jetzt zu besiegen und den schlimmsten Krieg zu beenden, dann wird er alles daran setzen, das zu tun, damit Mariza von alldem nur noch aus Geschichten erfährt und nichts davon mehr miterleben muss.

Während er sich nach dem Duschen eine Boxershorts anzieht und fertigmacht, bemerkt er, dass Mariza unruhiger wird und versucht sich aufzusetzen. Er legt sich zu ihr, lehnt sich an ein dickeres Kissen und legt seine kleine Tochter auf seine Brust. »Hallo mein Engel. Papa ist da.«

Einen Moment öffnet sie ihre schönen Augen, doch dann gluckst sie zufrieden und sie fallen ihr müde wieder zu. Ihr Kopf liegt an seinem Herzen und er streicht über ihre weichen blonden Haare.

Obwohl die tiefe Liebe, die er schon immer für Lilly empfunden hat, für ihn niemals mit etwas anderem zu vergleichen war, ist die Liebe, die er für seine Tochter empfindet, noch einmal etwas ganz anderes. Er hat das Gefühl, die Minute ihrer Geburt hat alles geändert. Er war da, er hat sie auf den Arm bekommen und ihrer Mutter auf die Brust gelegt und dieser Moment hat ihn tief berührt.

Mariza streicht mit ihrer kleinen Hand über sein Herz und auch Santos schließt die Augen.

Er wird alles tun, was nötig ist, um Mariza, Lilly und seine Familia zu schützen. Alles, und wenn er dafür mit den Puentes zusammenarbeiten muss, tut er das und wenn er dafür den schwersten Kampf seines Lebens austragen muss, wird er auch das ohne zu zögern tun, damit er dann hier liegen kann und sich nie wieder Gedanken um die Sicherheit seiner beiden Engel machen muss.


Hätte sein Handy nicht geklingelt und ihn so aus dem tiefen Traum gerissen, könnte Alejandro wahrscheinlich noch einige Stunden mehr schlafen. Doch so steht er am Mittag auf, zieht sich eine Shorts an und will nur etwas trinken und erst einmal trainieren gehen, bevor er dann richtig in den Tag startet.

Er hat den Schlaf gebraucht.

Die Besprechung und all die Sachen, die sie gestern erfahren haben, waren nicht so einfach zu verdauen und er wird sich gleich mit seinem Vater und seinen Brüdern noch einmal alleine besprechen, doch erst muss er ein wenig Wut herauslassen.

Es ist noch ganz still im Haus. Alina war die ganze Zeit bei der jungen Frau Siarra. Als er nachts nach Hause gekommen ist, lag sie auf der Schlafcouch und hat geschlafen und Siarra lag in dem Gästebett. Ponce hat Alina geweckt und sie hat ihnen erzählt, dass Siarra immer mal wieder kurz wache Phasen hatte. Sie hat sie zur Toilette begleitet, versucht ihr zu erklären, wo sie ist, doch so ganz glaubt sie nicht, dass Siarra das verstanden hat. Sie hat sich zweimal übergeben, aber wenigstens viel getrunken, doch dann ist sie jedes Mal wieder eingeschlafen.

Sein Bruder hat Alina mit nach Hause genommen, deswegen geht

Alejandro sicherheitshalber erst nach Siarra sehen. Er geht davon aus, dass sie noch immer schläft. Als er jetzt aber das Zimmer betritt, sehen ihn allerdings verängstigte hellblaue Augen an.

»Wer bist du und was willst du von mir?«

Sie sitzt auf ihrem Bett an die Wand gelehnt und sieht ihn erschöpft an. Man hat die ganze Zeit gesehen, wie hübsch sie ist, doch jetzt, wo sie wach ist und ihn anblickt, versteht Alejandro, wieso sie von all den schönen Frauen ausgewählt wurde, um von Basces eingearbeitet zu werden.

Ihre hellblauen Augen sind wunderschön, lange schwarze Wimpern rahmen die Augen ein, sie ist sehr zart im Gesicht, ihre Haut schimmert wie Honig, ihre hellbraunen Haare fallen ihr bis unter die Brust und man sieht, dass sie eine sehr schöne Figur hat in dem schwarzen Kleid.

Alejandro wollte sie nicht so mustern, doch ihr kompletter Anblick hat ihn doch ein wenig überrascht. Als sie sich das Laken, das über sie ausgebreitet war, nimmt und über sich zieht, räuspert er sich und blickt ihr in die Augen. Er muss sich zusammennehmen, die Frau hat genug mitgemacht.

Er will nähertreten, doch die Frau zuckt zurück, auch wenn sie bereits an der Wand ist und gar nicht mehr entkommen kann. Alejandro hebt die Hände und setzt sich auf den Sessel, der bei ihm steht.

»Keine Sorge, du bist nicht mehr gefangen. Ich tue dir nichts. Wir haben dich vorgestern Nacht aus dem Club geholt, dich und einige andere Frauen. Kannst du dich daran erinnern?«

Alejandro sieht sie an. Sie kneift ihre Augen zusammen und atmet angestrengt aus. Der Arzt hat ihm gesagt, dass sie nach dem Aufwachen Kopfschmerzen haben kann und trotzdem immer noch eingeschränkt ist, doch nach und nach wird das alles besser werden.

Er deutet zu einer Packung Kopfschmerztabletten und einer

Flasche Wasser. »Ein Arzt war hier und hat dich untersucht. Du wurdest einige Zeit unter Drogen gesetzt und diese sind nicht so schnell aus dem Körper zu bekommen. Das dauert etwas.« Sie öffnet die Augen wieder und folgt seinem Blick dorthin, wohin er deutet. Sie greift nach den Medikamenten und der Flasche und trinkt. Die Tabletten legt sie allerdings wieder zurück und betrachtet ihn misstrauisch. Sie scheint ihm nicht zu trauen.

»Kann ich mich deswegen kaum bewegen? Ich habe versucht, hier wegzukommen, doch meine Beine geben immer wieder nach und ich fühle mich nach jeder Handlung so erschöpft, als wäre ich einen Marathon gelaufen.«

Sie stellt die Flasche zurück und sieht ihn an. »Wahrscheinlich, es wird aber nach und nach besser. Ich hole dir gleich etwas zu essen, hast du Hunger?« Sie schüttelt den Kopf und trinkt noch einen Schluck.

»Nein, mir ist übel. Ich kann nichts essen. Wer bist du? Wie komme ich hierher?«

Sie sieht ihm weiter in die Augen und er hat das Gefühl, dass sie merkt, dass sie vor ihm keine Angst zu haben braucht.

»An was erinnerst du dich noch, Siarra? So heißt du doch, oder?« Sie nickt und streicht sich über die Stirn. Es fällt ihr offensichtlich schwer, sich zu konzentrieren, doch dann wird ihre eh schon leise Stimme brüchiger. »Ich weiß, dass ich bei meinen Eltern auf dem Land war. Wir alle waren dort, es gab Probleme und wir haben uns dort getroffen ...«

Sie bricht ab und Alejandro erkennt Tränen auf ihren Wangen. »Haben sie dich dort weggeholt? Dich und deine Tochter Daliya?« Sofort hat er all ihre Aufmerksamkeit. »Daliya? Ist sie hier? Wo ...« Er deutet ihr an, ruhig zu bleiben, da sie sofort schmerzhaft ihr Gesicht verzieht, sobald sie sich stärker anstrengt.

»Sie ist hier, ich lasse sie herbringen.« Er zieht sein Handy aus der Shorts und ruft seine Schwester an. Alejandro bittet sie, mit der

Kleinen vorbeizukommen. »Sie ist gleich da. Haben sie dich und deine Tochter entführt und …?«

Siarra unterbricht ihn. »Sie ist nicht meine Tochter. Meine Schwester … sie hat mir gesagt, dass sie die letzten Tage das Gefühl hatte, beobachtet zu werden und als sie dann ins Dorf kam, waren Daliya und ich zusammen schwimmen am Fluss. Sie ist meine Nichte und durch meine Arbeit sehe ich sie leider viel zu selten.«

Man merkt, wie schwer es der hübschen Frau fällt zu sprechen und Alejandro fühlt einen Kloß in seinem Hals. Jede dieser Frauen, die sie dort im Club vorgefunden haben, hat ihre eigene Geschichte zu erzählen.

»Als wir zurückkamen, haben wir zwei Autos vor dem Haus gesehen und haben uns beeilt hinzukommen. Ich habe geahnt, dass etwas nicht stimmt, doch auch niemals damit gerechnet, was wir dann vorgefunden haben. Offenbar haben diese Männer meine Schwester entführen wollen und dann, als sie sie im Haus angetroffen haben, erst gemerkt, dass sie schwanger ist. Sie war im vierten Monat und man hat es nicht sofort gesehen. Aus Wut darüber sind sie offenbar völlig ausrastet. Als wir ins Haus kamen, lag meine Schwester schon tot auf dem Boden. Wir konnten nicht so schnell reagieren, wie die Männer gehandelt haben …«

Natürlich hat er damit gerechnet, dass das keine leichten Schicksale sind, die die Frauen, die sie aus dem Club geholt haben, zu tragen haben, doch trotzdem trifft ihn diese Geschichte.

»Sie haben gesagt, dass ich noch viel besser sei und gefragt, ob Daliya meine Tochter ist. Ich habe ja gesagt, ich wusste nicht, ob das richtig ist, doch ich musste verhindern, dass sie sie auch töten. Sie haben uns beide in ein Auto gesperrt, wo wir fast zwei Tage drinnen waren. Hin und wieder haben wir Essen und Trinken bekommen und nur nachts auf Parkplätzen uns erleichtern dürfen.«

Nach und nach scheinen ihre Erinnerungen zurückzukommen, und auch wenn sie versucht, sich vor Alejandro zusammenzunehmen, sieht er die Verzweiflung in ihren schönen Augen.

»Das nächste Mal, als wir ausgestiegen sind, waren wir auf einer Farm, wo wir einige Tage geblieben sind. Dort habe ich erfahren, was mit uns passieren sollte, es war heiß und stickig und wir hatten ständig Hunger, doch wir waren zusammen. Am schlimmsten war der Tag, als sie mich und die anderen Frauen mitgenommen haben. Sie haben mir gesagt, dass wenn ich nicht genau tue, was sie sagen, sie Daliya köpfen werden. Ich ...«

Sie bricht ab und sieht auf das Laken. »Dann weiß ich kaum noch etwas, als wäre alles verschwunden. Ich weiß, dass wir mit jemandem am Handy gesprochen haben. Der Mann hatte zwei unterschiedliche Augen, das werde ich nie vergessen, er hat sich uns angesehen und gesagt, dass ich seins wäre. Daraufhin wurde ich von den anderen getrennt. Ich sollte dieses Kleid anziehen und ich habe Spritzen bekommen ... dann weiß ich kaum noch etwas. Ich erinnere mich an Schreie von Frauen und Musik und ... dann bin ich hier wachgeworden. Wie lange war ich dort im Club?«

Man hört, dass jemand ins Haus kommt.

»Einige Tage. Daliya ist in dieser Zeit in das Center meiner Familia gekommen, in dem Kinder nach der Schule Essen und Trinken bekommen. Unsere Frauen sind auf sie aufmerksam geworden und sind ihr und ihrer Freundin gefolgt. Da haben sie alles gesehen, wir sind gekommen und haben die Frauen rausgeholt und sind zu euch in den Club gekommen. Dabei hat sich noch einiges mehr herausgestellt, aber ... das Wichtigste ist, das ihr nun alle wieder frei seid ...«

Belinda und das kleine Mädchen betreten das Gästezimmer. Sobald Daliya ihre Tante sieht, beginnt sie fürchterlich zu weinen und läuft zu ihr. Mit viel Mühe zieht Siarra das kleine Mädchen in ihre Arme und drückt sie fest an sich. Sie murmelt beruhigende

Worte an ihren Kopf und Alejandro und seine Schwester wenden sich ab, um den beiden ihre Zeit zu geben, doch er wendet sich noch einmal an Siarra.

»Ich werde den Arzt rufen, dass er noch einmal nach dir sieht, ruhe dich aber unbedingt noch weiter aus.« Er sieht zu Belinda. »Bleibst du solange bei ihnen?« Alejandro und seine Schwester gehen langsam aus dem Raum und Belinda nickt.

»Danke.«

Sie bleiben stehen und sehen zu Siarra die weinend ihre Nichte zu beruhigen versucht. »Danke, dass ihr uns dort herausgeholt habt.« Belinda lächelt und Alejandro nickt nur leicht. Sie hätten gar nicht zulassen dürfen, dass so etwas passiert; je mehr sich Alejandro damit beschäftigt, umso öfter stellt er sich die Frage, wie sie es zulassen konnten, dass Basces hier bei ihnen treiben kann, was er will, sie waren viel zu oft viel zu blind. Das muss sich ändern.

»Ich mache ihr Frühstück und bleibe bei den beiden. Das bricht mein Herz, sie so zu sehen. Die Mutter ...«

Zusammen gehen sie in die Küche und Alejandro erzählt seiner Schwester, was er schon weiß, bevor er einen Kaffe trinkt und sich seine Laufschuhe anzieht. Er wird joggen gehen und dann zu ihrem Vater, um sich mit ihm und seinen Brüdern zu besprechen.

Je länger er über all das nachdenkt, desto schneller will er reagieren, er fühlt sich schuldig in so vielerlei Hinsicht, und er möchte Basces zur Verantwortung ziehen.

Belinda bleibt bei Siarra und Daliya. Vidal ist mit den Zwillingen schon nach Hause gefahren und sie wird später von ihm abgeholt. Alle Frauen und Kinder dürfen in dieser Situation, da sie jetzt wissen, dass es Basces auf Vida und Paz abgesehen hat, keinen Schritt mehr alleine aus den Cuidads machen. Keine von ihnen. Ponce und Alina wollten sich darum kümmern, dass ihre Mitarbeiter das Center so lange alleine weiterführen.

Die Frauen hassen es, eingesperrt zu sein, doch momentan geht es nicht anders und das verstehen sie zum Glück auch.

Der Arzt wird kommen, Belinda kümmert sich darum, dass Siarra etwas isst und wieder auf die Beine kommt und Alejandro wird dafür sorgen, dass alle, die für all das Leid zuständig sind, zur Rechenschaft gezogen werden.

# Kapitel 15

»Ich fahre zum Hafen Fisch kaufen. Ich komme dann direkt zurück.«

Alena steigt aus dem Auto und sieht ihrer Mutter in die Augen. »Mama, nur weil die Männer übertreiben, musst du das nicht auch tun. Wir sind viel zu früh, mein Termin ist erst in zwanzig Minuten. Lass dir Zeit. Könntest du noch gleich neue Orangen vom Markt mitbringen? Ich habe heute die Letzte gegessen.«

Ihre Mutter lächelt und nickt. »Du weißt, dass die Männer nicht umsonst sagen, dass keiner die Cuidad mehr alleine verlassen soll. Sie werden schon wissen, warum. Wenn sie nicht die Besprechung hätten, wäre sicher auch einer von ihnen mitgekommen. Pass gut auf. Momentan scheint irgendetwas vor sich zu gehen.«

Mit diesen Worten fährt sie los und Alena dreht sich um und läuft in das Krankenhaus. Da sie die Nacht nicht dort bleiben wollte, sollte sie heute vorbeikommen, damit die Ärzte noch einmal die Wunde desinfizieren und ansehen können.

Nachdem sie am Abend noch duschen war, hat sie bis heute Morgen durchgeschlafen. Eigentlich hatte sie damit gerechnet, dass Elian irgendwann kommen würde, was er nicht getan hat. Er ist nach dem Treffen nach Hause gefahren, alleine, sein Vater ist länger geblieben und Vidal zu Belinda gegangen. So hat ihre Cousine es ihr heute Morgen zumindest gesagt.

In ihr hat sich sofort die Enttäuschung breitgemacht, was völlig absurd ist. Sie hat sich getrennt und sie weiß, dass es richtig so ist, doch auch wenn sie immer wusste, wie viel Elian ihr bedeutet und sie die Liebe zu ihm nie unterschätzt hat, muss sie sich eingestehen, dass sie nicht damit gerechnet hat, wie schwer es ihr fällt, ohne ihn zu sein. Sie vermisst ihn, das Leben an seiner Seite, und nur, weil sie weiß, dass er etwas Besseres verdient hat als das, was sie ihm bieten kann, schafft sie es, hart zu bleiben und ihn gehen zu lassen, so schwer es ihr auch mit jedem Tag mehr fällt.

Auf der Station, wo sie erwartet wird, meldet sie sich gerade am Empfang an, als sich eine Hand an ihren Rücken legt und sie ungewollt zusammenzuckt bei dieser plötzlichen Berührung.

»Sie sind ja schon da, wie passend. Eine Patientin ist nicht gekommen und wenn Sie möchten, kann ich Sie direkt mitnehmen.« Es ist wieder der junge Arzt, der sie gestern schon behandelt hat und der ihr seine Nummer zugesteckt hat.

»Natürlich, gerne.« Alena folgt ihm in denselben Behandlungsraum, in dem sie auch gestern behandelt wurde. Der Arzt bittet sie, sich auf den Stuhl zu setzen und zieht sich Handschuhe über. »Und, hatten Sie gestern noch starke Schmerzen? Mussten Sie noch weitere Schmerzmittel nehmen?« Ohne die Augen zu schließen und sich zu konzentrieren und in Erinnerung zu rufen, dass ihr hier nichts passiert, wäre diese Nähe für Alena nicht so leicht auszuhalten, doch mittlerweile schafft sie das ganz gut.

»Um ehrlich zu sein, bin ich gleich eingeschlafen. Jetzt habe ich kaum noch Schmerzen.« Der Arzt zieht die Handschuhe wieder aus. »Die Wunde sieht auch sehr gut aus. Schön, wenn noch etwas ist, können Sie jederzeit wiederkommen, ansonsten besteht erst einmal kein weiterer Handlungsbedarf.«

Alena lächelt und steht auf. »Ich hoffe … das gestern war nicht unangenehm für Sie. Um ehrlich zu sein, habe ich noch niemals meine Nummer an Patienten weitergegeben, doch ich dachte, dass ich das garantiert bereuen werde, wenn ich es bei Ihnen nicht probiere.«

Sofort kommt ihr Elians Gesichtsausdruck wieder vor das innere Auge, als er die Nummer des Arztes gefunden hat. »Nein, das ist in Ordnung. Ich habe nur gerade eine Trennung hinter mir und gar nicht … also ich denke noch nicht daran, mich schon mit anderen Männern zu treffen.«

Der Arzt ist wirklich nett und er ist auch ein sehr hübscher Mann. Er lehnt gegen seinen Schreibtisch und seine Wangen färben sich leicht rot, als er Alena nun in die Augen sieht.

»Das verstehe ich. Ich habe auch eine sehr lange und feste Beziehung hinter mir und habe ewig gedacht, ich werde da niemals drüber hinwegkommen.« Sie legt den Kopf ein wenig schief.

»Aber es ging doch?« Der Arzt steht auf und sieht zur Uhr. »Ich wollte mir gegenüber einen Kaffee holen, ich habe zehn Minuten Zeit bis zum nächsten Patienten. Vielleicht haben Sie ... oder hast du, noch Zeit und das fühlt sich nicht falsch an.«

Alena lacht, es ist nett, dass er versucht, dass sie sich nicht schlecht fühlt und sie stimmt zu. Sie ist nun eh viel zu früh und muss auf ihre Mutter warten. Sie verlassen das Krankenhaus zusammen und kaufen sich beide einen leckeren Eiskaffee, genau vor dem Krankenhaus stehen mehrere Bänke unter Bäumen und sie setzen sich zusammen dahin.

Der Arzt stellt sich als Jacob vor. Er erzählt Alena, dass er aus einem kleinen Dorf ganz unten in Puerto Rico kommt und dort schon, seit er vierzehn war, mit einer Frau zusammen gewesen ist. Als er zum Studieren nach San Juan gekommen ist, wollte sie ihre Eltern nicht verlassen und ist im Dorf geblieben. Sie haben sich trotzdem so oft es geht gesehen und es war eine Hochzeit geplant, danach sollte die Frau dann Jacob nach San Juan folgen. Kurz bevor ihre Hochzeit stattfand, wurde er ins Dorf gerufen. Seine Verlobte wollte mit ihm sprechen.

Auch wenn sie diesen Mann kaum kennt, hängt Alena gebannt an seinen Lippen, während er seine Geschichte erzählt. Für einen Moment vergisst sie alles um sich herum, ihre gesamte Aufmerksamkeit liegt bei dem Arzt.

Jacob hat mit allem gerechnet, doch nicht damit, dass seine Verlobte ihm eröffnet, dass sie schwanger ist und ein Baby erwartet. Alena muss schlucken, als dieser ihr doch völlig fremde Mann ihr so etwas anvertraut. Da sich die beiden eine ganze Weile nicht nahe waren, stand fest, dass seine Verlobte ihn betrogen hat und das schon länger. Mit solch einer Wendung hatte Alena nicht gerechnet. »Das tut mir leid. Dann war es sicher einfach, alldem den Rücken zuzukehren.« Er schüttelt den Kopf.

»Nein, auch wenn man das vielleicht denkt, so war ich zwar tief verletzt, doch trotzdem war sie weiterhin die Frau, die ich über alles geliebt habe, die ich heiraten wollte. Sie hat mich angefleht, ihr zu verzeihen, dass all das mit dem anderen Mann nichts zu bedeuten hat und mich gebeten, ihr Baby als unseres anzuerkennen.«

Ihr Kaffee ist viel zu schnell geleert. »Und das hast du getan?« Er zuckt die Schultern. »Ich habe es versucht, weißt du, wenn man wirklich liebt, dann verzeiht man einiges, sieht über manche Dinge hinweg und versucht sich mit den merkwürdigsten Dingen zu arrangieren, nur um diese eine Person nicht zu verlieren.«

Automatisch muss Alena an Elian denken, er musste auch so einiges akzeptieren und damit leben, was er nicht sollte und auch er hat es immer getan, ohne zu zögern. »Aber es hat nicht funktioniert?«

»Nein, auch wenn wir uns noch geliebt haben, war es falsch. Eine gesunde Beziehung sollte nicht zu vorbelastet sein. Es gibt Dinge, die kann man nicht überwinden, nicht so sehr, dass man die Person nicht immer wieder ansieht und daran zurückdenkt. Das ist nicht gesund, dann muss man lieber einen Schlussstrich ziehen und versuchen, darüber hinwegzukommen als ein Leben lang mit diesen Erinnerungen, Vorwürfen oder falschen Kompromissen zu leben. Es tut weh und es dauert, doch es wird besser und nun kann ich etwas gesundes Neues aufbauen und sie hat den Vater ihres Kindes geheiratet.«

Es ist vielleicht nicht richtig, doch auf eine merkwürdige Weise ist es erleichternd zu wissen, dass auch andere Menschen ihre

Wunden und mit einem schweren Schicksal zu kämpfen haben.

»Ist es nicht schwer, wenn du sie jetzt siehst oder bist du seitdem nicht mehr dort gewesen?«Auch er hat seinen Kaffee geleert. Es piept, er zieht ein Gerät aus seiner Tasche und sieht darauf. »Natürlich, meine ganze Familie lebt dort. Ich sehe sie oft, wir gehen uns aus dem Weg, vielleicht werden wir irgendwann auch wieder normal miteinander umgehen können, momentan wirkt das noch nicht so.«

Das Auto ihrer Mutter fährt in den Parkplatz ein und sie steht auf, genau wie der Arzt. »Ich muss rein, meine nächste Patientin ist da. Es hat mich gefreut, Alena, und wenn du bereit dazu bist, würde ich mich freuen, wenn wir etwas essen gehen können und ich ein wenig mehr von dir erfahre, nachdem ich dich jetzt mit all meinen Sorgen zugetextet habe. Das tut mir leid, ich ...«

Alena reicht ihm die Hand und lacht auf. »Nein, nein, das war ... wirklich hilfreich, zu wissen, dass es besser wird.« Er nickt und hält ihre Hand einen Moment länger.

»Das wird es, manches soll einfach nicht sein und wenn man es akzeptiert hat, ist es leichter.« Noch einmal drückt er ihre Hand und geht dann ins Krankenhaus. Alenas Mutter hält neben ihr und sie steigt ins Auto. »Wer war das?« Sie sieht Jacob einen Moment hinterher. »Ein Arzt, er ... hat mir von sich und seiner Verlobten erzählt und wie er darüber hinweggekommen ist ...«

Ihre Mutter fährt los und sieht zu Alena hinüber. »Wegen Elian? Ich mische mich nicht ein, Engel, und ich verstehe auch deine Bedenken, doch ich denke, es ist ein Fehler, das was zwischen Elian und dir ist, mit irgendetwas anderem zu vergleichen. Das wird nicht funktionieren.«

Alena sieht aus dem Fenster und die Sehnsucht in ihrem Herzen schwillt immer stärker an. Es muss funktionieren, sie muss versuchen, über all das hinwegzukommen.

In solchen Zeiten bekommt man viel zu wenig vom Tag mit.

Nachdem Alejandro joggen war, ist er zu seinem Vater gegangen, wo er geduscht und sich umgezogen hat. Dann kamen langsam alle: Santos, Ponce, Roman, Levi und Petro. Sie haben sich zusammen in den Garten gesetzt und darüber gesprochen, wie sie handeln wollen. Denn sie sind es auch, die das entscheiden. Wollen sie angreifen und wenn ja, wie und mit wem? Das war alles, was sie heute besprochen haben und das natürlich auch mit dem Wissen, dass das ein wirklich harter Kampf werden wird und sie diesen Seite an Seite mit den Puentes führen müssen.

Als er jetzt am späten Abend in sein Haus kommt, ist es ganz ruhig.

Er hat Belinda gesehen, Vidal hat sie abgeholt. Sie hat ihm gesagt, dass Siarra aufstehen kann, sie hat geduscht und kann sich langsam bewegen, immer noch vorsichtig, doch es wird besser und besser. Die Kleine ist die ganze Zeit bei ihrer Tante geblieben, sie haben gegessen und viel miteinander gesprochen.

Nun ist es ruhig im Haus. Alejandro geht in die Küche, er hat bei seinem Vater gegessen und isst nur noch eine Kleinigkeit, bevor er leise nach oben geht.

Einen Moment überlegt er, einfach in sein Schlafzimmer zu gehen und sich schlafen zu legen, aber dann betritt er doch leise das Gästeschlafzimmer am Ende des Flures, dessen Tür nur angelehnt ist.

Es ist dunkel, nur ein kleines Nachtlicht brennt. Daliya liegt quer über das Bett ausgestreckt und schläft friedlich. Sie scheint sich sicher und wohl zu fühlen. Ihre Haare liegen aufgefächert auf dem weißen Laken und ihr süßes Gesicht ist ganz entspannt.

Es tut gut, sie so zu sehen, nachdem er sie nach der Befreiung aus dem Stall erlebt hat. Das ist etwas, was viel mehr wiegt als das viele Geld, was sie verdienen. Zu sehen, dass sie eingreifen konnten und dass es der Kleinen nun wieder gut geht.

Die Balkontür steht offen. Alejandro tritt in die kühle Nachtluft hinaus. Siarra sitzt auf einem Rattansessel und sieht auf die Cuidad hinab. Ein Glas mit Saft steht neben ihr auf dem Tisch und eine Lichterkette brennt, die an der Seite des Balkons aufgehängt ist. Er weiß gar nicht mehr genau, wer damals dafür gesorgt hat, dass die auf fast allen Balkons hängen, um romantisches Licht zu spenden, wenn man es braucht, das kann ja nur eine ihrer Frauen gewesen sein.

»Wie geht es dir?« Alejandro spricht leise und setzt sich gegenüber von Siarra auf den zweiten Rattansessel. Sie wendet sich zu ihm um, nicht erschrocken, sie wird ihn schon gehört haben. Als sich ein dankbares Lächeln auf ihr hübsches Gesicht setzt, lehnt sich Alejandro zurück. Sie ist eine unfassbar schöne Frau.

In diesem Licht ist ihre Hautfarbe noch goldener, ihre Haare hat sie zu einem hohen Zopf gebunden, ihre hellblauen Augen wirken ein wenig dunkler als am Tag, doch trotzdem noch ganz besonders. Das Lächeln unterstreicht diese Schönheit nur.

»Es geht besser. Ich fühle mich noch schwach auf den Beinen, doch ich kann wieder laufen und etwas heben und ich kann vor allem langsam wieder richtig klar denken.«

Alejandro nickt und blickt nach unten, wo er zwei seiner Männer vorbeigehen sieht. Sie sind unterwegs zum Gemeinschaftshaus. »Das ist gut, ich denke, in zwei Tagen wirst du wieder ganz normal alles machen können. Was hat der Arzt gesagt?« Er spürt Siarras Blick weiter auf sich.

»Ungefähr das Gleiche, ich soll mich nicht überanstrengen, auch wenn ich denke, dass ich schon wieder fit bin. Ich habe viel mit deiner Schwester gesprochen und einiges von dir und der Familia erfahren, vor allem was ihr für mich und die anderen Frauen getan habt und auch das ich mich hier ausruhen konnte. Vielen Dank dafür.«

Nun sieht Alejandro doch zu ihr.

»Dafür braucht ihr uns nicht zu danken. Wir waren oft genug in dem Club und haben nichts getan, wir haben nicht gewusst, dass die Frauen dort ... gezwungen werden zu arbeiten.«

Einen Moment wendet Siarra den Blick ab, doch dann sieht sie wieder hoch und lächelt. »Das liegt ja nun zum Glück hinter uns und ich bin mir sicher, den Frauen geht es jetzt wieder besser. Ich sitze hier schon die ganze Zeit und denke darüber nach, was genau nun meine nächsten Schritte sein werden. Ich habe komischerweise Angst, nach Mexiko zurückzukehren.«

Es ist bewundernswert, wie gut Siarra mit alldem umgeht, vielleicht liegt es auch daran, dass sie in der Zeit im Club kaum etwas mitbekommen hat. Alejandro hat gestern Nacht in seinem Traum das Gesicht der jungen Frau gesehen, die sie aufgehängt im Club vorgefunden haben.

»Du musst nicht unbedingt zurück, wenn du das nicht möchtest, Puerto Rico ist vielleicht momentan sogar sicherer. Wir planen, den Mann anzugreifen, der für all das verantwortlich ist.« Siarra sieht auf die Cuidad hinab und Alejandro betrachtet ihr feines Profil. »Ich muss zurück. Ich möchte sehen, was in dem Haus meiner Eltern passiert ist, ob sie meine Schwester gefunden haben. Sie werden sich sicherlich viele Sorgen machen. Ich habe schon überlegt sie anzurufen, doch ich habe alle Nummern in meinem Handy gespeichert und das haben mir die Männer weggenommen. Ich werde morgen bei meiner Arbeit anrufen, vielleicht können die meine Eltern erreichen. Ich muss auch zurück, um zu arbeiten, und Daliya muss zu ihrem Vater. Meine Schwester muss ...«

Sie bricht ab und atmet tief ein.

»Ich muss zurück nach Mexiko.«

Alejandro hat gestern auch von einigen Geschichten erfahren, was mit den Frauen und ihren Familien passiert ist und er weiß nicht, ob Siarra wirklich noch so viel vorfinden wird, doch er will ihr auch keine Hoffnungen nehmen.

»Wir fliegen in den nächsten Tagen nach Mexiko. Wir können die Kleine und dich mitnehmen.« Sie nickt dankbar und lächelt erneut. »Aber ich werde mit meinem Schwager sprechen. Mexiko ist vielleicht wirklich zu unsicher, um Daliya großzuziehen. Das Leben einer Frau ist für einige Männer dort nicht sehr viel wert. Es ist leider normal, dass Frauen verschwinden, ständig. Vor einigen Monaten habe ich einen Bericht darüber gelesen, dass nach Schätzungen mehrere Tausend vergrabene Frauenleichen in der Wüste vermutet werden. Ich vermute, auf meiner Arbeitsstelle haben sich die Leute nicht mal gewundert, dass ich nicht mehr erschienen bin.«

Auch er kennt einige Geschichten darüber, was in Mexiko mit Frauen passiert, doch da steht Mexiko auch nicht alleine da. »Als was arbeitest du?« Sie überkreuzt die Arme vor der Brust und streicht über diese, es ist kühler heute Nacht.

»Ich bin Grundschullehrerin.« Alejandro hebt die Augenbrauen. »Du siehst noch sehr jung aus.« Sie schüttelt den Kopf. »Ich habe auch noch nicht ausgelernt. Ich muss noch ein Jahr mein Anerkennungsjahr zu Ende machen, doch ich unterrichte trotzdem schon alleine und es ist das Allerschönste. Ich bin 25 geworden. Ich habe mit achtzehn meinen Abschluss gemacht und dann sofort zu studieren begonnen und das Dorf verlassen.«

Das ist beeindruckend, eine Lehrerin.

»Deine Eltern sind bestimmt sehr stolz auf dich.«

Sie nimmt einen Schluck von dem Saft.

»Es geht, sie kommen vom Dorf. Meine Schwester hat einen Mann aus der Nachbarstadt geheiratet und mit ihm dort die Bäckerei geführt, sie haben Daliya bekommen und … sie war wieder schwanger. So hätten meine Eltern mich auch lieber gesehen. Ich war zu weit weg und zu wenig zu Hause und hatte auch nie einen richtig festen Partner … sie haben sich eher Sorgen gemacht. Du weißt ja, wie Eltern sind.«

Alejandro lacht leise auf und sieht Siarra in die Augen. Sie ist wirklich wunderschön und strahlt eine unheimliche Wärme aus, die Kinder in ihrer Klasse lieben sie sicherlich sehr.

Aus dem Zimmer hört man einige Geräusche und Siarra steht gleich auf. Auch Alejandro geht zurück ins Schlafzimmer. Daliya wird unruhiger im Schlaf und Alejandro spürt, dass auch er immer müder wird.

»Wenn wir euch beide zurückbringen, werden deine Eltern sehr stolz sein, dass du Daliya zurückbringst und ihr es geschafft habt. Ruh dich noch aus, dein Körper braucht das noch.« Er sieht zu der Kleinen, dann Siarra in die Augen und verlässt den Raum.

Bevor er aber ganz in den Flur tritt, hört er noch einmal Siarras leise Stimme.

»Danke und gute Nacht, Alejandro.«

# Kapitel 16

»Ich verstehe gar nicht, was das Ganze soll. Wir haben wirklich andere Sorgen als das.«

Roman ist schon den ganzen Weg unzufrieden, auch wenn keiner ihn gezwungen hat, Alena und sie zu begleiten. Doch da sie momentan die Cuidad nicht alleine verlassen sollen, ist ihnen nichts anderes übrig geblieben, als ihn mitzunehmen. Alena seufzt leise auf. »Wir wollen nur überprüfen, ob es den beiden Frauen gut geht, immerhin haben wir sie dorthin vermittelt und da kann man doch auch nachsehen, ob sie dort sicher sind. Wenn ihr nach Mexiko fliegt und all das zerstört, was Basces entstehen lassen hat, werdet ihr einige Frauen dort vorfinden, die aus Puerto Rico nach Mexiko gebracht wurden und die genau wie die beiden Mädchen nichts mehr vorfinden, wohin sie zurückkehren können und sie in dieses Haus für Frauen schicken, da kann man sich doch einmal ansehen, was da passiert.«

Alena sieht ihren Bruder durch den Rückspiegel an, der nur die Augenbrauen hebt. »Ich meine das auch nicht böse, mir tun diese Frauen auch leid, doch ihr müsst lernen, auch eine gewisse Distanz zu alldem zu wahren. Keiner sagt, dass ihr nicht helfen sollt, doch ihr könnt nicht alles zu nah an euch ranlassen und ihr könnt auch nicht die ganze Welt retten. Vor allem in der Welt der Familias werdet ihr immer wieder schlimme Sachen mitbekommen und ihr werdet nicht alles und jeden retten können. Das geht nicht.«

Emilia wendet sich zu ihrem Ehemann, sie weiß, dass er recht hat, auch Alena sieht einfach nur aus dem Fenster und sagt nichts weiter. Sie wissen, dass sie nicht alle retten können, doch wenn sie die Möglichkeit haben, etwas zu tun, dann machen sie das auch.

Zwei der Frauen, die ihre Männer hier in Puerto Rico wieder zu ihren Familien gebracht haben, haben sich nur wenig später unter den Nummern gemeldet, die die Männer ihnen für den Notfall gegeben haben. Sie stehen vor dem Nichts, ihre Familien sind getötet worden, die Häuser stehen nicht mehr und sie haben so viel Schreckliches erlebt, dass sie nachts kaum schlafen können.

Emilia und Alina haben auf dem Land, etwas außerhalb von San Juan, eine Einrichtung für Frauen gefunden, die Opfer von Gewaltverbrechen wurden. Die Einrichtung wird von einem Projekt des Staates unterstützt und aus privaten Spenden finanziert.

Keiner von ihnen hat jemals davon gehört, doch was Emilia auf der Internetseite gelesen hat, hat ihr sehr gut gefallen und deswegen hat sie auch Alena mitgenommen, die natürlich sofort zugestimmt hat. Immerhin hat sie mitgeholfen, diese Frauen zu befreien.

Sie haben die Frauen an diese Adresse verwiesen und wollen sich nun selbst ein Bild davon machen, was in der Einrichtung getan wird.

Als sie jetzt auf die Adresse zufahren, sehen sie nur hohe Mauern und einen Mann mit Maschinengewehr vor dem Tor stehen. Die Einrichtung wird geschützt, damit niemand mehr an diese Frauen herankommt. Hier kommen Ehefrauen hin, die aus einer schlimmen Ehe geflüchtet sind, ehemalige Prostituierte, die sich befreien konnten, Opfer von verschiedenen Arten der Unterdrückung und Verbrechen. Sie brauchen Schutz und der wird ihnen offenbar hier geboten.

»Ich denke, wir schreiben dir, wenn du uns abholen kannst. Das wird sicherlich dauern.« Roman hält bei dem Mann mit dem Maschinengewehr und obwohl ihr Mann nicht einmal die Waffe gezogen hat, weiten sich die Augen des Mannes am Eingangsbereich und er zieht seine Mütze ab, als Roman das Fenster hinunterlässt.

»Die beiden gehören zu unserer Familia. Wenn ihnen irgendetwas passiert, dann ...« Alena steigt aus und verdreht die Augen, während Emilia Roman leise lachend einen Kuss auf die Wange gibt. Der Mann versichert, dass er gut aufpassen wird und Emilia und Alena betreten das Gelände.

Es gibt noch ein weiteres Tor und als sie dort durchgehen, sind sie erstaunt, was sich hinter diesen großen Mauern für ein gemütliches Bild zeigt. Sie laufen über eine gepflegte Wiese mit Brunnen, Bänken, Tischen und einem kleinen angelegten See zu einer weißen alten Stadtvilla.

Emilia hatte sich das eher wie eine Klinik vorgestellt, doch das hier sieht ganz anders aus. Einige Frauen in bequemer Kleidung sitzen draußen oder gehen in eine kleine Halle, die am See steht. Emilia blickt erstaunt zu Alena, die ansetzt, etwas zu sagen, doch da kommt aus der Villa eine blonde Frau heraus, direkt auf sie zu.

»Guten Tag, Emilia? Wir hatten telefoniert.« Emilia reicht der Frau ihre Hand. Sie ist älter und man sieht ihr an, dass sie viele Sorgen hatte in ihrem Leben, doch trotzdem ist sie sehr gepflegt und lächelt zufrieden. Ihre braunen Augen strahlen sie durch eine dicke schwarze Brille an.

»Genau, es freut uns, dass wir vorbeikommen durften. Das ist meine Schwägerin Alena. Sind die Frauen angekommen, die wir angekündigt hatten?« Die Frau begleitet sie beide in die Villa. Auch hier zieht sich das gleiche Bild durch wie auch bereits im Garten. Gemütlichkeit. Es ist alles sehr farbenfroh eingerichtet. Die Wände sind vollgehängt mit bunten gemalten Bildern der Frauen, die hier behandelt werden. »Ja, sie haben sich gestern ausgeruht und besuchen heute ihre ersten Termine. Ich zeige Ihnen einmal alles.«

Sie kommen in einen großen Aufenthaltsraum, der offenbar auch als Speiseraum dient. Eine Frau sitzt noch an einem Tisch und frühstückt. Eine Küche grenzt direkt an diesen Bereich und man kommt von hier in den Garten.

Sie zeigt ihnen zwei Büroräume, die Wäschezimmer und einige Zimmer, in denen Frauen zu zweit oder zu dritt untergebracht sind. Alles ist einfach, aber mit viel Liebe eingerichtet. »Zur Zeit haben wir hier fünfundzwanzig Frauen. Wir haben Platz für dreißig. All unsere Mitarbeiter arbeiten ehrenamtlich hier. Es sind Ärztinnen, Lehrerinnen und Sozialarbeiterinnen, denen das Projekt hier am Herzen liegt, und einige waren sogar selbst hier und haben dann, als sie wieder in den normalen Alltag zurückgefunden haben, begonnen, selbst das Projekt zu unterstützen.«

Emilia ist beeindruckt, auch Alena sieht sich die ganze Zeit um. Sie gehen in den Keller, wo einige Kreativräume sind. In einem sind Frauen die malen, in einem anderen töpfern oder nähen sie, hier kann man einiges tun; die Frau bleibt mit ihnen vor einer Glasscheibe stehen, von der aus man eine Gruppe junger Frauen sieht, die kleine Teddybären häkeln.

»Das ist meistens für die Neuen, es hilft ihnen, ruhiger zu werden und zu versuchen, wieder eine innere Mitte zu finden.« Alena deutet zu den zwei Frauen, die sie aus der Scheune und dem Club geholt haben. »Denken Sie, Sie können ihnen helfen?«

Die Frau lächelt mild. »Bestimmt, wenn sie bereit dazu sind, werden wir ihnen zeigen, wie sie mit alldem umgehen können und beginnen können, sich wieder am Leben zu erfreuen. Soll ich sie herausholen?«

Emilia sieht zu Alena und schüttelt den Kopf. »Nein, nein. Das erinnert sie vielleicht zu sehr daran, was passiert ist. Sie haben begonnen zu heilen, das wollen wir nicht aufhalten. Wir wollten uns nur selbst davon überzeugen, dass es ihnen gut geht.«

Die Frau nickt und sie gehen zusammen in den Gemeinschaftbereich, wo sie sich hinsetzen, einen Kuchen essen und Kaffee trinken und die Frau erzählt, was die Frauen alles für Schritte erwarten. Emilia überreicht der Frau den Scheck ihrer Familia, den Ramiro ihr mitgegeben hat und die Frau kommt aus dem Bedanken gar nicht mehr heraus. Romans Onkel war sehr großzügig.

»Das ist das Mindeste, Sie leisten hervorragende Arbeit hier und wenn alles so kommt, wie wir es hoffen, kann es sein, dass noch ein paar mehr Frauen in den nächsten Wochen kommen, die wir hoffentlich befreien können.«

Die Frau nickt und deutet ihnen mitzukommen.

»Ich zeige Ihnen jetzt, wonach Sie noch gefragt hatten.« Sie gehen dieses Mal in das Dachgeschoss über dem Wohnbereich, wo noch mehr Zimmer für die Frauen liegen.

»Hier ist der Untersuchungsbereich. Bei uns arbeiten nur Frauen, die sehr feinfühlig sind. Sie wissen wie es ist, mit Frauen zu arbeiten, die schwere Verletzungen und eine gewisse Scheu haben, sich anfassen zu lassen.«

Sie bleiben in dem Vorraum vor einigen gemütlich eingerichteten Untersuchungsräumen stehen. Ein Bild hängt in der Mitte des Raumes.

'Für einen Neuanfang muss man sich erst einmal die Zeit nehmen, gründlich zu heilen.'

Alena bleibt davor stehen und die Frau lächelt Emilia an. »Ich lasse Sie dann einmal alleine. Ich würde mich freuen, wenn Sie später noch einmal in meinem Büro vorbeikommen würden.« Nun schlägt Emilias Herz schneller und Alena sieht der Frau verwundert hinterher und dann Emilia ins Gesicht.

»Oh Gott, ich hoffe wirklich, dass du mir nicht gleich den Kopf abreißt und nie wieder mit mir sprichst, doch als ich mir das alles auf der Internetseite angesehen habe, wusste ich, dass das hier genau das Richtige ist, um dich noch einmal untersuchen zu lassen.«

Alena setzt an, etwas zu sagen, doch Emilia spricht schnell weiter. »Ich weiß, du möchtest das nicht mehr und du denkst, dass du zu kaputt bist, um eine richtige Beziehung zu führen, doch das stimmt nicht, in keinster Weise. Auch wenn du nicht mehr mit Elian zusammen bist, ist es wichtig, dass du noch einmal alles abklären lässt. Nicht weil du nicht auch so schon gut genug wärst, sondern damit du weißt, wo du stehst und was mit deinem Körper los ist. Du kannst nur ein komplett neues Leben starten, wenn du auch alles alte abschließt, Alena. Und ich habe das Gefühl, hier ist der richtige Ort dafür.«

Ihre Schwägerin hat ihren Mund wieder geschlossen und sieht Emilia aus ihren schönen großen, grünen Augen an. Unschlüssig wendet sie sich zu den Untersuchungsräumen um, als gerade aus einem eine schlanke Frau mit einem weißen Shirt und einem langem schwarzen Faltenrock heraustritt.

Die Frau ist wunderschön und lächelt sie an, und da sieht Emilia erst, dass ihre linke Gesichtshälfte vernarbt ist. Es ist nicht gut abgeheilt und sie hat einige tiefe Narben, fast als wäre sie verbrannt worden oder die Haut weggeätzt, doch trotzdem hat sie ein bezauberndes Lächeln auf den Lippen und kommt zu ihnen.

»Alena? Ich bin Dr. Martinez; ich habe Ihre Akten heute Morgen bekommen und bin Sie durchgegangen. Ich bin mir sicher, dass ich etwas für Sie tun kann, willkommen.« Alena reicht ihr die Hand und Emilia weiß, dass sie genau das Richtige getan hat.

Alejandro öffnet müde die Augen, er hat das Gefühl, beobachtet zu werden und sieht überrascht in schöne hellblaue Augen, umrahmt von dunklen Wimpern. Eine kleine Kinderhand streicht sich aufgeregt hellbraune Locken aus dem Gesicht, Alejandros Verstand arbeitet wieder und er erkennt, dass Daliya an seinem Bett sitzt und ihn aufgeregt ansieht.

Ohne sich zu bewegen, erwidert er ihren Blick.

»Was tust du hier?« Er hat sie als verängstigtes, mit blauen Flecken übersätes Kind kennengelernt. Schon bei Belinda hat er ein anderes Mädchen angetroffen, jetzt hier, bei ihrer Tante, sieht sie ihn neugierig an und streicht sich erneut aufgeregt ihre Locken hinter ihr Ohr.

»Meine Tante hat gesagt, dass ich dich fragen muss, wenn ich schwimmen gehen möchte und dass du noch schläfst und ich warten soll, bis du aufweckst ... und jetzt bist du wach«, stellt sie relativ nüchtern fest und hebt die Hände hoch, als hätte die Tatsache, dass sie an seinem Bett sitzt und ihn anstarrt, nichts damit zu tun, dass er plötzlich wach ist.

»Du meinst, aufwachst.« Sie nickt. »Ja.«

Alejandro setzt sich auf und rollt seine Schultern, bis er erneut den Blick der Kleinen auf sich spürt. Er wendet sich zu ihr um und sieht, wie sie die Tätowierungen auf seinen Armen betrachtet. »Was steht da?«

Alejandro sieht sich das kleine Mädchen genau an. Sie wird einmal so hübsch wie ihre Tante, das sieht man jetzt schon, und als sie ihn aus ihren großen blauen Augen anblickt, muss er lächeln. »Da steht ...«

»Daliya ...«

Siarra kommt ins Zimmer und hebt ihre kleine Nichte hoch. Sie sieht zu ihm und ihre Wangen färben sich augenblicklich rot, als sie ihn mit nacktem Oberkörper und mit nur einem weißen Laken über den Beinen vorfindet.

Sie wendet sich blitzschnell ab und verlässt das Zimmer.

»Es tut mir so leid, dass sie dich geweckt hat und dass ich nicht angeklopft habe. Sie sollte nur ihre Puppe aus dem Schlafzimmer holen und ... Daliya, du solltest ihn nicht wecken.«

Alejandro muss schmunzeln. »Alles in Ordnung, ich muss eh aufstehen und Daliya, du kannst natürlich schwimmen gehen. Fühlt euch wie zu Hause hier.«

Sie hört Siarra noch etwas zu Daliya sagen, was er aber nicht versteht und steht langsam auf. »Danke, ich habe Frühstück gemacht, wenigstens etwas, wie ich mich bedanken kann.«

Im selben Moment hört man die Haustür und Santos donnernde Stimme. »Dir ist schon klar, dass wir in einer halben Stunde bei unseren allerliebsten Feinden sein sollen? Ich dachte, du bist schon längst bei Papa drüben.«

Alejandro sieht auf sein Handy und flucht leise auf, bevor er schnell unter die Dusche springt, sich eine Shorts und ein weißes Shirt anzieht, sein Handy und seine Waffe einsteckt und nach unten geht. Der Tag heute ist sehr wichtig und er hätte schon längst wach sein müssen.

»Morgen.«

In der Küche steht Santos und trinkt einen Kaffee, Siarra steht ihm gegenüber und sie scheinen sich gerade unterhalten zu haben.

Es durftet nach Eiern, Toast und einigem mehr und Alejandro sieht auf einen wirklich schön eingedeckten Tisch. »Das tut mir leid, wir müssen los, aber ...« Er sieht zu Siarra, die ihm einen Becher Kaffee und ein fertiges Sandwich hinhält. »Das hat mir dein Bruder schon erklärt. Deswegen habe ich improvisiert.«

Einen Moment sieht Alejandro Siarra von oben bis unten an und als er das merkt, bemüht er sich schnell, ihr wieder in die Augen zu sehen. Sie ist eine Frau, bei der man jedes Mal, wenn man sie sieht, zweimal hinsehen muss, so schön sieht sie aus.

Heute trägt sie nur ein einfaches hellblaues Sommerkleid ohne Träger, was Alejandro von seiner Schwester kennt. Sie ist barfuß und hat ihre langen braunen Haare offen. Sie ist kein bisschen geschminkt, doch das braucht sie auch nicht. Ihre hellblauen Augen passen genau zum Kleid und sie ist, ohne irgendetwas dafür zu tun, unheimlich sexy. Alejandro räuspert sich kurz und spürt Santos' Blick auf sich.

»Danke ...«

Siarra deutet hinter ihn, als er sich umwendet, sieht er zu Daliya, die mit der Puppe im Arm am Pool sitzt und ihre Puppe zu baden scheint. Sie ist nass, hat Schwimmflügel um, die auch Belinda für ihre Kinder hat und winkt ihm zu.

»Wir haben zu danken.«

Er nickt nur kurz und sieht zu Santos. »Lass uns gehen. Bis später.«

Vor dem Haus warten schon viele Autos und anstatt sich eines seiner Autos zu holen, steigt Alejandro neben Santos ein, so kann er in Ruhe essen und trinken, während Santos sie fährt.

Das Sandwich schmeckt sehr gut und Alejandro sieht auf den Weg, den sie fahren. Als sie ins Puentes-Gebiet fahren, schüttelt er genervt den Kopf. Er war öfter hier in den letzen Monaten, doch heute sind sie hier, um eine gemeinsame Racheaktion zu planen und das fühlt sich komplett anders an.

»Das hat gutgetan ...«

Alejandro sieht zu seinem jüngeren Bruder. »Das waren die längsten fünfzehn Minuten meines Lebens, ich glaube, du hast noch nie so lange geschwiegen wie eben.«

Er leert den Becher und lehnt sich zurück.

Santos lacht auf und sieht zu ihm. »Ich habe darüber nachgedacht, was ich da gerade gesehen habe. Siarra ist eine Traumfrau und dich dort zu sehen, mit ihr zusammen in der Küche und der Kleinen ... es hat irgendwie gutgetan, dich so zu sehen.«

Nun hat sein Bruder seine komplette Aufmerksamkeit.

»Das ist doch ... Siarra ist nur bei mir, bis wir sie zurückbringen. Das was du da gesehen hast, ist nichts.«

Sein kleiner Bruder hebt die Augenbrauen.

»Also du kannst diese Frau als vieles bezeichnen, aber nicht als nichts.« Er will ihn unterbrechen, doch Santos hebt die Hand.

»Ich habe nicht gesagt, dass da was ist, ich habe nur gesagt, dass ich es gut fand, dich so zu sehen, nicht alleine in deinem Haus und, du weißt schon. Ich weiß, dass das mit April ... du solltest deswegen nicht blind für Neues sein.« Er hält vor dem Tor der Cuidad der Puentes.

»Wir alle müssen uns an Veränderungen gewöhnen und sie sind nicht immer schlecht.«

# Kapitel 17

»Und von meiner Familie hat sich niemand gemeldet? Habt ihr sonst irgendetwas gehört?«

Siarra setzt sich an den Tisch und beobachtet Daliya, wie sie vorsichtig in den Pool geht.

Langsam spürt sie ihren Körper wieder komplett und auch, dass ihre Energie zurückkommt. Es war merkwürdig, sie hatte das Gefühl, unter einer dicken Wolke zu schweben, als wäre sie nicht richtig wach. Je besser es ihr nun geht, umso mehr möchte sie zurück und sehen, was wirklich alles passiert ist.

Heute ist Montag, und das Erste, was sie getan hat, nachdem Daliya und sie etwas gegessen haben, war, ihre Arbeitsstelle anzurufen. Sie spricht mit der Direktorin.

»Nein, es tut mir leid, Siarra. Wir haben nicht geahnt, dass ihr entführt wurdet, du bist wegen einiger Probleme zu deiner Familie gefahren, das hattest du alles hier noch erzählt. Wir dachten, dass das Ganze einfach länger dauert und haben für dich deine Stunden vertreten, niemand hat sich etwas Schlimmes dabei gedacht. Geht es euch jetzt gut?«

Ihre kleine Nichte ist nun im Pool und spielt auf der Treppe. Sie liebt das Wasser, das hat sie schon immer. Geht es ihnen gut? Daliya lacht wieder. Die Tage nach der Entführung und in dem Stall waren schlimm. Daliya war völlig traumatisiert. Sie hat sich nur an sie geklammert und gefragt, wann sie nach Hause können. Nun kann sie wieder lachen, sie weiß, dass sie zurück nach Mexiko fliegen, doch Daliya ahnt nicht, dass Siarra nicht weiß, was sie dort erwartet.

»Ja, es ist alles in Ordnung. Ich melde mich, wenn ich zurück bin. Ich hoffe, dass ich nächste Woche wieder arbeiten kann. Grüß bitte die anderen von mir.«

Sie antwortet mechanisch. Sie hat einen absoluten Alptraum hinter sich, doch sie kann es sich nicht leisten zusammenzubrechen. Vielleicht macht sie das, wenn sie zurück bei ihren Eltern ist, jetzt muss sie stark für ihre Nichte sein.

»War das Papa?« Siarra sieht auf und in die erwartungsvollen Augen der Kleinen. »Nein, das war meine Arbeit. Ich habe gesagt, dass wir zurückkommen.« Daliya blickt hinter Siarra und winkt. »Wann fahren wir nach Hause?«

Als sich Siarra umdreht, steht Alejandro hinter ihr. Er muss gerade erst von oben heruntergekommen sein. Als sie aufgestanden sind, hat er noch geschlafen. Seit er gestern das Haus verlassen hat, haben sie ihn nicht mehr gesehen. Dieses Treffen muss bis spät in die Nacht gegangen sein.

Sie haben den Tag gestern mit Lilly verbracht, die ihr erzählt hat, dass sie sich wegen dem, was auf dem Treffen vereinbart wird, große Sorgen macht. Sie wollen den Mann, der für all das, was ihnen und den anderen Frauen und Kindern angetan wurde, angreifen. Lilly ist mit Alejandros Bruder verheiratet und macht sich Sorgen, da das Ganze sehr gefährlich sein soll.

Sie haben den Tag zusammen im Garten verbracht und Lilly hat Siarra erklärt, wer die Cinco Sombras sind, wer die Puentes sind, was genau dieser Basces tut … es waren sehr viele neue Informationen. Sie versteht all das noch immer nicht richtig, doch sie weiß, dass sie der Familie rund um Alejandro, Lilly und Belinda vertraut und dass sie ihnen einiges schuldet.

»Guten Morgen.« Sie lächelt den Mann an, der sie aus diesem Club geholt hat und der immer mehr einen sehr positiven Eindruck bei ihr hinterlässt. Er ist hübsch, wirklich sehr attraktiv. Siarra ist nicht klein für eine Frau, doch er ist trotzdem noch einen Kopf größer als sie. Genau wie alle anderen Männer hier ist er sehr durchtrainiert und hat einen traumhaften Körper. Das hat sie gesehen, als Daliya sich in sein Zimmer geschlichen hat. Auch das hat sie beeindruckt. Seine Tätowierungen und auch die dunklen mandelförmigen Augen lassen ihn sehr geheimnisvoll und gefährlich wirken, gleichzeitig er ist sehr lieb und aufmerksam zu ihnen, und wenn er lächelt, sieht er unglaublich sexy aus. Er hat wie seine Schwester einen Leberfleck auf der Wange, aber auch so haben alle Geschwister eine gewisse Ähnlichkeit miteinander.

Sie mag ihn und sie ist ihm dankbar dafür, was er für Daliya und sie tut. Alejandro hat ihr Gespräch offenbar mitangehört und sagt Daliya, was sie gestern beschlossen haben.

»Wir fliegen morgen los. Wir werden aber nicht direkt nach Mexico City fliegen. Aber in einigen Tagen seid ihr zu Hause.« Daliya strahlt und Alejandro sieht zu Siarra. »Guten Morgen.« Sie lächelt, als er sich zu ihr an den Tisch setzt. »Dann kann ich meinem Papa meine Puppe zeigen.« Alejandro nickt und gießt sich einen Kaffee ein.

Es ist ungewohnt, plötzlich in einem völlig fremden Haus zu sein, doch Alejandro und auch Lilly haben ihr gesagt, sie soll sich hier wie zu Hause fühlen, deswegen hat sie auch heute einfach wieder den Tisch fürs Frühstück gedeckt. Daliya spielt weiter und Siarra blickt zu Alejandro, der sich müde über die Augen reibt.

»Habt ihr das gestern besprochen? Lilly hat mir gesagt, dass ihr plant, wie es die nächsten Tage weitergeht.« Alejandro blickt zu ihr und in Siarras Bauch kribbelt es leicht. Auch wenn sie momentan ganz andere Sorgen hat und nicht weiß, wohin mit all den Gefühlen, kann sie trotzdem nicht verhindern, dass Alejandro dieses leichte Kribbeln in ihr entfacht, was sie schon sehr lange nicht mehr verspürt hat.

»Ja, es war anstrengend, doch wir haben einen Plan. Für so viele Männer wird es natürlich schwer, nach Mexiko zu kommen, ohne bemerkt zu werden und wir brauchen auch einen Ort, von dem aus wir angreifen. Es gibt zwei Hauptpunkte, an denen wir zuschlagen müssen, gleichzeitig, mit voller Kraft, und dafür müssen wir uns verteilen und über Guatemala, L.A. und Texas ins Land. Zum Glück gibt es so viele geheime Wege aus dem Land, dass es auch genug in das Land gibt, und wir haben dort unten auch einige aktive Männer von uns, die heimlich dort agieren. Wir haben dort Häuser und auch einige gemietet, die versteckt liegen und von wo aus wir die Operationen starten. Es kann sein, dass ihr dort zwei, drei Tage verbringen müsst, bevor wir euch nach Hause bringen können, aber das muss leider sein, damit alles unentdeckt bleibt. Ich hoffe, du verstehst das.«

Als würde sie in einer dieser Serien mitspielen, die sie sich immer so gerne angesehen hat, nur dass sie jetzt gerade offenbar mittendrin ist, so ganz kann sie all das noch nicht einordnen. »Okay ... das ist nicht schlimm. Ich meine, wir sind dankbar, dass ihr uns nach Hause bringt. Ist das, was ihr vorhabt, nicht sehr gefährlich? Lilly scheint sich große Sorgen zu machen.«

Alejandro isst ein Croissant und nimmt sich gleich ein zweites, dabei sieht er ihr immer wieder in die Augen und zu Daliya. Es ist sicher komisch für ihn, sie hier zu haben.

»Alles was wir tun, ist im Grunde gefährlich, doch wenn wir die richtigen Männer und einen guten Plan haben, funktioniert es schon. Aber wie immer vor solchen Reisen wird heute noch einmal gefeiert. Wir verbringen den Nachmittag und den Abend zusammen, grillen und entspannen uns ein wenig. Das wird euch sicherlich gefallen, es gibt auch Piñatas.«

Daliya sieht zu ihm und öffnet den Mund. »Kommen Vida und Paz auch?« Er nickt. »Ja, Lilly wollte für die Feier gleich noch einiges besorgen und hat mir geschrieben, dass sie euch beide mitnehmen möchte. Ihr braucht sicherlich auch noch einige Sachen für die nächsten Tage, dort werden wir nicht einkaufen gehen können. Die Häuser, die wir mieten, werden mit Lebensmitteln eingedeckt sein, aber wir müssen uns versteckt halten, also falls ihr neben Kleidung noch etwas braucht, kauft das gleich ein. Levi und Santos werden euch begleiten. Sie kommen bald.«

Alle hier geben sich solche Mühe für sie. »Ich denke nicht, dass wir viel brauchen und ich habe auch keine Kreditkarte, Pässe ... all das ist weg. Also ...«

Daliya kommt zu ihnen und nimmt sich einige Erdbeeren. »Das übernimmt die Familia, keine Sorge. Hast du gehört? Ihr macht noch ein paar Tage in einem Haus in Mexiko Urlaub, bevor es nach Hause geht. Dort gibt es auch einen Pool, und wenn du noch etwas zu spielen brauchst, kannst du dir das gleich kaufen gehen und ein Kleid für die Feier heute.«

Alejandro lacht, als Daliya aufgeregt hüpft. »Bekomme ich auch eine Krone, so eine wie Vida hat?« Er nickt. »Bestimmt findet ihr auch solch eine.« Was soll sie gegen Daliyas strahlende Augen sagen? Sie ist froh, dass ihre kleine Nichte auf andere Gedanken kommt und deutet nach oben. »Geh dir schnell deine Sachen anziehen, wir werden gleich abgeholt.« Und schon ist die Kleine weg.

»Ich weiß noch nicht wie, aber wenn ich zurück bin und sich unser Leben wieder normalisiert hat, werde ich mich für all das revanchieren.« Sie lächelt, auch wenn sie nicht weiß, wie sich ihr Leben jemals wieder normal anfühlen soll, nachdem sie ihre Schwester so grausam verloren hat.

Im Moment gelingt es ihnen sehr gut, es zu verdrängen. Sie ist dankbar, da raus zu sein, mit Daliya zurück nach Hause zu können, doch jedes Mal, wenn sie daran denkt, was sie zu Hause erwartet, zieht ein unglaublicher Schmerz durch ihre Brust, der sie kaum atmen lässt.

Bevor Alejandro widersprechen kann, steht Siarra auf und sagt, dass sie Daliya helfen geht. Sie findet sie aber nicht in ihrem Gästezimmer und Siarra sieht in Alejandros Schlafzimmer nach, was offen steht. Dieses Mal ist es hell im Zimmer. »Daliya?« Sie blickt sich um, doch auch hier ist ihre Nichte nicht. »Ich bin im Badezimmer.«

Siarra verlässt das Schlafzimmer von Alejandro wieder und ihr Blick fällt dabei auf den Nachttisch, auf dem ein eingerahmtes Bild steht.

Es zeigt Alejandro mit einer Frau im Arm, beide sind fein angezogen und strahlen in die Kamera. Die Frau ist sehr hübsch, dunkler als Siarra, sie wird zu einem Teil sicherlich afroamerikanischer Herkunft sein. Beide wirken sehr vertraut und glücklich.

Das muss Alejandros Freundin sein, natürlich, wie sollte ein Mann wie er auch noch zu haben sein.

Siarra seufzt leise auf und verlässt das Schlafzimmer wieder. Sie hatte noch niemals sonderlich viel Glück mit Männern.


»Alles klar, wenn es nicht anders geht, beschränken wir es darauf. Die Einteilungen sind fertig.« Alejandro lehnt sich zurück und sieht seinen Brüdern und seinem Vater in die Augen. »Bist du dir sicher, dass du mitkommen möchtest? Wir bekommen das hin und ...«

Sein Vater steht auf und steckt sein Handy ein.

»Das hat mit Gonzales und mir begonnen und wir werden es beenden. Das haben wir abgemacht, hört auf, euch ständig um mich Sorgen zu machen, das ist meine Aufgabe. Nicht eure. Lasst uns zurück zur Feier gehen.«

Sie alle folgen ihrem Vater nach draußen.

Den ganzen Nachmittag haben sie schon gegrillt, zusammen gegessen, die Kinder haben gespielt und sie haben Zeit miteinander verbracht, so wie sie es immer tun. Jetzt am Abend beginnt langsam die Feier für die Erwachsenen, und Alejandro, seine Brüder und sein Vater haben sich noch einmal zurückgezogen, morgen startet ihre Rache und sie werden sich trennen müssen. Keinem von ihnen gefällt das, doch so muss es sein.

Als sie jetzt aus dem Haus treten, hat Alejandro keine Lust, noch weiter auf der Feier zu bleiben. Zwei Frauen kommen zu ihnen und tanzen ihn an. Normalerweise genießt auch er diese Ablenkung vor wichtigen Operationen, doch heute geht ihm zu viel im Kopf herum.

Er weiß, dass sie alles schaffen können und er ist auch immer zuversichtlich, doch dieses Mal weiß er, dass es sehr schwer wird und auch, dass sie auf ihrer Seite mit Verlusten rechnen müssen und genau deswegen geht er den Frauen aus dem Weg und schnappt sich noch ein Bier.

Er hat viel zu viel gegessen und stellt sich zu Petro an den Grill. Lilly und Belinda sitzen mit Emilia, Alina und Alena zusammen, vorhin war auch Siarra noch bei ihnen. Daliya und sie hatten heute viel Spaß. Sie waren einkaufen und haben sich ein paar neue Sachen besorgt. Als sie dann auf die Feier kamen, musste Alejandro zweimal hinsehen.

Siarra sah umwerfend aus. Sie hat ein schulterfreies weißes Kleid getragen, ihre Haare hat sie leicht gelockt und sie hat das erste Mal Schminke auf dem Gesicht gehabt. Alejandro mag natürliche Frauen, doch Siarras Augen haben fast doppelt so stark gestrahlt wie sonst und keiner hätte angezweifelt, dass sie irgendein bekanntes Model wäre, würde jemand ihnen das erzählen.

Doch was ihm am meisten aufgefallen ist, ist ihr Lächeln, wenn sie sich mit den anderen unterhält, und ihr Lachen. Er mag es, er mag sie, auch wenn es sicherlich nicht das ist, was Santos, der ihn immer wieder mit hochgezogenen Augenbrauen ansieht, in seinem Blicken zu erkennen glaubt, so muss er doch zugeben, dass er Siarra mag.

»Wo ist Siarra hin?« Petro deutet zu Alejandros Haus. »Daliya ist eingeschlafen mit ihrer Krone auf dem Kopf und sie wollte sie ins Bett bringen. Alles klar bei dir? Du wirkst so angespannt.« Er stellt das Bier auf den Tisch. »Es ist alles klar, ich hoffe nur, dass wir da alle heil rauskommen.«

Petro sieht ihm in die Augen und Alejandro hat das Gefühl, den jüngeren Roman anzusehen.

»Das weiß niemand, doch ich habe unsere Männern beobachtet, sie alle wissen, was Basces uns und den ganzen Frauen und Kindern angetan hat, und keiner der Männer würde es sich nehmen lassen, dafür zu sorgen, dass der Mistkerl untergeht.«

Petro klopft Alejandro auf die Schulter und er lächelt.

»Du hast recht. Macht nicht zu lange, wir fliegen früh los.«

Er geht zu sich ins Haus, in dem es ganz still ist. Er zieht sich die Schuhe aus und geht nach oben. Im Gästezimmer schläft Daliya im Bett, die Krone und ihre Puppe noch immer in der Hand.

Siarra sitzt auf der Terrasse und sieht in den Sternenhimmel. Die Musik von unten dringt leise ins Zimmer. Einen Moment überlegt er, umzudrehen und sich schlafen zu legen, doch dann wendet sich Siarra zu ihm um und lächelt. »Musst du nicht unten bei deinen Männern sein?«

Er blickt auf die Cuidad hinab und setzt sich dann neben Siarra auf die gemütlichen Rattansessel.

»Mir ist nicht sonderlich nach feiern.« Siarra hat eine dicke beigefarbene Kerze im Glas angezündet, ihre Beine angezogen und ihre Arme darum geschlungen. Sie wirkt seht verletzlich und zart in diesem Moment. Alejandro sieht zu ihren nackten Füßen und dann wieder in ihr Gesicht.

Siarra blickt verträumt in die Nacht hinaus. »Ich weiß, für mich hat es sich heute auch falsch angefühlt, den ganzen Tag über gute Laune zu haben, doch ich versuche Daliya abzulenken und nichts von meinen Bedenken spüren zu lassen.«

Alejandro lehnt sich zurück. Er trägt ein weißes Hemd, die oberen Knöpfe hat er schon aufgemacht, nun verschränkt er die Hände hinter dem Kopf.

»Weiß Daliya, dass ihre Mutter tot ist?«

Das schwache Nicken und die Stimme, die zu brechen beginnt, verraten Alejandro, wie schwer Siarra die letzten Stunden gefallen sein müssen. Sie trauert, das erkennt er deutlich.

»Ja, ich habe ihr das schon im Stall damals erklärt. Ich habe ihr gesagt, dass sie jetzt an einem besseren Ort ist und auf uns aufpasst, doch weil es für sie so schwer war, habe ich versucht, stark zu sein und jetzt ... ich habe Angst, was uns dort erwartet. Wie können wir hier lachen und feiern, während meine Schwester so grausam ermordet wurde? Es fühlt sich falsch an und doch ist es das Einzige, was ich momentan tun kann, um Daliya abzulenken, aber es raubt mir meine letzte Kraft.«

Alejandro sieht weiter zu ihr, auch wenn Siarra ihn nicht ansieht.

»Ich weiß genau, was du meinst. Ich habe auch jemanden verloren und dachte, dass nie wieder etwas wie vorher sein wird und habe mich jedes Mal schlecht gefühlt, wenn ich lachen musste, doch das vergeht. Deine Schwester wäre stolz auf dich und dankbar, dass du dich so gut um Daliya kümmerst. Du verhältst dich genau so, wie es eine Mutter tun würde.«

Nun wendet Siarra ihren Blick ab und sieht ihn an. Ihre schönen hellblauen Augen fahren sein Gesicht ab und suchen etwas in seinen Augen, sie legt den Kopf ein wenig schief und Alejandro weiß nicht, ob er schon jemals etwas Schöneres gesehen hat.

»Das ... ja, Lilly hat mir heute von April erzählt. Ich hatte euer Bild gesehen und gefragt. Das tut mir schrecklich leid und du hast sicherlich recht, doch gerade fühlt es sich so an, als würde ich kaum atmen können und ich kann mir nicht vorstellen, dass das wirklich besser wird.«

Alejandro lächelt.

»Doch, das wird es, es wird sicherlich niemals ganz weg gehen. Doch es wird besser werden.«

Alena und Belinda wenden ihren Blick von Alejandros Haus ab, nachdem er hineingegangen ist.

»Santos sagt, dass er sieht, dass Alejandro Siarra mag. Zumindest bildet er sich das ein.« Belinda streichelt Vida, die auf ihrem Arm eingeschlafen ist, über die Haare.

»Siarra ist eine Traumfrau, sie ist klug und wunderschön, ich habe auch die Blicke gesehen, die Alejandro ihr geschenkt hat, doch es ist auch merkwürdig für mich, das zu sehen. Es ist anders als bei anderen Frauen und das erinnert mich sofort an April. Gleichzeitig hoffe ich, dass er noch einmal in der Lage ist zu lieben.«

Alena nickt und seufzt leise auf. Momentan will sie von dem Thema Liebe nichts hören, Belinda streicht über ihren Arm. »Ich habe Vidal gesagt, dass ich jetzt komme. Sie feiern auch gerade. Komm doch mit und verabschiede dich von allen ... von Elian.«

Belindas Handy piepst und Alena schüttelt den Kopf. »Nein, das ist keine gute Idee. Ich wollte die Trennung. Ich ...« Belinda sieht auf ihr Display und sofort erkennt Alena, dass etwas nicht stimmt. Viel zu schnell will ihre Cousine es wieder wegstecken. »Okay, aber dann schreib ihm ...«

Alena nimmt Belinda das Handy aus der Hand und blickt auf ein Bild, was Vidal ihr geschickt hat. Dort sitzen er, Dante, Camilla, Sofia, Suela und auch Elian und einige andere Männer und Frauen um einen Tisch und essen. Alena erkennt sofort, was ihre Cousine vor ihr verstecken wollte, um sie nicht zu verletzen.

Elian sitzt neben dieser Loti, den Arm um ihre Stuhllehne gelegt, und unterhält sich mit ihr. Alena atmet tief aus, um nicht zu zeigen, wie sehr ihr dieses Bild das Herz zerreißt. Belinda ist schon aufgestanden und sieht sie traurig an. »Das hat nichts zu bedeuten, Alena. Du weißt, dass er dich liebt und alles andere ...«

Alena lächelt und es kostet sie all ihre Kraft, das überzeugend zu tun.

»Es ist schon gut, Belinda. Ich wollte die Trennung und dass er das so gut verarbeitet, zeigt doch, wie richtig ich gelegen habe. Ich schreibe ihm später. Gehe jetzt und verabschiede dich von Vidal. Ich komme dich morgen besuchen.«

Besorgt mustert Belinda sie eine Weile, doch dann kommt Santos, der sie zu Vidal bringt und sie küsst sie auf die Wange.

Alena hasst all das.

Sie hasst diese Abende, bevor die Männer in einen Kampf ziehen, von dem man nicht weiß, ob sie daraus lebend wieder herauskommen. Sie hasst es, richtig gelegen zu haben, damit, dass Elian mehr braucht, als Alena ihm geben kann und auch, dass er trotz allem immer die Liebe ihres Lebens bleiben wird und all das nichts daran ändern wird.

Sie zieht ihr Handy aus ihrem Kapuzenpullover, den sie übergezogen hat, weil ihr langsam kalt wurde und schreibt Elian.

'Pass auf dich auf in Mexiko.'

Sie schickt es ab und Tränen steigen ihr in die Augen, als sie dann auf ihr Herz hört und noch einmal eine zweite Nachricht abschickt.

'Ich liebe dich'

Es dauert keine Minute, da piepst ihr Handy.

'Mach ich und du pass auf dich auf. Ich liebe dich auch über alles und das wird sich niemals ändern'

Alena legt das Handy weg, schließt die Augen und spricht ein leises Gebet.

# Kapitel 18

Erst als sie langsam anfangen, die Tische einzuräumen, taucht plötzlich Vidal auf und hält ihr einen 100-Dollar-Schein hin. »Stimmt so.« Er sieht zu Camilla, die auch vor dem Café ist. »Camilla, Dante hat bald Geburtstag. Er würde sich freuen, wenn du kommen würdest, du kannst auch gerne deine Freundin mitbringen.« Camilla sieht auf, während sie den Tisch abwischt. Belinda bedankt sich für das viele Trinkgeld, es ist keine Frage mehr, diese Familia hat offenbar mehr als genug Geld.

»Eigentlich sind solche Partys nicht mein Ding ...« Vidal lacht leise und sieht zu Camilla. »Du weißt doch noch gar nicht, wie diese Party aussehen wird, sei nicht so hart zu ihm und versuch mal, deine Vorurteile zu vergessen. Dante ist ein guter Kerl und er mag dich wirklich.«

Belinda wendet sich nun auch zu Camilla um und legt ihren Kopf etwas schief. Sie hätte nichts dagegen, einmal solch eine Party zu besuchen. Wenn sie Puerto Rico schon kennenlernen möchte, dann doch mit allen Facetten, in Portland würde sie von so etwas Abstand halten, aber hier kann sie sich auch mal etwas wagen.

»Ich überlege es mir, okay?« Es hupt hinter ihnen. »Na gut, aber denk wirklich drüber nach. Mach's gut, Belinda.«


Belinda öffnet ihre Augen und atmet tief ein.

Sie ist schon das dritte Mal diese Nacht wachgeworden. Ihr ist heiß, sie steht auf und öffnet die Tür zum Balkon weiter. »Ist alles in Ordnung?« Die verschlafene Stimme von Vidal lässt sie sich umwenden.

»Ich kann nicht schlafen.« Sobald sie sich wieder der frischen Luft zuwendet, die ihr von außen entgegenweht, fühlt sie sich gleich besser. Vertraute Arme legen sich um ihre Hüften und Vidal küsst ihre Schulter. Belinda legt ihren Kopf an seine Brust und schließt die Augen.

»Geh wieder ins Bett, Schatz. Ihr fliegt morgen und du brauchst diese Ruhe.« Er küsst ihren Hals entlang. »Ich brauche die Gewissheit, dass mit meiner Verlobten alles in Ordnung ist.«

Belinda verschränkt ihre Hände miteinander.

»Ich habe gerade von unserem ersten Aufeinandertreffen geträumt. Weißt du noch? Im Casitas? Ich war so beeindruckt von euch und Camilla hat mich gewarnt, die Finger von alldem zu lassen, obwohl sie es am Ende auch nicht konnte.«

Er lacht leise und umarmt sie fester.

»Oh glaub mir, mein Engel, ich war auch sehr beeindruckt von dir.« Belinda schließt die Augen. »Unser erstes Essen in diesem Restaurant am Meer, Dantes Geburtstagsparty, unser erster Kuss, und dann ging alles so schnell und ich habe herausgefunden, wer meine Familie ist ... weißt du noch, wie deine Männer mich in das Holzhaus gesperrt haben und du mich nicht wiedersehen wolltest?«

Vidal seufzt leise auf. »Das hat ja nicht lange gehalten.« Belinda muss nun auch auflachen. »Unser heimlicher Kuss in der Kirche und die ganzen verbotenen Treffen im Casitas, im Hotel ... wir wollten uns immer wieder fernhalten und dann ist alles herausgekommen. Es war wirklich eine harte Zeit, aber irgendwie finde ich, haben wir rückblickend die schönste Liebesgeschichte von allen ... du warst bereit, dein Leben für meins zu geben.«

Nun legt Vidal sein Kinn auf ihren Kopf. »Das bin ich immer noch, mein Herz, daran wird sich niemals etwas ändern. Wieso bist du so nachdenklich? Du weißt doch, dass ich zurückkommen werde und mir nichts passiert, Schatz. Mach dir keine Sorgen.«

Natürlich kennt ihr Verlobter sie gut genug und weiß, dass sie sich wegen ihrer Rache Sorgen macht. Sie hat mitbekommen, wie gefährlich das wird, und obwohl sie sich wirklich langsam daran gewöhnt hat, dass die Männer, die sie liebt, ihr Verlobter, ihre Brüder, ihr Vater und alle anderen immer in Gefahr sein werden, spürt sie, dass das in Mexiko doch gefährlicher ist, als sie es sie wissen lassen wollen.

»Ich habe Angst, dass dir oder einem der anderen etwas passiert, Vidal. Ich versuche verzweifelt, alles zusammenzufügen, und immer wieder gleitet mir etwas aus der Hand oder es passiert etwas, was ich nicht beeinflussen kann und gegen das ich nicht ankomme. Ich wünschte, ich könnte dich bitten, bei mir und deinen Kindern zu bleiben.«

Vidal räuspert sich. »Das kannst du, du weißt, dass du alles kannst, aber du weißt ...«

»... was ich da von dir verlange und das würde ich nie tun.«

Einen Moment schweigen sie beide, doch dann seufzt Belinda leise auf. »Ich wollte eigentlich warten, bis ihr alle wieder zurück seid und dich damit überraschen, doch vielleicht solltest du es lieber jetzt schon wissen.«

Sie löst sich von dem Mann, an den sie schon vor langer Zeit ihr Herz verloren hat und geht zu ihrer Handtasche, um das Bild herauszusuchen, was sie heute Morgen bei ihrem Arzttermin bekommen hat.

»Was ...?« Vidal blickt auf das Ultraschallbild, auf dem man natürlich nicht viel erkennen kann und Belinda muss lächeln. »Ich bin wieder schwanger. Wir erwarten noch ein Baby. Ich habe es schon geahnt und war ja heute Morgen beim Frauenarzt und ja ... dieses Mal ist es aber nur ein Baby.«

Er sieht auf das Bild, zu ihr, wieder auf das Bild und dann zieht er sie ganz in seine Arme. »Danke.« Man hört, dass er gerührt ist und Belinda kuschelt sich noch enger an ihn. »Freust du dich?« Vidal küsst ihre Wange.

»Freuen? Ich bin stolz und dankbar. Ich bin so sehr gesegnet, dass ich mein eigenes Glück nicht fassen kann und weißt du ...«

Seine Hand fährt an ihren Nacken und er bringt sie dazu, ihn anzusehen.

»Wir ziehen morgen los, doch wenn ich zurückdenke, bist du für mich die Stärkere von uns beiden. Du musstest so viel ertragen, bis wir endlich zu unserer Liebe stehen konnten, selbst meine Zurückweisung. Du hast so viel verloren und weitergekämpft, dir wurde so viel angetan und du musstest mit diesem Leben klarkommen, und dann schenkst du mir meine zwei Engel und nun trägst du erneut unser Baby in dir. Vielleicht bin ich derjenige, der morgen rausgeht und dafür sorgt, dass unsere Familie in Frieden leben kann, doch meine wahre Stärke und mein Halt bist du. Auch wenn du nicht schlafen kannst, wirst du mich morgen verabschieden und auf mich warten, bis ich zurückkomme, und ich weiß, dass egal was ist, du klarkommen wirst und auf unsere Babys aufpasst. Du bist meine Stärke, Schatz, und ich bin dankbar, dass du bei mir bist und dass du mir noch einen Engel schenkst.«

Seine Hand fährt an ihren Bauch und Belinda kann ihre Tränen nicht mehr zurückhalten.

»Komm einfach wieder gesund zu uns zurück. Wir brauchen dich, ich brauche dich.« Vidal lächelt mild und nickt. »Ich komme zurück. Ich liebe dich.«

In dem Moment, als sich ihre Lippen treffen, weiß Belinda, dass sich diese starke Anziehungskraft zwischen ihnen niemals gelegt oder verändert hat und dass nichts diese Liebe zerstören kann.


»Meinst du nicht, dass das zu viel ist?«

Siarra muss lachen und sieht zu, wie Levi das Öl zum Fleisch gibt. »Nein, nein, davon kann es gar nicht zu viel geben, glaub mir. Gibst du mir die Gewürze dahinten und den Fisch?«

Zusammen mit Levi bereitet Siarra schon seit einiger Zeit Brot, Salate und das Fleisch vor. Sie sind heute Mittag hier angekommen und kommen erst jetzt dazu, etwas zu essen.

Es war merkwürdig. Sie sind am Morgen zum Flughafen gefahren, es waren viele Männer dort und haben sich auf zwei Flugzeuge verteilt. Ein drittes sollte erst am Mittag losfliegen. Sie sind nach Guatemala geflogen und von dort aus mit vielen Geländewagen und Kleinbussen über die Grenze gebracht worden. Dabei haben sie sich alle getrennt und irgendwann kurz vor dem Haus, in dem sie nun untergekommen sind, haben alle Fahrzeuge wieder zusammengefunden.

Es war gruselig, Siarra hatte Angst, dass man sie erwischt; auch wenn alle Männer hier schwer bewaffnet sind und offenbar genau wissen, was sie tun, ist es trotzdem beängstigend. Siarra ist Alejandro dankbar, dass er die ganze Zeit an ihrer Seite geblieben ist. Nachdem sie die Grenze passiert haben, hat sich endlich ein gutes Gefühl in ihr ausgebreitet. Sie ist wieder zu Hause und mit diesem Gedanken muss sie dann auch eingeschlafen sein.

Als sie wieder aufgewacht ist, waren sie schon fast am Haus und ihr Kopf hat auf Alejandros Schulter geruht, was ihr sehr unangenehm war. Daliya hingegen versteht das alles als ein großes Abenteuer. Es ist das erste Mal, dass sie geflogen ist und die Männer hier bringen sie ständig zum Lachen und kümmern sich um sie.

Die drei Gruppen werden von allen Anführern geleitet, soviel hat Siarra mitbekommen. Bei ihnen sind es Alejandro, Vidal, Levi, und Aaron. In Texas kümmern sich Elian, Dante, Alejandros Vater und Ponce um alles und von LA. werden Vidals Vater, Benito, Roman, Santos und Petro mit den Männern kommen. So zumindest hat sie es verstanden.

Nachdem sie dieses Traumhaus bezogen haben, haben sie sich zurückgezogen und noch einmal besprochen. Daliya und Siarra haben sich solange ausgeruht. Es ist wunderschön hier. Abgelegen, sie sind auf einem Berg, ungefähr eine Stunde von Mexico City entfernt. Von hier haben sie einen atemberaubenden Blick auf die Sonnenpyramide. Das Haus ist genauso luxuriös wie die Häuser, in denen Alejandro und seine Familie leben. Bei ihnen sind um die siebzig Männer, es gibt zwei Häuser auf dem Grundstück und trotzdem wird es ziemlich knapp mit den Schlafplätzen. Alle müssen sich Zimmer teilen, nur Siarra und Daliya haben ein eigenes bekommen, das schönste auch noch. Ihr war das sehr unangenehm, und um sie etwas zu beruhigen, hat Alejandro gesagt, dass er bei ihnen auf der ausziehbaren Couch schlafen wird. So fühlt sie sich nicht ganz so schuldig, dass sich die Männer hier alle beim Schlafen zusammenquetschen müssen, wobei es keinem etwas auszumachen scheint. Levi hat sich schon eine Hängematte nach draußen gehängt und verkündet, er würde dort schlafen.

Wären all das hier nicht breite, gefährliche und bis unter die Zähne bewaffnete Männer, könnte man denken, sie wären hier im Feriencamp. Seit dem Ende der Besprechung wird Musik gespielt, die Männer spielen Karten, schwimmen, trainieren, lachen und spielen auf irgendwelchen Konsolen gegeneinander. Man würde niemals denken, dass ihnen morgen ein schwerer Kampf bevorsteht.

Doch wenn man ganz genau hinsieht, bemerkt man es.

Alejandro und Vidal sitzen die ganze Zeit am Pool und sprechen miteinander. Zwar sieht Alejandro auch immer wieder zu Levi und ihr, doch er scheint sehr konzentriert zu sein.

Sie mag ihn.

Sie haben gestern Abend noch eine ganze Weile zusammengesessen. Siarra hat ihm von sich erzählt, von ihrem Leben, ihrer Arbeit, von allem, bevor der Tag kam, der alles geändert hat. Auch er hat ein wenig von sich erzählt, wenn auch nicht so viel wie sie. Natürlich spürt auch sie, dass er sehr auf sie achtet, doch seit sie von April weiß, bezweifelt sie, dass da mehr ist als nur der Schutz, den er ihr anbietet. Es ist schon zwei Jahre her, dass sie gestorben ist, doch Siarra glaubt, noch immer die Trauer in seinen Augen erkennen zu können.

Zusammen mit Levi bringen sie alles in den Garten. Levi bekommt Ärger, da der Grill Feuer fängt, weil viel zu viel Öl auf dem Fleisch ist, doch es kann gelöscht werden und alle Männer lachen. Sie weiß, dass diese Männer nicht alle miteinander befreundet sind, im Gegenteil, doch in diesen Momenten spürt man davon nichts.

Bis zum späten Abend sitzen sie zusammen.

Vidal erklärt, dass morgen zwei Männer bei Daliya und ihr bleiben werden, sie möchten am frühen Morgen aufbrechen. Deswegen wird es auch schon relativ schnell nach dem Essen ruhig. Einige Grüppchen bleiben noch im Garten sitzen, doch sonst ziehen sich alle zurück. Alejandro spricht mit abhörsicheren Handys mit den anderen Gruppen und Siarra bringt Daliya ins Bett.

Sie haben ihr Zimmer ganz oben und eine wunderschöne Dachterrasse, die mit einem großen runden Bett darauf und vielen kleinen Fackeln ausgestattet. ist Es ist heiß und Siarra und Daliya legen sich dort schlafen, dann kann Alejandro später das andere Bett benutzen.

Als ihre Nichte eingeschlafen ist, sieht sie auf Mexiko hinab. Ihre Heimat. Auch früher hat sie oft im Haus ihrer Eltern auf dem Dach geschlafen, wenn es zu heiß war. Sie liebt diesen Geruch nach Yasmin, Chili und heißem Sand. So würde sie Mexiko beschreiben und so sehr sie es auch vermisst hat, fühlt es sich ganz anders an, zurück zu sein. Vielleicht wird es sich nach all den Geschehnissen niemals wieder so anfühlen wie früher.

Sie geht ins Bad und macht sich fertig. Da sie kaum Schminke benutzt und sich ihre Haare immer nur zu einem festen Zopf nach oben bindet, geht es relativ schnell, und doch muss es so lange gedauert haben, dass, als sie zurück auf die Terrasse kommt, Alejandro bei Daliya liegt.

Siarra muss lächeln. Er hat sich an dicke Kissen gelehnt, wahrscheinlich wollte er gar nicht einschlafen, sondern hat auf sie gewartet oder wollte noch einmal die frische Luft genießen, doch dabei muss er eingeschlafen sein. Es sieht sehr niedlich aus, wie die beiden dort liegen und schlafen.

Einen Moment denkt sie darüber nach, was sie jetzt tun soll. Sie kennt Alejandro kaum, und auch wenn sie auf der Fahrt neben ihm geschlafen hat und er sich viel vertrauter als alles andere hier anfühlt, sollte sie lieber etwas Abstand halten, doch der Gedanke daran, zu was er morgen aufbricht und wie gefährlich all das zu sein scheint, lässt sie ihre Bedanken vergessen und zu den beiden gehen.

Sie legt sich neben Daliya, die nun zwischen Alejandro und ihr schläft und schließt die Augen. Nun wird der Duft Mexikos von etwas noch würzigerem und anziehenderem übertönt und Siarra seufzt leise aus, bevor auch sie in einen tiefen Schlaf fällt.

# Kapitel 19

»Du magst Siarra.«

Alejandro wendet sich Vidal zu, der neben ihm im Auto sitzt.

»Was habt ihr alle? Nur weil ich mich um Daliya und sie kümmere, bedeutet das doch nicht sofort etwas.«

Vidal lächelt und sieht aus dem Fenster. »Natürlich nicht, doch es würde auch niemanden wundern, wenn da mehr wäre und deine Blicke liegen ständig auf ihr, obwohl sie gerade gar keinen Schutz mehr braucht.«

Alejandro schnauft nur leise auf. Sie sprechen nicht darüber, doch irgendwie ist Vidal in den letzten Monaten zu einem richtigen Freund für ihn geworden.

Sie verbringen viel Zeit miteinander, auch immer mehr unabhängig von Belinda und den Kleinen. Sie haben schon einige Abende zusammen verbracht und dass Vidal ihn nun darauf anspricht bedeutet, dass auch er das mittlerweile so empfindet.

»Hat Belinda deswegen etwas zu dir gesagt?« Der Verlobte seiner Schwester sieht nun doch zu ihm. Das Navi zeigt ihnen, dass sie nur noch fünf Minuten fahren müssen.

»Nein, aber sie würde alles tun, um dich wieder glücklich zu sehen.« Alejandro sieht nach hinten und umfasst die Waffe, die locker auf seinem Schoß liegt. »Sehe ich nicht zufrieden aus?« Vidal lacht und blickt auf die Straße, vor ihnen beginnt der Waldweg, auf dem sie ihre Autos abstellen.

Sie halten.

Es geht los.

Alejandro hat noch nie Angst verspürt. Nicht in solchen Situationen. Er hat Angst, wenn es um die Menschen geht, die er liebt, wenn es darum geht, dass ihnen etwas zustößt, aber niemals, wenn er in einen Kampf geht. Er kann es nicht erwarten, den Maccetas klarzumachen, dass sie sich mit den Falschen angelegt haben.

»Belinda ist schwanger. Wir bekommen noch ein Baby.«

Nun hat Vidal ihn doch noch einmal aus dem Konzept gebracht. Die anderen Männer sind schon ausgestiegen und sie sind die Einzigen, die im Wagen sitzen bleiben.

Levi ist bereits am Handy und bespricht sich mit den anderen Gruppen. Vidals Vater und die anderen Männer, die über L.A. ins Land gekommen sind, warten gerade vor dem wichtigsten Club, der sich in einer großen Villa befindet, wo Männer von Basces auf mehreren Etagen alles, was sie möchten, geboten bekommen.

Sie liegt nur fünf Kilometer von seinem Haupthaus entfernt, doch dort übernachtet er auch öfter und einige seiner Männer leben dort aus Platzmangel in einem Nebengebäude. So eines soll es neben seinem Haupthaus auch geben.

Sie werden gleichzeitig an beiden Orten angreifen. Sein Vater wartet mit Elian und den anderen Männern, die über Texas hereingekommen sind, auf der anderen Seite des Haupthauses.

Alle sind bereit, nur sie sitzen noch im Wagen.

»Das ist doch gut. Sieh dir doch Vida und Paz an, du musst doch glücklich sein. Ich freue mich über noch einen Neffen oder eine Nichte.«

Vidal nickt und greift auch nach seiner Waffe.

»Tue ich, aber wegen Basces und anderen werden unsere Kinder und auch Belinda immer besonders gefährdet sein. Lass uns dafür sorgen, dass Basces den Tag verflucht, an dem er sich mit uns angelegt hat, auch wenn dieser Tag schon so lange zurückliegt, und dass er jemals daran gedacht hat, Paz und Vida etwas anzutun. Es ist wichtig, dass die Puentes und die Sombras das zusammen tun.«

Alejandro nickt und öffnet seine Tür.

»Lass uns dafür sorgen, dass niemals mehr jemand anderes auf so eine dumme Idee kommt!«

»So langsam müsste es so weit sein.«

Belinda sieht auf ihre Uhr, bevor sie Vida und Paz die Schuhe anzieht. »Willst du nicht doch mitkommen? Es ist am besten sich abzulenken, Alena.«

Sie hat die Nacht bei ihrem Vater im Haus verbracht, zusammen mit Alena, Alina, Emilia und Lilly. Jetzt haben sie beschlossen, in die Cuidad der Puentes zu Camilla zu fahren, die nun schon fast ihren Entbindungstermin hat. Dante hat lange gehadert mitzufliegen, doch bei diesem Kampf braucht die Familia ihn und er hat versprochen, danach sofort zurückzukommen. Außerdem hat der Arzt gesagt, dass es momentan noch nicht so aussieht, als hätte der Kleine es eilig. Doch für Camilla wird es immer beschwerlicher. Die Hitze und ihre angeschwollenen Füße machen ihr zu schaffen.

Zwei ihrer Männer warten schon in zwei Autos auf sie. Auch Lilly, Alina und Emilia kommen mit, um Camilla zu sehen. Sie alle mögen sie und vor allem Alena mag Dantes Frau sehr, doch die Situation mit Elian lässt Alena momentan ungern in die Cuidad der Puentes fahren.

»Komm schon. Ich bin auch da und Camilla hat mir gestern geschrieben, dass sie extra Kuchen hat backen lassen.«

Alena nickt, bindet sich einen hohen Zopf und nimmt Paz auf ihren Arm, der sich müde an sie kuschelt. Die beiden Zwillinge werden sicherlich im Auto einschlafen, sie haben schon den ganzen Morgen herumgetobt.

»Na gut, aber wir schlafen dort nicht.«

Für sie alle ist es schwer, damit umzugehen, dass genau in diesen Augenblicken ihre Männer in einen Kampf verwickelt sind, in den vielleicht schwersten Kampf, den sie jemals hatten, und keiner von ihnen hier kann etwas tun. Sie sind machtlos, alles was sie tun können ist, sich abzulenken, zu beten und auf den erlösenden Anruf zu warten, dass es vorbei ist und dass es keine Verletzten gibt.

Sie steigen in die Autos und Belinda spürt, dass ihre Hand zittert. Sie ist furchtbar nervös, ihr ist schon den ganzen Morgen übel, und am liebsten würde sie sich ins Bett legen und die Decke über den Kopf ziehen, doch das geht nicht.

Sie hat gestern allen gesagt, dass sie schwanger ist und Alina sieht sie einen Moment besorgt an, doch Belinda lächelt und steigt mit ihren Kindern ins Auto. Sie alle müssen jetzt stark sein.

»Ich rufe Camilla an und frag, ob wir noch etwas besorgen sollen.« Auf halbem Weg kommen sie an einem großen Supermarkt vorbei und Belinda ruft ihre Freundin an. Mit ganz schwacher Stimme meldet sich diese dann auch, sie hört sich gar nicht gut an.

»Camilla, ist alles in Ordnung?«

»Ich weiß nicht ... mir geht es so ... mir ist schlecht und ich ... verdammt ...«

Belinda hört ein lautes Rumpeln. »Camilla? Camilla?« Sie spürt sofort, dass etwas nicht stimmt. »Camilla, was ist los?« Belinda kann nicht verhindern, dass sie panisch ins Handy schreit. Alle sehen sie an. »Fahrt schneller!« Alena spricht mit ihren Männern. »Sie antwortet nicht mehr.« Belinda legt auf und wählt Suelas Nummer.

Genau wie sie müssen Suela, Sofia und Delicia auch in der Cuidad bei den wenigen Männern bleiben, die hiergeblieben sind. Suelas Handy klingelt, doch sie geht nicht ran. Sie sollten sich um Camilla kümmern.

Camillas Mutter und ihre Schwestern sollten erst in drei Tagen kommen, wenn das Schlimmste im Kampf vorbei ist und die Männer zurück sind. Genau wie Vidals und Dantes Mutter, die noch in der anderen versteckten Cuidad sind.

»Verdammt, sie gehen nicht ran.«

Belinda versucht es immer wieder, doch niemand nimmt ab. »Beeilt euch, es muss etwas passiert sein.« Belindas Herz beginnt zu rasen, als sich endlich die Cuidad der Puentes und ihr Zuhause vor ihnen auftut.

Basces ist fast genauso alt wie ihre Väter. Dass er genau weiß, was er tut und dass er sehr gut geschützt sein wird, war allen von Anfang an klar. Sie haben einen ungefähren Umriss seines Hauses, doch schon einige Meter vorher standen die ersten Männer, die sie so leise und unauffällig wie möglich ausschalten mussten. Es dauert, bis sie sich zu der hohen Außenmauer vorgearbeitet haben. Vor dem Tor sitzen drei Männer, es gibt noch einen Hintereingang, an dem es ähnlich aussehen wird, dort sind nun die anderen Männer ebenfalls angekommen.

Vidal sieht auf sein Handy und nickt Alejandro zu, der sich die leiseste Pistole mit Schalldämpfer nimmt, die sie haben. Zusammen mit Levi und einem anderen Mann, der sich noch hinter einem Baum versteckt, schalten sie auch diese Männer innerhalb weniger Sekunden und völlig geräuschfrei aus.

Nun muss es schnell gehen. Sie rennen zum Eingang. Vidal durchwühlt die Taschen eines Mannes und findet die Schlüssel zum Wachhaus. Von dort können sie sogar beide Tore öffnen. Jetzt sind sie sicher, dass sie alle gleichzeitig hineinkommen.

Alejandro kann sich in Millisekunden einen guten Überblick verschaffen, doch Aaron ist genauso schnell und hat bereits die Männer ausgeschaltet, die auf dem Hof sind. Mehrere Männer liegen am Boden und auf dem Hof treffen sie dann mit der anderen Gruppe und seinem Vater zusammen.

Elian deutet auf einen Schuppen und zu einem Nebengebäude. Levi und drei andere Männer laufen dorthin, während sich andere über dem Hof verteilen, Dante mit mehreren Männern zum Nebengebäude läuft und sie das Haupthaus betreten. Im Nebengebäude werden sie diese Ruhe nicht mehr beibehalten können, spätestens dann werden alle hier Bescheid wissen, dass sie da sind.

Sie betreten einen luxuriösen Palast und erst hier wird ihnen bewusst und klar, wie groß es hier ist und wie schwer es sein wird, das alles unter Kontrolle zu bekommen.

»Denkt daran, versucht Basces lebendig zu bekommen, wenn es geht.«

Alejandro läuft nach unten, er spürt Männer hinter sich, er hat keine Zeit sich umzuwenden und zu überprüfen, wer dort ist, doch er weiß, dass es in diesem Moment auch völlig egal ist. Alle halten ihm den Rücken frei, ob sie von den Puentes oder den Sombras sind. Sein Vater geht nach oben, Elian in Richtung Küche und Garten, alle verteilen sich leise, doch Alejandro sieht zuerst im Keller nach. Es ist dunkler, doch da es bereits heller Morgen ist, kann man trotzdem auch hier etwas erkennen. Es gibt kleine Fenster nach oben.

Sie laufen an Vorratsräumen vorbei und öffnen zwei geschlossene Türen, hinter denen jeweils zwei Männer geschlafen haben. Noch schaffen sie es, leise zu sein.

In mehreren weiteren Räumen sind Waffen und Drogen gelagert, und dann betreten sie einen Raum, in dem drei nackte Frauen auf Matratzen liegen und schlafen.

Sie reagieren kaum auf sie, Alejandro geht zu ihnen und überprüft ihren Puls, sie leben, doch sie stehen völlig unter Drogen. Er deutet zu zwei Männern. »Helft ihnen nach oben, ich habe in dem einen Vorratsraum Kleidungsstücke gesehen, zieht ihnen etwas an und bringt sie auf den Hof.«

Dann gehen sie in den letzten Raum. Hier brennt grelles Licht und weitere drei Frauen sind im Raum. Sie tragen nur ein schwarzes Top und eine schwarze Unterhose, alle dieselben, und einen hohen Dutt mit einem Küchennetz. Sie sitzen an Tischen und verpacken Drogen. Völlig emotionslos blicken sie zu ihnen, als sie in den Raum kommen. Die Frauen sind viel zu dünn, abgemagert und übersät mit blauen Flecken.

Alejandro flucht leise auf, da beginnen aus dem oberen Stock und von draußen die Schießereien und allen ist klar, dass es jetzt richtig losgeht.

Als sie mit den Autos in die Cuidad rasen, werden auch die Männer der Puentes wachsam. Sie folgen ihnen bis zur Mitte, vor die Häuser der Anführer. Suela und Delicia kommen gerade mit Camillas Sohn aus dem Haus von Benitos Vater und sehen verwundert zu ihnen, als Belinda aus dem Auto springt und Alena auffordert, bei den Kleinen zu bleiben, die hinten im Auto schlafen.

»Wo ist Camilla?« Delicia sieht sie erschrocken an. »Sie ist bei sich zu Hause. Ich war gerade noch da. Ich habe bei ihr geschlafen. Sie wollte noch liegen bleiben, da ihr übel ist. Ich habe ihr frischen Eistee gemacht und wollte ihn gerade ...«

Belinda rennt los, Alina und Emilia ebenfalls, und als sie die Tür zu Camillas Haus aufreißt, schreit sie auf. »Nein!« Sie bückt sich auf den Boden und bettet Camillas Kopf auf ihren Schoß.

Camilla liegt bewusstlos am Fuße ihrer Treppen. Sie blutet am Kopf und sehr stark aus dem Unterleib. »Camilla!« Panisch berührt Belinda ihr Gesicht. Emilia kniet sich zu ihr und misst ihren Puls. »Sie lebt, wir müssen sie sofort ins Krankenhaus bringen.« Nun kommen alle ins Haus. Suela schreit auf und kniet sich zu Belinda. Die Männer, die sie hergebracht haben, bleiben als Einzige bei klarem Verstand. Einer hebt Camilla in seine Arme.

»Startet sofort das Auto! Sie muss ins Krankenhaus.« Auch die Männer der Puentes kommen herein und helfen dem Mann. Belinda zittert, als sie den Männern folgt. Sofia und Loti erscheinen ebenfalls, alle sehen erschrocken zu Camilla. Sofia nimmt ihr Handy in die Hand. »Wir müssen sofort Dante ...« Alena nimmt es ihr aus der Hand. »Keiner darf die Männer kontaktieren. Unter keinen Umständen. Er kann jetzt eh nichts tun, und wenn du ihn ablenkst oder das Piepen ertönt, während er in Deckung ist, kann das den Tod vieler kosten. Niemand darf sie kontaktieren, bis sie sich melden!«

Es ist eine Regel, die ihnen allen immer wieder eingebläut wird. Auch Belinda fällt sie schwer, Alena ist damit großgeworden, genau wie Suela, die ihrer Schwester zunickt, um ihr zu versichern, dass das stimmt, bevor sie alle in die Autos springen und die Männer Gas geben.

Belinda hat sich mit Suela nach hinten gesetzt. Camilla liegt bei ihnen, ihr Gesicht auf Belindas Schoß. »Camilla, wach auf. Camilla.« Die schönen Augen ihrer Freundin flackern. Belinda spürt, wie schnell die Männer die Straßen entlangrasen, doch sie sieht weiter in das Gesicht ihrer Freundin.

»Camilla.« Plötzlich reißt sie die Augen auf und schreit laut los. Dabei presst sie wie verrückt. »Nein, nein. Was ist mit meinem Baby?« Suela versucht Camilla zu halten, doch sie haben keine Chance. Sie windet sich vor Schmerzen und nimmt eine gebeugte Haltung ein, bevor sie erneut laut losschreit und presst.

»Verdammt, das Baby kommt.«

Belinda hat nicht einmal Zeit zum Nachdenken, sie wischt Camilla das Blut von der Stirn mit ihrem langen Kleid, was sie trägt. Ihre Augen sind benetzt mit Blut und sie kann sie kaum öffnen, doch trotzdem presst sie.

»Camilla, versuche durchzuhalten! Wir sind gleich da. Du musst versuchen zu warten und ...« Camilla greift nach der Sitzlehne und presst erneut, dabei fällt sie leicht nach hinten, als würde sie gleich wieder ohnmächtig werden.

»Durch den Sturz hat sie nun vielleicht eine Sturzgeburt. Irgendetwas stimmt nicht. Sie verliert viel zu viel Blut.« Suela sieht Belinda in die Augen, auch die Männer sehen besorgt zu ihnen nach hinten, doch dann fahren sie endlich auf den Parkplatz des nächsten Krankenhauses ein.

Sie steigen aus, doch sie schaffen es nur mit allergrößter Mühe, Camilla aus dem Auto zu bekommen, dann klappt sie zusammen. Belinda hockt sich hinter sie und Camilla presst erneut. Als einer der Männer sie hochheben und ins Krankenhaus tragen will, schreit sie schmerzhaft auf und schon kommen Schwestern und Ärzte angerannt und das keine Sekunde zu spät, denn als sie das

Kleid von Camilla hochziehen, ist das Köpfchen des Babys schon da.

»Okay, ganz langsam, atmen Sie ruhig und nun noch einmal.«

Die Männer der Familia wenden sich ab, als Camilla in der nächsten Sekunde ihren Sohn zur Welt bringt. All das, dass sie Camilla dort gefunden haben bis jetzt hier hat vielleicht zehn Minuten gedauert, und als die Schwester das Baby in Handtücher packt, sieht sie besorgt zwischen dem Baby und Camilla hin und her. »Der Kleine bekommt kaum Luft, sie verliert zu viel Blut, bringt sie sofort rein!«

Camilla wird auf eine Liege gelegt. »Mein Sohn, gebt mir meinen Sohn.« Eine Schwester rennt mit dem Baby im Arm hinein und Belinda kommt nur dazu, einmal durchzuatmen, bevor sie hinter allen her ins Krankenhaus rennt.

»Mist!« Den Keller haben sie geräumt. Als sie in das Erdgeschoss kommen, sind auch hier bereits alle von Basces Männern ausgeschaltet worden. Einer ihrer Männer liegt am Boden und blutet aus dem Bein. »Bringt ihn weg.« Zwei Männer heben ihn hoch und tragen ihn aus dem Haus. Auch das haben sie geplant, sie haben die Fahrzeuge hier und alle kennen den Weg ins nahegelegene Krankenhaus.

Aus dem ersten Stock sind noch Schüsse zu hören, einige der Männer gehen nach oben, doch Alejandro sieht nach, ob hier auch wirklich alles sicher ist. Er will sich fast umwenden und nach oben gehen, da sieht er auf einer der Liegen am Pool Elian sitzen. Er scheint sich dorthin geschleppt zu haben, er blutet und Alejandro rennt zu ihm.

»Wo hast du etwas abbekommen?«

Elian ist gerade dabei, sich sein Shirt auszuziehen und Alejandro erkennt einen Durchschuss in der Schulter. Er hilft Elian beim

Verbinden und will gerade zwei Männer rufen, da versucht dieser aufzustehen. »Erst bringen wir das zu Ende.«

Alejandro sieht Vidals Bruder in die Augen und nickt. Auch er würde jetzt nicht gehen. Er hält ihm seine Hand hin und hilft ihm auf, dabei sieht er ihm weiterhin in die Augen.

»Aber bleib bei uns! Pass gut auf. Auch wenn es gerade nicht so aussieht, meine Cousine liebt dich und sie wird mir den Kopf abreißen, wenn ich dich nicht wieder gesund mit nach Hause bringe.«

Ein größerer Schmerz als der, den diese Wunde verursacht, huscht über Elians Gesicht, bevor sie sich zusammen ins Haus aufmachen. Genau in dem Moment geht die Haustür auf und die andere Gruppe, die in dem Club in der Villa war, zumindest ein Teil davon, tritt ein. Ganz vorne Roman und Vidals Vater. »Wir haben alles dort gesichert. Die Frauen werden nach Hause geschickt, die Männer sind ausgeschaltet, doch Basces muss hier sein.«

Elians Vater geht zu seinem Sohn, der andeutet, dass alles gut ist, im selben Moment kommt Vidal die Treppen herunter. »Wir haben ihn, ihn und die anderen Anführer. Sie sitzen oben im Besprechungsraum. Ramiro ist bei ihm und du, Papa, sollst zu ihm. Er sagt, dass es bei euch begonnen hat und ihr es beenden sollt.«

Einen Moment ist es still, sie alle wissen, wie wahr es ist und eine ungeheure Erleichterung durchströmt sie, als Gonzales seine Waffe zieht und nickt, bevor er nach oben zu Ramiro geht und sie zusammen alldem ein Ende setzen.

Alle atmen durch, sie haben noch einiges zu tun und Alejandro überlegt gerade, wie sie was sortieren, da wird es lauter auf dem Hof. Sie gehen hinaus und sehen einige ihrer Männer aus dem Nebengebäude kommen, in dem die meisten Männer untergebracht waren.

Sie tragen jemanden und rennen in Richtung der Autos, und als sie näherkommen, sieht Alejandro, dass es Dante ist, den sie blutüberströmt zu den Autos tragen.

»Das war sehr knapp, wirklich sehr knapp. Sie wird viel Ruhe brauchen.«

Belinda nickt und sieht zu Suela und all den anderen, die sich jetzt hier im Raum verteilt haben, als ihr Handy klingelt.

Wieder sind alle still und Belinda treten das erste Mal nach all der Panik Tränen in die Augen, davor hat sie es gar nicht geschafft, ihre Gefühle zuzulassen, sie musste handeln. Alena umfasst Paz und Vida stärker, die beide auf ihrem Schoß sitzen, als Belinda den Lautsprecher anschaltet und Vidals Anruf annimmt.

»Hallo?«

Es ist ungewöhnlich still bei Vidal. Sie hätte etwas anderes erwartet und Millionen Steine fallen von ihrem Herzen, als sie die raue und müde Stimme ihres Mannes hört.

»Es ist vorbei, mein Herz. Basces und seine Familia gehören der Vergangenheit an.«

Belinda versucht ihre Tränen so zu dämmen, dass sie sprechen kann.

»Ist jemand verletzt? Geht es euch gut?«

Vidal stockt.

»Einige ... Levi hat es erwischt, er hat eine Kugel im Oberschenkel, Elian in der Schulter. Es sind einige Männer mit Streifschüssen und Dante ... ihn hat es doller erwischt. Er hat einen Schuss in den Bauch bekommen, aber er wird gerade operiert und die Ärzte haben uns versichert, dass sie das hinbekommen und er es schafft.«

Suela schreit erstickt auf, auch Sofia und alle anderen atmen laut aus, doch sie alle halten sich zurück mit der Lautstärke, man sieht ihnen den Schock im Gesicht an.

Belinda sieht auf Dantes kleinen Sohn in ihrem Arm, der eingehüllt in eine weiche Decke friedlich schläft, nachdem die Ärzte ihn und seine Mutter gerettet haben.

Ihr älterer Sohn hat sich nach all dem Schrecken neben seiner Mutter zusammengerollt und schläft genau wie sie, während Belinda dem jüngsten Mitglied der Familias einen zarten Kuss auf die Stirn gibt und lächelt.

»Sag ihm, dass er so schnell wie möglich wieder nach Hause kommen soll. Es warten jetzt zwei Söhne darauf, ihren Vater wiederzusehen und kennenzulernen.«

## Kapitel 20

Alena spürt, dass ihr Tränen in die Augen steigen, doch sie weiß nicht warum, warum Elian es schafft, dieses abgestorbene Gefühl, das in ihr ruht, so außer Gefecht zu setzen. »Wer weiß, ob ich wiederkomme, ob die mich jemals heilen können. Das glaube ich nicht, dass ich dich anders sehen kann.« Elian lächelt. »Das musst du, du musst mich als das sehen, was ich bin, ein Puentes, mit dem du nicht einmal sprechen darfst.« Nun muss auch Alena wieder lächeln und daran denken, was Elian gesagt hat.

»Wenn du mich an der Tankstelle gesehen hättest und ich wäre keine Sombras, hätte das etwas geändert?« Elian wird ernst. »Ich wusste nicht, wer du bist, ich war absolut sprachlos, als ich dich gesehen habe. Erst bei der Beerdigung von Adrian habe ich erkannt, wer du bist. Wäre das nicht so und ich hätte dich am Strand wiedergetroffen oder sonst wo und du wärst keine Sombras, hätte ich alles dafür getan, dass du von dem Moment an zu mir gehört hättest ... und ich kann sehr hartnäckig sein.«

Auch wenn Elian zum Schluss wieder sein freches Grinsen im Gesicht hatte, weiß Alena, dass er seine Worte ernst gemeint hat. Er wollte ihr altes Ich an seiner Seite, wäre sie nicht, wer sie ist. Alena verliert nun wirklich eine Träne, sie ist nicht einmal mehr die Frau, die er damals wollte, sie ist nur noch ein Schatten dessen, wer sie einmal war.

Elian hebt seine Hand und streicht ihr die Träne weg, dann nimmt er sie in den Arm und Alena hält einen Augenblick die Luft an. Sie kann das nicht, das ist zu viel Nähe. Sie schließt die Augen, konzentriert sich auf den ihr schon so vertrauten Duft, spürt seine Wärme, wie die Arme sie halten, die sie damals gerettet haben, und plötzlich ist es ganz leicht: Sie legt ihren Kopf an seine Brust, wie, als sie neben ihm geschlafen hat, ihre eine Hand fasst an seinen Rücken, die andere ruht auf seinem massigen Bizeps.

Sie spürt seinen schnellen Herzschlag, wobei sich ihrer beruhigt. Alena spürt seine Lippen auf ihrem Scheitel. »Pass auf dich auf, Alena!« Sie mag es, wie er ihren Namen ausspricht, als wäre sie etwas Kostbares und nicht der Rest, der von Benjamins kranken Spielen übrig ist. »Behalte das Kreuz bei dir und pass auf dich auf, Elian, besonders wenn ihr ihn jagt.«

Elian zieht seinen Kopf so zurück, dass sie hochblickt und direkt in seine Augen sieht. »Ich habe dir versprochen, dass ich ihn für dich töten werde und das werde ich tun!« Alena lächelt mild, er weiß nicht, dass das nicht geht, Benjamin ist nicht zu stoppen. Doch ihr Lächeln vergeht, als sich Elians Lippen langsam zu ihren bewegen und er ganz zärtlich ihre Lippen streift und ihr einen vorsichtigen Kuss gibt.

Erschrocken, wie gut sich das angefühlt hat und wie viel Nähe sie ertragen kann, öffnet sie die Augen wieder, die sie automatisch geschlossen hatte, genau in diesem Moment kommt die Krankenschwester wieder auf das Dach und Elian löst die Umarmung. »Wir müssen los!« Elian streicht ihr noch einmal über die Wange, Alena weiß nicht einmal, ob sie noch weint, so durcheinander ist sie. »Pass auf dich auf!«

Leise seufzt Alena auf, als sie jetzt nach all der Zeit an den Anfang zurückdenkt. An die Zeit, die Elian und sie zusammengeschweißt hat. Sie vermisst ihn, sie vermisst ihn immer stärker und als sie daran gedacht hat, ihn gehen zu lassen, um ihm ein normales Leben zu ermöglichen, so hat sie niemals damit gerechnet, wie schwer es ihr fallen wird. Dass es schwer wird, war ihr bewusst, aber nicht wie schwer.

Es ist kurz nach sechs Uhr morgens, langsam wird der Himmel heller. Vida und Paz sind bei ihnen, Belinda ist bei Camilla im Krankenhaus geblieben. Zum Glück ist gestern noch alles gut gegangen. Auch Dante hat alles überstanden und war nach seiner Operation sogar am Abend schon in der Lage, mit Camilla über einen Videoanruf zu sprechen. Man hat gehört, wie leid es ihm tut, dass er nicht da war und dass er jetzt nicht bei seinem Sohn sein kann, doch die Männer kommen in zwei Tagen zurück und dann wird auch Dante dabei sein.

Auch den anderen angeschossenen Männern geht es gut. Sie wurden alle verarztet und sind nun dabei, alles in Mexiko zu organisieren und zu ordnen. Nun gehört auch Mexiko zu ihrem Gebiet und sie müssen sich darum kümmern, dass sie es völlig einnehmen.

Alena hat sich bei allem im Hintergrund gehalten. Als sie dann das Krankenhaus verlassen wollten, hat Loti sie aufgehalten. Sie hat ihr in die Augen gesehen und gefragt, ob zwischen ihnen alles in Ordnung ist. Sie hat nicht verstanden, was sie meint und die Freundin von Elians Cousine hat die Hoffnung geäußert, dass Alena nicht sauer ist, dass sie nun mit Elian zusammen ist.

Wenn du deinen Freund gehen lässt, obwohl er dich liebt und dich behandelt, als wärst du das Kostbarste für ihn, um ihm eine normale Beziehung, Kinder und alles andere zu ermöglichen, darfst du dich nicht wundern, wenn du irgendwann vor einer Frau stehst, die seine Neue ist. Das war alles, was Alena in diesem Moment denken konnte. Sie darf sich nicht wundern, doch für Alena war das wie eine schallende Ohrfeige. Sie hat schon lange gemerkt, dass sich da etwas zwischen den beiden anbahnt, sie ist nicht blind, doch trotzdem trifft es sie hart und unerwartet.

Sie hat nicht einmal auf Lotis Frage geantwortet, was diese sicher auch nicht bezwecken wollte. Sie wollte sie nur dezent darauf aufmerksam machen, dass sie nun mit Elian zusammen ist.

All das hat sie nicht schlafen lassen, wie so oft die letzten Nächte. Und als sie jetzt in den Himmel blickt und sieht, wie sich die ersten Schimmerstrahlen der Sonne bilden, wählt sie einfach Elians Nummer, egal wie spät es ist.

Es klingelt einige Male bis sie seine verschlafene Stimme hört.

»Hmm.«

»Ich bin es.«

»Ich weiß, sonst wäre ich gar nicht rangegangen. Ist alles in Ordnung?«

Alena muss leise auflachen. Er ist angeschossen und doch macht er sich Gedanken um sie.

»Es ist alles gut. Wie geht es deiner Schulter?«

Man hört es rascheln, wahrscheinlich setzt sich Elian auf. »Es ging ihr schon mal besser, aber das wird wieder.«

Das Bild vor Alena ist beeindruckend. Sie steht ganz oben auf dem Balkon ihres Zimmers und blickt auf diesen gigantischen Himmel über sich, der sich in den wildesten Farben zu färben beginnt, und auf die leere Cuidad unter sich.

»Ich kann nicht schlafen und musste daran denken, wie ich damals zu dir gefahren bin mit dem Taxi. Kannst du dich noch daran erinnern? Vidal und du, ihr wart völlig überfordert und ich war ...« Man hört, dass Elian lächelt und Alena kann ihre Tränen nicht mehr zurückhalten.

»Die letzten Wochen habe ich mir nichts sehnlicher gewünscht, als dass du mich damals in der Tankstelle schon angesprochen hättest ... wir uns unter normalen Umständen kennengelernt hätten und all das mit Benjamin nicht passiert wäre. Ich wünschte, wir hätten eine ganz normale Beziehung haben können, so wie du das jetzt mit Loti oder einer anderen haben kannst.«

Sie wischt sich ihre Tränen weg und weiß, dass Elian hört, dass sie weint.

»Wir hätten nie eine normale Beziehung haben können, nicht bei unseren Familias, aber du bist die Einzige, die das stört. Was redest du da von Loti oder sonst wem? Nur weil ich mit jemandem schlafe, bedeutet das nicht, dass wir eine Beziehung haben. Das war noch nie so und wird es auch nicht sein. Ich will keine Beziehung, wollte ich nie. Du bist in mein Leben gekommen und ich wäre bereit gewesen, alles für dich zu tun, doch du willst all das nicht mehr, weil du dir irgendwelche Sachen einredest. Also bleibe ich beim Alten und werde sicherlich keine Beziehung mehr eingehen.«

»Ich dachte, dass ich dir niemals das bieten kann, was eine normale Frau kann. Kinder, freien Sex, mit all diesen Schäden, die ich in mir trage ... aber jetzt habe ich mich doch noch einmal untersuchen lassen. Ich wollte das nicht, nicht noch einmal, nicht noch mehr Ärzte an mich heranlassen, doch ich habe jetzt eine Ärztin gefunden, die mich untersucht hat und bei der ich all das zulassen konnte. Ich werde in drei Tagen operiert, es ist nur ein kleiner Eingriff, doch sie sagt, dass sie voller Hoffnung ist, dass ich danach keinerlei Schmerzen beim Sex empfinden werde und sie ist sich auch sicher, dass ich Kinder bekommen kann. Schwerer als andere Frauen, aber es geht. Es gibt für nichts eine Garantie, aber ich dachte ...«

Elian unterbricht sie. »Ist das dein Ernst, Alena?« Er flucht auf. »Es freut mich für dich, wenn das alles so ist, doch allein die Tatsache, dass du denkst, dass wir jetzt wieder zusammen sein können, wo du quasi doch nicht so kaputt bist, wie du es dir einbildest, zeigt mir deutlich, dass das zwischen uns nicht mehr funktioniert. Du hast es nicht verstanden und du wirst es nicht verstehen, und deswegen ist diese Trennung wahrscheinlich wirklich das Beste. Mir ist all das egal, völlig egal. Ich liebe dich mehr als alles andere und es interessiert mich nicht, was bei dir nicht stimmt und was doch. Mich hat es nie abgehalten, dich zu lieben, doch deine Art, mich von dir zu stoßen und dass du es nicht schaffst, auf unsere Liebe zu vertrauen, macht mich wütend. Wirklich wütend. Selbst wenn du jetzt denkst, wir schaffen es doch, kann es sein, dass du in einem Jahr wieder denkst, dass du doch nicht gut genug für mich bist wegen irgendwelcher anderen Sachen, du hast es nicht verstanden, Alena.«

Er wird ruhiger, doch man hört, wie sauer ihn das alles macht. »Das ist das einzige Problem, was wir haben oder hatten und nichts, gar nichts anderes. Ich habe mich dazu bereit erklärt, für die nächsten Wochen und Monate hier zu bleiben und Mexiko für uns zu sichern. Ich denke, das ist die beste Lösung. Ich schlafe jetzt, pass auf dich, Alena.«

Langsam zieht Alena das Handy von ihrem Ohr und lässt alles heraus, was sich in ihr aufgestaut hat. Sie kniet sich auf den Boden und krümmt sich zusammen, hält sich fest, als das Gefühl, komplett auseinanderzubrechen, sie überkommt, doch es funktioniert nicht.

Sie hat mit der Ärztin über all das gesprochen und sie hat ihr gesagt, dass es für Frauen wie Alena besonders schwer ist, wenn sich ihr Leben nach solchen Erlebnissen wieder normalisiert und stabil wird. Sie sehen sich von außen und denken, das kann doch gar nicht sein. Du kannst doch gar nicht einfach so weiterleben, und manchmal zerstören sie Beziehungen oder neu aufgebaute Identitäten nur, um sich selbst zu zeigen, siehst du, du hast es doch nicht geschafft. Wahrscheinlich ist genau das passiert, Alena weiß es nicht. Alles was sie weiß ist, dass sie Elian niemals verletzen wollte, doch genau das ist passiert, und der Mensch, den sie über alles liebt, hat sie und die Beziehung aufgeben, weil sie ihn so lange dazu gedrängt hat, bis er wirklich losgelassen hat.


Alejandro sieht neben sich und kann nicht anders. Vorsichtig greift er zu Siarra hinüber. Sie sitzt zusammengekuschelt auf dem Beifahrersitz neben ihm und hat ihren Kopf an die Fensterscheibe gelehnt. Er streicht ihr die Haare ein wenig zur Seite, damit er ihr hübsches Gesicht betrachten kann, bevor er besorgt auf das Navi sieht. Sie sind in wenigen Minuten am Ziel, er möchte sie nicht wecken, er ahnt, dass das, was sie vorfinden werden, nicht das sein wird, was sich Siarra erhofft.

Nachdem sie es geschafft haben, das Haus und die ersten Clubs von Basces einzunehmen, waren sie noch in den Krankenhäusern und haben sich darum gekümmert, dass die befreiten Frauen es schaffen, nach Hause zu kommen. Einige haben Flugtickets nach

Puerto Rico oder Chile bekommen. Als sie dann am Abend in das Haus gekommen sind, hat sich Alejandro direkt schlafen gelegt.

Er war fix und fertig und hat sich wieder nach draußen auf die Terrasse gelegt. Siarra kam dazu und sie haben miteinander gesprochen. Egal wie müde Alejandro war, er wollte nicht aufhören mit ihr zu sprechen. Es beruhigt ihn. Sie beruhigt ihn, ihre Stimme, ihre Anwesenheit. Er hat schon lange nicht mehr solch intensive Gefühle zulassen können.

Nachdem er ihr genau erzählt hat, was passiert ist und was sie vorgefunden haben, haben sie sich noch über Mexiko unterhalten, bis sein Körper irgendwann übernommen hat und er eingeschlafen ist. Als er wach wurde, hat Siarra wieder neben ihm geschlafen.

Es ist merkwürdig, wieder neben einer Frau wachzuwerden, doch es fühlt sich nicht schlecht an, ganz im Gegenteil.

Gestern haben dann die Planungen begonnen, sie sind alle zusammengekommen und haben Mexiko aufgeteilt. Elian und mehrere seiner Männer werden den gesamten oberen Teil Mexikos einnehmen und überall die Familias platzieren, genau wie Levi und Petro das im unteren Teil machen werden. Zusammen werden sie nach und nach Mexiko unter ihre Macht stellen, alles. Die Clubs werden geschlossen und sie werden Basces' Geschäfte übernehmen. Am Ende wird ihnen das alles mehrere Millionen mehr einbringen und das nur in der Anfangszeit. Dieses Geld wird zwischen den Familias aufgeteilt und Mexiko wird das erste gemeinsame Projekt werden, was sie zusammen aufziehen und aufbauen werden.

Morgen früh fliegen die meisten zurück. Alejandro wird Levi und Petro für einige Tage begleiten, doch dann muss auch er zurück nach Puerto Rico, da dort unten einige Geschäfte auf ihn warten. Heute aber ist er früh losgefahren, um Siarra und Daliya zu ihrer Familie zu bringen, wie er es versprochen hat.

Die ganze Nacht konnte Siarra nicht schlafen und sie sind zusammen wach geblieben, zumindest solange, bis Alejandro wieder eingeschlafen ist. Siarra hat ihm erzählt, warum sie Lehrerin geworden ist, wie sehr sie ihre Schwester und ihre Kindheit geliebt hat, aber auch Alejandro hat ihr viel von sich und seinen Brüdern erzählt. Er kann sich nicht daran erinnern, schon einmal so viel mit einer Frau gesprochen zu haben und es auch so genossen zu haben. Er mag ihr Lachen, ihre Art ihn anzusehen und so langsam wird auch ihm immer bewusster, dass er Siarra wirklich mag.

Obwohl sie nicht geschlafen hat, saß sie die ganze Zeit während der Fahrt verkrampft neben ihm. Vielleicht spürt auch sie, dass sie nicht unbedingt etwas Gutes erwarten wird. Auch Daliya ist aufgeregt, ihren Vater wiederzusehen. Um die beiden etwas zu beruhigen, hat Alejandro ihnen von Belinda und der Geschichte erzählt, wie sie nach Puerto Rico gekommen ist, um ihre Familie zu suchen.

Die Kleine ist schnell eingeschlafen, Siarra dagegen hat bis zum Ende zugehört und erst dann sind ihr die Augen zugefallen, nun muss er sie wecken, als er an dem kleinen Ortseingangsschild ihres Dorfes vorbeifährt.

»Hey, wir sind da.« Mehr braucht es nicht. Alejandro greift nach Siarras schlanken Fingern, um sie zu wecken, doch sie ist sofort wach und sieht aus dem Fenster. »Oh, schon? Du musst hier lang, unser Haus steht abseits auf einem Feld.« Sie deutet ihm den Weg, sie fahren durch ein kleines Dorf. Es gibt einen Bäcker, einen Supermarkt und einige Häuser. Sie sind einfach, aber doch sehr gepflegt. Plötzlich hört sie auf, ihn durch das Dorf zu leiten.

»Was …? Halte an!«

Alejandro hält und Siarra verlässt das Auto. Das lässt auch Daliya wach werden und sich die Augen reiben. Alejandro steigt aus und holt Daliya von der hinteren Bank. Er nimmt sie auf seine Arme, da sie noch sehr müde ist, während er langsam zu Siarra geht, die auf ein leeres Feld sieht.

»Was ist los?« Siarra wendet sich zu ihm um. »Das wüsste ich auch gerne, unser Haus ist nicht mehr da. Siehst du, dort, wo noch einige Steine stehen und der schwarze Fleck ist, dort stand unser Haus.« Siarra wird lauter, ihre Stimme panisch, doch bevor er sie beruhigen kann, läuft sie los.

»Siarra, warte, das alles wird sicherlich seinen Grund haben.« Sie läuft den Weg entlang, mehrere Minuten, bis sie zurück im Dorf ist und dort an die erste Tür klopft.

Eine Frau öffnet und hebt die Hände vor den Mund. »Siarra, madre mia.« Sie beginnt zu weinen und drückt Siarra fest an sich. Einen Moment denkt Alejandro, dass das ihre Mutter ist und sie sie gefunden hat, doch als er dazukommt und die Frau Daliya einen Kuss aufdrückt und zu schluchzen beginnt, versteht er nach und nach, dass sie nur eine Nachbarin ist.

»Wir haben alles nach dir abgesucht, nach euch. Keiner weiß genau, was passiert ist und ... Es war so schrecklich.« Siarra sieht die Frau verzweifelt an. »Maria, wo sind meine Eltern? Wo ist der Mann meiner Schwester und was ist mit unserem Haus passiert?«

Nun ist es die Frau, die immer mehr zu weinen beginnt, und das lässt auch Siarra endgültig begreifen, dass hier nichts so ist, wie sie es gehofft hatte.

»Weißt du es nicht? Wir haben keine Antworten darauf. Keiner hat etwas gehört, wir haben fremde Autos gesehen, aber hin und wieder passiert das, du weißt, dass sich manchmal Autos verirren, die von der Straße abkommen. Erst als am nächsten Abend dein Vater nicht ins Café zum Kartenspielen gekommen ist, ist Adrian losgegangen, um nach ihm zu sehen.«

Sie stockt.

»Es war so schrecklich. Am Eingang des Hauses lag deine Schwester, deine Mutter und dein Schwager hat er im Schlafzimmer gefunden, deinen Vater in der Küche, sie alle wurden getötet. Durch die Hitze hat es furchtbar gerochen. Bis heute ist Adrian bei sich im Haus und hat diesen Anblick nicht verkraftet.«

Siarra weicht zurück. »Nein!« Die Nachbarin sieht ihr besorgt in die Augen. Alejandro schließt einen Moment seine, er hat es geahnt. Daliya umfasst mit ihrer kleinen Hand seine Wange, damit er sie ansieht. »Wo ist mein Papa?« Fast als wolle sie weglaufen, weicht Siarra weiter weg. »Nein!« Alejandro will zu ihr, doch auch vor ihm weicht sie zurück. Es tut ihm weh, sie so verzweifelt zu sehen. Ihre schönen Augen füllen sich mit Tränen und sie schüttelt verzweifelt den Kopf.

»Wir haben Daliya und dich drei Tage gesucht, dann haben wir deine Familie begraben, mein Engel, mehr konnten wir nicht tun. Und wegen der Erinnerungen, des Geruches, der sich tief ins Fundament gefressen hat und der bösen Geister und all dem anderen haben wir das Haus abgebrannt. Wir wussten nicht, dass ihr zurückkommt. Wir dachten, ihr ...«

Siarra wendet sich ab und läuft weg. Alejandro hört das laute Schluchzen und es trifft ihn tief. Tiefer als vieles zuvor. Auch Daliya auf seinem Arm wird ganz unruhig. Alejandro bedankt sich bei der Frau und versichert ihr, dass er sich um Siarra kümmert, dann folgt er ihr und findet sie kniend vor der Asche ihres Elternhauses wieder.

Daliya will von seinem Arm und läuft zu ihrer Tante, die sie fest in ihre Arme nimmt.

Eine ganze Weile bleibt Alejandro ruhig bei ihnen stehen. Siarra kniet auf dem Boden, Daliya fest an sich gedrückt und weint um ihre Familie. Alejandro gibt ihr diese Zeit. Als sie dann kraftlos versucht aufzustehen, hilft er ihr und nimmt sie und Daliya gleichzeitig in seine Arme. Siarra lässt sich fallen, sie legt ihren Kopf an seine Brust und lässt alles heraus.

Auch wenn es nur wenige Tage waren, die sie beide zusammen verbracht haben, waren diese doch intensiv und es fühlt sich gut an, Siarra so zu halten und für sie da sein zu können. Er streicht über ihren Rücken und verspricht ihr, dass, auch wenn es jetzt nicht so aussieht, alles wieder gut wird.

Im Nachhinein kann Alejandro nicht einmal sagen, wie lange sie dort gestanden haben, es müssen einige Stunden gewesen sein.

Irgendwann fand Siarra die Kraft, zum Friedhof zu gehen, und während sie am Familiengrab betete, hat Alejandro Daliya vorsichtig erklärt, dass nun auch ihr Vater und ihre Oma und der Opa im Himmel bei der Mama sind und sie von oben beobachten.

Daliya hat geweint, sie pflückte Blumen und legte sie auf das Grab, doch als sie am Abend losgefahren sind, weil Siarra Alejandro gebeten hat, sie zu ihrer Wohnung in Mexico City zu fahren, hat Daliya gefragt, wann sie ihren Vater wiedersehen wird. Es wird dauern, bis das kleine Mädchen das alles begreift.

Sie brauchen eine Stunde bis nach Mexico City und zu der Wohnung von Siarra. Daliya schläft, keiner von ihnen hat viel gegessen. Die Nachbarn haben ihnen einiges angeboten, als sie alle nach und nach zum Friedhof kamen, doch richtig gegessen hat keiner und niemand von ihnen hat Hunger.

Daliya schläft und Siarra sitzt steif neben ihm. Sie steht unter Schock. Alejandro sucht nach Worten, doch am Ende greift er nach ihrer Hand und umfasst diese. Dankbar sieht Siarra ihn an und nimmt seine Gäste an. Sie verschlingt ihre Finger und er kann ihr wenigstens so ein wenig Halt geben. Doch Siarra redet nicht. In ihrem Kopf scheint es auf Hochtouren zu arbeiten und Alejandro möchte ihr die Zeit geben.

Siarras Wohnung liegt in einem schönen Wohngebiet. Alejandro trägt Daliya nach oben. Sie holen einen Ersatzschlüssel von einer Nachbarin, da Siarra ihre nicht mehr hat. Die Wohnung ist klein, es sind zwei Zimmer, ein Wohnzimmer, ein Bad, Küche und Balkon, doch alles ist sehr liebevoll und gemütlich eingerichtet.

Siarra nimmt Daliya aus Alejandros Armen und legt sie in ihr Bett. Überall riecht es nach Siarra und Alejandro atmet tief ein. Er bleibt im Flur stehen und sieht sich einige Bilder an, auf denen Siarra lachend mit Freunden zu sehen ist, auf einem Bild ist sie mit einem älteren Paar und einer Frau, die ihr sehr ähnlich sieht, abgebildet, das müssen ihre Schwester und ihre Eltern sein.

»Ich muss mich zusammennehmen und für Daliya stark sein.« Siarra kommt zurück zu ihm und streicht sich müde ihre Tränen weg. »Es ist merkwürdig, ich habe es irgendwie geahnt, gespürt, und doch wollte ich es nicht wahrhaben.«

Alejandros Handy klingelt, er muss los. Seine Männer warten.

»Du musst sicherlich los. Daliya und ich haben schon viel zu viel deiner Zeit in Anspruch genommen. Ich weiß gar nicht, wie ich dir jemals für all das danken soll.«

Alejandro lächelt matt und sieht ihr in die Augen. Sie sind rot und müde und in diesem Moment beginnt sein Herz zu rasen. »Was willst du jetzt tun? Wie kann ich dir noch helfen? Ich muss wirklich los zu den anderen, aber ...«

Siarra legt ihre Hand auf seinen Arm.

»Ich werde wieder zur Arbeit gehen, Daliya bei uns in den Kindergarten bringen und sie aufziehen. Ich muss ihr sagen, dass ... wir werden das schaffen. Du hast genug getan, Alejandro. Danke. Sag mir, wie ich dir jemals für alles, was du für Daliya und mich ...«

Auch wenn es vielleicht nicht der beste Zeitpunkt ist, kann Alejandro nicht anders. Seine Hand fährt an Siarras Nacken und er beugt sich zu ihr, um sie zu küssen.

In dem Augenblick, als sich ihre Lippen treffen, hat Alejandro das Gefühl, das erste Mal seit langer Zeit wieder vollständig zu sein. Er schließt die Augen, liebkost ihre weichen Lippen, inhaliert ihren Duft und ihren süßen Geschmack nach Vanille und noch etwas Süßerem, was er nicht einmal definieren kann.

So etwas hat er noch niemals gefühlt, auch wenn ihn das eigentlich abschrecken sollte, kann er nicht anders und vertieft den Kuss. Siarra schmiegt sich an ihn, sie küsst ihn zurück, ohne Scheu und Zweifel, und ihre Hand wandert von seinem Arm auf seine Brust.

Alejandro könnte Siarra ewig weiter küssen, doch sein Handy piepst erneut und die Erkenntnis, was für Gefühle diese Frau in ihm geweckt haben, lassen ihn dann doch respektvoll einen Schritt zurückgehen, was Siarra einen leisen Seufzer entweichen lässt.

Alejandro küsst ihre Wange und sieht ihr in die Augen.

»Das Einzige, was du für mich tun kannst, ist, auf Daliya und dich aufzupassen und dafür zu sorgen, dass du bald wieder so lächeln kannst wie auf den Bildern hier. Passt auf euch auf!« Noch einmal küsst er ihre süßen Lippen, bevor er sich zwingt, ihre Wohnung zu verlassen und Daliya und Siarra hinter sich zu lassen.

Er flucht auf, als er sich in sein Auto setzt.

Der Drang, nach oben zu gehen und Siarra noch einmal zu halten, nagt an ihm und raubt ihm fast den Verstand. Er hat keine Ahnung, was hier gerade passiert, aber es ist nicht gut, genau so etwas kann er nicht gebrauchen, nie wieder, das hat er sich geschworen, deswegen gibt er Gas und rast zurück zu seinen Männern und dem, worum er sich wirklich kümmern sollte.

# Kapitel 21

Einen Monat später

»Woran denkst du?«

Vertraute Finger fahren zärtlich über Alejandros Brust und bringen ihn dazu, vom Fenster wegzusehen, direkt in Aprils dunkle Augen. »Nichts weiter, ich bin froh, dass du hier bist.«

Sie stoppt in der Bewegung und setzt sich auf. Als sie ihre Beine überkreuzt und ernst zu ihm hinunterblickt, seufzt Alejandro leise auf und greift nach ihrer Hand. »Komm her, das hat mir viel zu sehr gefehlt.«

April schüttelt den Kopf. »Du musst aufhören, ein schlechtes Gewissen zu haben.« Nun hat auch Alejandro keine Lust mehr und setzt sich auf. »Ein schlechtes Gewissen, wegen was? Ich habe keines, ich ...«

Der ernste Blick, den April ihm schenkt und das Wissen, dass sie recht hat, lässt ihn verstummen. »Ich weiß, dass Siarra dir viel bedeutet und das vom ersten Moment an. Bei uns haben sich die Gefühle nach und nach entwickelt und von meiner Seite waren sie immer stärker als bei dir und jetzt durch Siarra erkenne ich das noch deutlicher.«

Alejandro steht auf, zieht sich seine Boxershorts über und geht zum Fenster; allein wenn April diesen Namen ausspricht, krampft sich alles in ihm zusammen, das ist nicht richtig.

»Das eine kann man doch mit dem anderen nicht vergleichen!« April steht auch auf und stellt sich zu ihm. »Nein, das kann man nicht und das will ich nicht. Wir haben uns geliebt und die Stärke unserer Liebe und wie sie entstanden ist, ist völlig egal. Wir beide haben diese schöne Zeit genossen und ich werde dich immer lieben, genau deswegen kann ich nicht mitansehen, wie du die Fehler, die du bei mir gemacht hast, noch einmal machst.«

Sie küsst seine Schulter und schmiegt sich an ihn.

»Halte Siarra nicht so auf Abstand. Flüchte nicht noch einmal vor deinen Gefühlen, besonders nicht, wenn sie so viel stärker sind als bei mir damals und lass mich los. Ich bin da, ich werde dich immer begleiten, doch lerne, dein Herz auch wieder zu öffnen, bevor du das verlierst, was vielleicht schon immer deine Bestimmung war.«

Alejandro schüttelt den Traum der letzten Nacht von sich. Er hat lange nicht mehr von April geträumt, dass er das jetzt und hier wieder tun wird, war ihm bewusst, doch wie intensiv der Traum war und worum es ging, hat ihn völlig unerwartet getroffen.

»Bringen Sie den Angeklagten wieder in den Raum!«

Alejandro räuspert sich und setzt sich auf. Darauf hat er den ganzen Tag gewartet. Seit mehreren Stunden sitzt er hier auf der harten Holzbank und hört sich alles über Aprils letzte Minuten an, während die Wachmänner den schmächtigen blonden Mann hereinführen, dem man seine Drogenabhängigkeit sofort anmerkt.

Er zittert immer wieder und sieht sich verwirrt um. Einen Moment hat er ihm heute früh in die Augen geblickt und beim Gedanken daran, dass das das Letzte war, was April gesehen hat, wäre Alejandro am liebsten aufgestanden und hätte beendet, was ihn so lange nicht hat schlafen lassen, doch er hält sich zurück und verfolgt die Gerichtsverhandlung.

Aprils Mutter und der Bruder haben es nicht geschafft, hier zu sein. Sie würden das nicht verkraften. Er wird sie später besuchen fahren. Belinda konnten Vidal und er es ausreden, sie ist schwanger und soll sich all das nicht antun. Alejandro ist für sie beide hier.

Auch die Freundinnen von April haben es nicht übers Herz gebracht, sich all diese Details noch einmal anzuhören, doch er musste das tun. Er musste den Mann sehen und ihm in die Augen blicken.

Insgesamt hat der Mann bei seinen Überfällen acht Menschen innerhalb weniger Monate getötet. Er hat 56 Läden überfallen und hat jedes Mal, wenn es ihm nicht schnell genug ging, ohne zu zögern abgedrückt.

Die Richterin liest noch einmal alle Namen vor und immer wieder ertönt ein Schluchzen zwischen all den Menschen, die hier zusammengekommen sind, um zu erfahren, was die Strafe für all das ist, was dieser Mann getan hat.

»Sie werden zu sieben Mal lebenslanger Haft und zweimal 26 Jahren verurteilt!«

Einige Leute stehen auf und klatschen, während die Richterin alle zur Ruhe ermahnt und das Gefängnis nennt, wo er untergebracht wird.

Alejandro steht auf, in diesem Moment dreht sich Aprils Mörder um und sieht ihm in die Augen.

Ihr unbeschwertes Lachen ertönt in Alejandros Erinnerungen.

Er erwidert seinen Blick, um ihn wissen zu lassen, dass Alejandros Urteil noch nicht gesprochen ist.

Ohne sich noch einmal umzublicken, verlässt er das Gerichtsgebäude, als es zu dämmern beginnt in dieser kalten Stadt.

Auf seinem Handy sind einige Nachrichten seiner Brüder, noch immer sieht er nach, ob Siarra sich wieder gemeldet hat, was sie sicherlich nicht tun wird, doch auch wenn er weiß, dass es besser so ist, kann er es nicht lassen, immer wieder nachzusehen.

Seit ihrem Kuss hat Alejandro versucht, den Abstand zwischen ihnen zu nutzen, um diese schönen hellblauen Augen und diesen süßen Kuss wieder aus seinen Gedanken zu bekommen. Allerdings hatte er ihr seine Handynummer gegeben und sie haben begonnen, sich täglich zu schreiben und jeden Tag miteinander zu telefonieren.

Auf eine merkwürdige Art und Weise nahm Alejandro so irgendwie am Leben von Daliya und ihr teil. Er wusste, was sie tun und dass sich die Kleine gut im Kindergarten eingelebt hat. Siarra arbeitet wieder und sie meistern den Alltag, auch wenn sie immer wieder sagt, dass es ihr schwerer und schwerer fällt, mit all den Erinnerungen weiter in Mexiko zu leben.

Er mag sie, er mag sie wirklich. Es war wichtig für ihn, jeden Tag ihre Stimme zu hören und das war der Punkt, wo er begonnen hat, Abstand zu schaffen. Er hat gespürt, dass das mit Siarra noch einmal etwas ganz anderes ist als das, was April und er hatten und in dem Moment hat er den Kontakt zwischen ihnen langsam einschlafen lassen, auch wenn ihm das wahnsinnig schwergefallen ist.

Sie hat versucht mit ihm zu sprechen, nicht aufgegeben, doch als er immer seltener und knapper geantwortet hat, hat auch sie eingesehen, dass es besser so ist und seit zwei Wochen haben sie keinen Kontakt mehr. Doch auch wenn er Siarra noch nicht lange kennt, fehlt sie ihm, es fehlt ihm, mit ihr zu sprechen und zu wissen, was die beiden den ganzen Tag so getan haben.

Er dachte, wenn diese Verhandlung hinter ihm liegt, geht es ihm besser, doch so ist es nicht.

Auf dem Friedhof hält er ein, atmet den kalten Wind in seine Lungen und geht zu Aprils Grab.

Eine Weile blickt er auf den Stein und schwelgt in Erinnerungen, streicht über das kalte und nasse Letzte, was ihm noch von ihr bleibt. Nun wird er dafür sorgen, dass der Mann, der ihm April genommen hat, sein Urteil bekommt und er wieder schlafen kann.

Sein Handy klingelt, es ist Belinda, er wird seine Schwester gleich anrufen, doch zuerst wählt er die Nummer eines alten Freundes.

Es klingelt und Alejandros Herz wird mit jedem Läuten freier.

»Miguel, ich bin es. Ich habe dir doch letztens gesagt, dass du mir bald einen Gefallen tun musst.«

Er sieht auf Aprils Grab.

»Wie ich gehört habe, hast du die besten Kontakte in einige Gefängnisse, besonders in Portland und Umgebung. Es gibt hier jemanden, der eine Nachricht von mir erhalten soll ...«

»Und, bist du fertig?«

Alina sieht zufrieden auf den Essensbereich des Centers. »Ja, wir können nach Hause.« Ponce tritt hinter sie und küsst ihre Schulter. »Ich wusste damals, dass das hier etwas für dich ist, aber ich habe nicht geahnt, wie viel Spaß dir diese Arbeit macht.«

Sie wendet sich zu ihrem Verlobten um.

Sie wollen im Sommer auf dem Wasser heiraten. Sie sind schon dabei, alles dafür zu planen, doch sie haben es auch nicht sehr eilig und lassen sich Zeit. Es soll perfekt werden und Alina möchte sich damit nicht zu sehr stressen.

»Ich liebe es. Das Lachen der Kinder ist der schönste Lohn, den ich bekommen könnte und ... ich bin einfach glücklich.« Ponce lächelt und gibt ihr einen Kuss. »Das ist alles, was ich möchte.« Alina sieht ihm in die Augen, schon lange denkt sie immer wieder daran, wie ihr Leben ohne all das jetzt aussehen würde.

»Ich bin glücklich, weil ich all das habe. Weil du an meiner Seite bist und ich in der Lage bin, nach allem was war noch so zu lieben. Dass ich zu deiner Familie gehöre, ich habe sonst niemanden auf der Welt, außer deine Familie und dich und sie alle behandeln mich, als wäre ich schon immer ein Teil davon gewesen. Und diese Arbeit hier, es gibt auch schwere Zeiten, wenn ihr in Gefahr seid, aber ich habe gelernt zu akzeptieren, dass das dazugehört und im Moment bin ich einfach unendlich glücklich.«

Sie legt die Arme um Ponces Schultern und küsst ihn auf die Lippen. »Ich liebe dich.«

Er umfasst ihre Hüften und zieht sie enger an sich. »Ich dich auch, Engel, und ich bin dankbar, dass du mir damals so die Stirn geboten hast und danach nie wieder aus meinen Gedanken verschwunden bist.« Ponce beugt sich zu ihr hinunter und möchte sie noch einmal kurz küssen, doch Alina erweitert den Kuss schnell und ihre Hände wandern von seinen Schultern weiter nach unten.

Nun werden sie doch nicht so schnell aus dem Center herauskommen wie geplant.

Alejandro fühlt sich wirklich ein wenig befreiter, als er nach einigen Tagen aus Portland zurückkommt. Er hatte gesagt, dass er länger bleibt, doch dann hat es ihn doch gedrängt, zurück nach Puerto Rico zukommen.

Als er ankommt hat er Hunger, und statt zu sich nach Hause, wo sicher noch nichts vorbereitet wurde, da ja noch nicht mit ihm gerechnet wurde, geht er ins Haus seines Vaters, wo er gleich von lautem Kinderlachen begrüßt wird.

Belinda scheint mit den Kindern da zu sein. Er vermisst seine Neffen und Nichten sehr schnell, wenn er sie ein paar Tage nicht um sich herum hatte. Von seinem Vater ist nichts zu sehen, sie scheinen alle im Garten zu sein. Alejandro geht in die Küche, es wurde offenbar gegrillt. Er nimmt sich ein noch warmes Steak, Salat und etwas Gemüse, mit dem Teller geht er dann nach draußen und stockt.

Nicht nur Vida, Paz und Salva rennen über den grünen Rasen, ein weiteres Kind rennt lachend hinterher und er würde diese hellbraunen Locken und die hellblauen Augen jederzeit wiedererkennen. Die Kinder entdecken ihn, bevor er sich weiter umsehen kann. Er kann gerade noch rechtzeitig seinen Teller auf dem Tisch auf der Veranda abstellen, da sprintet Paz auch schon in seine Arme und Salva gleich hinterher. Für die Kinder hat es noch nie einen Unterschied gemacht, ob sie Puentes oder Sombras sind, für sie sind sie alle Onkel.

Erst jetzt sieht er, dass am Pool in einer Sitzgruppe Belinda, Camilla, Alena und Siarra sitzen. Nun sehen auch sie zu ihm und alle lächeln, bis auf Siarra, deren Wangen sich leicht rot färben und die sofort ihren Blick enttäuscht senkt.

Das hat er verdient. Er hat sie regelrecht auflaufen lassen. Verdammt, was macht sie hier? Er hat nicht damit gerechnet, ihr wieder gegenüberzustehen. Abstand zu halten, wenn man in verschiedenen Ländern ist, ist doch viel leichter, als wenn die Person dann plötzlich wieder vor einem steht oder wie in diesem Fall sitzt.

»Hey, ihr wilden Kerle, lasst die Mädchen auch zu mir.« Alejandro küsst die beiden Jungs auf die Wange und nimmt dann Vida und Daliya auf seinen Arm. »Was machst du denn hier?« Daliya lacht, als Alejandro ihr einen Kuss auf die Wange gibt, und genau wie bei Siarra entstehen süße Grübchen auf den Wangen beim Lachen.

»Wir sind hier wegen Daliya.« Seine kleine Nichte schmiegt sich an ihn. Ihre Arme passen gerade so um seinen Hals, doch sie kuschelt sich so sehr an ihn, dass er spürt, dass sie müde ist und mal eine Auszeit vom Toben braucht, während Daliya, sobald er sie absetzt, mit den Jungen weiter tobt.

Alejandro nimmt sich seinen Teller und geht zu den Frauen, die ihm entgegensehen. Um einer peinlichen Begrüßungssituation mit Siarra aus dem Weg zu gehen, murmelt er nur ein allgemeines Hallo und sieht seiner Schwester in die Augen, die ihm den Teller abnimmt, damit er sich setzen kann.

»Wir haben noch gar nicht mit dir gerechnet.« Er behält Vida auf seinem Arm und beginnt trotzdem zu essen, dabei sucht er noch einmal Siarras Blick. Dieses Mal sieht sie ihn an und lächelt leicht. »Ich habe hier einige Dinge zu erledigen. Wo ist Papa?« Er greift zu seiner Schwester und streicht über ihren Babybauch, es ist unglaublich, wie schnell er wächst.

»Du wirst es nicht glauben, aber er ist mit Gonzales essen gegangen. Siarra ist zu Besuch gekommen und wir fahren gleich zu uns. Der Stall ist fertig und die Ponys sind da, die Mädchen wollen reiten gehen.«

Vidal hat für seine Tochter einen Stall bauen lassen. Auch er liebt Vida, die auf seinem Arm langsam die Augen schließt, über alles, doch Vidal würde sogar einen kompletten Zoo für sie erbauen lassen. Alejandro muss leise lachen.

»Okay, was macht ihr hier? Wie läuft es in Mexiko?«

Er sieht zu Siarra und versucht ganz entspannt zu wirken, dabei betrachtet er sie ganz genau.

Auf eine merkwürdige Art und Weise hat er ihren Anblick richtig vermisst. Auch wenn er den Abstand zwischen ihnen geschaffen hat, hat er ständig an sie gedacht, und als er ihr jetzt in ihr hübsches Gesicht sieht und in die hellblauen Augen, weiß er auch wieder genau warum.

»Ähmm, es ist eigentlich alles ganz gut, doch für Daliya und mich ist es ziemlich schwer, jetzt in Mexiko weiterzumachen, als wäre nichts passiert. Ich habe letztlich entschieden, dass ein Tapetenwechsel uns beiden guttun würde und mich an verschiedenen Schulen beworben. Wir waren gerade in Venezuela, dort habe ich ein tolles Angebot, aber heute Nachmittag habe ich einen Termin hier an der neuen Grundschule am Hafen. Mal sehen, ich weiß noch nicht, aber da ich hier war, habe ich Belinda angerufen und na ja … wir haben uns spontan getroffen.«

Alejandro nickt, er hat Siarra die ganze Zeit in die Augen gesehen und versucht zu verbergen, was sich in seinem Inneren abspielt, wenn sie jetzt hier vor ihm sitzt und beim Gedanken daran, dass sie vielleicht nach Puerto Rico zieht. Er ist nicht naiv, er versucht sich gar nichts vorzumachen, was diese intensiven Gefühle für Siarra betrifft und so zu tun, als gäbe es sie nicht, doch er ist erfahren genug um zu versuchen, sie auszublenden. Ihrer aller Willen zuliebe.

Camilla wendet sich gleich an Siarra und fragt sie über die Grundschule am Hafen aus. Alejandro isst sein Essen auf und versucht, nicht ständig zu Siarra zu sehen, die sich die ganze Zeit mit den anderen Frauen unterhält. Er ist hier völlig fehl am Platz.

Sobald er fertig ist, hebt er Vida komplett auf seinen Arm und küsst sie, bevor er sie vorsichtig in die Arme ihrer Mutter legt und aufsteht. »Ich muss los, habt noch viel Spaß nachher.« Er vermeidet es, Siarra dabei anzusehen, doch in diesem Moment kommen eh alle Kinder zu ihnen und fragen, wann sie endlich reiten dürfen.

Als Daliya sieht, dass Alejandro gehen will, fragt sie ihre Mutter nach einer rosa Strickjacke und Siarra fragt Alejandro, ob sie die Jacke bei ihm im Haus gefunden haben. Sie müssen sie vergessen haben, und Daliya spricht ständig von der Jacke.

»Das kann sein, ich glaube, die Putzfrau hat irgendetwas gesagt und in den Schrank gelegt. Ich sehe nachher mal nach und bringe sie später vorbei.«

Siarra lächelt nur leicht. Er spürt den Blick seiner Schwester auf sich, alle hier werden merken, dass er einfach nur weg möchte, und um diesen Blicken zu entgehen, wendet er sich dann auch schnell ab und geht zu sich nach Hause.

Verdammt, wütend knallt er seine Haustür zu.

Er hat sich alles so schön zurechtgelegt, er hat zwar immer noch ständig an Siarra gedacht, doch er hat gelernt, damit zu leben, sie nun wiederzutreffen, trifft ihn völlig unerwartet.

Obwohl er wirklich müde ist, schafft er es nicht, sofort einzuschlafen, er legt sich vor den Fernseher und sieht sich einen Film an und schafft es erst dann, so abzuschalten, dass ihm irgendwann die Augen zufallen.

Seine Träume sind genauso verwirrend wie seine Gedanken, bis er aufwacht und zwei Filme komplett verschlafen hat. Alejandro hat Anrufe seiner Brüder verpasst, doch er steht erst einmal auf und geht direkt in die Dusche. Nach dem Schlaf fühlt er sich schon besser und überlegt, ob er noch weggehen soll. Er hat erst morgen wieder Termine und diese Ablenkung kann er gut gebrauchen.

Er will gerade seine Männer anrufen, die sicher etwas für heute Nacht geplant haben, da klingelt es und Alejandro horcht auf. Er kennt das Geräusch seiner Klingel gar nicht. Niemand klingelt hier. Manchmal klopft der ein oder andere, aber auch das seltener, hier stehen die Türen meistens offen und man tritt einfach ein.

Alejandro zieht sich ein Shirt über und geht in Boxershorts zu den Treppen, da klopft es zaghaft. »Ja! Komm rein.« Vielleicht ist es einer der neuen Männer, die zu der Familia gestoßen sind, aber auch die müssten doch mitbekommen haben, dass man hier nicht ...

Die Tür öffnet sich und Alejandro blickt direkt in Siarras Augen.

»Hey, ich wollte nicht stören, ich ...«

Verdammt, Alejandros Herz beginnt augenblicklich schneller zu schlagen.

»Du störst nicht. Du musst hier nicht klingeln.« Sie nickt und tritt ein. »Ich bin zurück vom Bewerbungsgespräch und deine Schwester und die Kinder sind noch nicht da. Daliya ist mit ihnen reiten gegangen. Deswegen dachte ich, ich hole solange die Strickjacke ab ...«

Alejandro zieht die Augenbrauen zusammen. Die was? Ach stimmt ja, da war ja noch etwas. »Ach so, ja. Ich habe ganz vergessen, danach zu suchen. Komm ruhig hoch, ich sehe mal nach. Wie war dein Gespräch?« Er versucht erneut, so gelassen wie möglich zu wirken. Wie kann es sein, dass ihn diese Frau so aus dem Gleichgewicht bringt?

Er geht in das Gästezimmer, während er hört, dass Siarra die Treppe hinaufkommt. Er hat sofort ihren engen Bleistiftrock und die weiße Bluse bemerkt, die sie an hat. Sehr fein und doch nicht zu bieder, eine der sexysten Lehrerinnen, die er jemals gesehen hat. Sie hat sich einen hohen Knoten gebunden und leicht geschminkt. Ihre zarte Stimme dringt zu ihm nach oben und das leise Klackern ihrer Pumps schallt durch das Haus.

»Es war gut, sehr gut sogar. Es ist eine tolle Schule und sie eröffnet erst in zwei Monaten, das bedeutet, man ist von Anfang an dabei und kann viel mitbewirken. Das Gehalt ist gut und die Schule stellt ihren Lehrern bei Bedarf Wohnungen in dem neuen Hochhaus am Hafen zur Verfügung, ich weiß nicht, ob du das kennst?«

In dem Kleiderschrank im Gästezimmer ist keine Jacke, er geht zurück in den Flur und trifft dort auf Siarra, deren hellblaue Augen unsicher auf ihm liegen. Er deutet zu seinem Schlafzimmer. Hatte die Putzfrau gesagt, sie hängt es zu ihm? Er weiß es nicht mehr. »Das hört sich doch gut an. Hast du dich schon entschieden?«

Zusammen gehen sie in sein Schlafzimmer. Alejandro betritt seinen Kleiderschrank und tatsächlich: Vor seinen feinen Hemden, die er seltener anzieht, hängt eine kleine rosa Jacke mit einem Schmetterling und einer Blume drauf.

Als er Siarra diese überreicht, stehen sie sich gegenüber. »Danke. Ich weiß es noch nicht, Puerto Rico wäre sehr schön, doch ich denke, dass ich in Venezuela vielleicht mehr Glück bei einem Neuanfang haben werde. Das mit heute tut mir leid. Ich bin nur hergekommen, weil mir gesagt wurde, du bist nicht da. Sonst hätten wir uns auch außerhalb treffen können. Ich wusste nicht, dass es dir so unangenehm ist, uns wiederzusehen. Tut mir leid und danke für die Jacke.«

Alejandro stemmt seine Arme in die Hüften, als er die Enttäuschung in Siarras Augen erkennt und dass sein Verhalten sie verletzt. Als sie sich abwendet und gehen möchte, lässt er die Mauer um sich herum fallen und greift nach ihrem zarten Arm.

»Nein, warte. Es ist mir nicht unangenehm, Siarra. Im Gegenteil. Und das ist es, was mich auf Abstand hält. Nicht du.« Siarra sieht ihm in die Augen und schüttelt den Kopf. »Ich werde aus dir nicht schlau. Deine Augen und dein Verhalten sagen etwas ganz anderes aus und all das ...«

Alejandro sieht sie entschuldigend an. Es tut ihm wirklich leid, er weiß, dass er sich nicht richtig verhält. »Ich weiß einfach nicht mit alldem, was du in mir auslöst, umzugehen, Siarra ...«

In dem Moment, als er die Mauer hat fallen lassen, ist auch alles andere in ihm gebröckelt und noch bevor er die Worte richtig aussprechen konnte, hat sich seine Hand schon an ihre Wange gelegt und er vereint ihre Lippen ungeduldig.

Sobald er ihre Süße wiederentdeckt, übernimmt sein Herz die Führung. Alejandro küsst sie verlangend, und auch wenn er es vielleicht nicht verdient hat, küsst Siarra ihn genauso sehnsüchtig wieder. »Das hat mir gefehlt«, gibt er zu, als sich ihre Lippen einen Augenblick trennen.

Er sieht sie an, zieht sie noch enger zu sich. Ihre blauen Augen leuchten, ihre Wangen sind leicht gerötet und ihre Lippen sind nass von seinem Kuss. Er weiß, dass er noch niemals vorher etwas Schöneres gesehen hat. »Du mir auch.« Siarras Hände gleiten unter sein Shirt und fahren seine Haut am Bauch entlang, bevor sie ihre Lippen wieder vereint, dieses Mal noch intensiver.

Auch wenn es ihm schwerfällt, hält Alejandro sich ein wenig zurück.

Er küsst Siarra und zeigt ihr, dass er sie will, wie sehr er sie will, doch er möchte sie entscheiden lassen, wie weit sie gehen. Seine Hände greifen in ihre Haare und öffnen ihren Dutt. Ihre weichen Haare fallen über seine Arme und sie unterbricht den Kuss, um sein Shirt auszuziehen. Als ihre zarten Finger dann neugierig über seine Tattoos streichen, muss er sich zurückhalten, als ihre süßen Lippen seinen Hals und seine Brust entlangküssen, kämpft er mit seiner Selbstbeherrschung, und als sie ihn dann verlangend auf die Lippen küsst, schafft er es nicht mehr, sich zu kontrollieren.

Siarra seufzt auf, als seine Hände an ihre Bluse fahren, und sie hilft ihm, sich auszuziehen, der BH fällt gleich mit und Alejandro widmet sich sofort ihrem festen Busen, der überraschend hell und cremig ist. Sie seufzt auf und ihre Hände krallen sich an seinen Muskeln fest. Er findet schnell den Reißverschluss ihres Rockes, und als der auf dem Boden landet und Siarra nur noch in einem schwarzen sexy Spitzentanga vor ihm steht, dirigiert er sie auf das Bett.

Das ist der Moment, wo er einhält.

Alejandro blickt auf Siarra hinab und weiß, dass wenn er die Liebe, die sich in ihm für sie gebildet hat, und dass es das getan hat, spürt er in den Moment mehr als deutlich, zulässt, wird das sein ganzes Leben verändern.

Es lässt eine gewisse Ehrfurcht in ihm aufkommen, dass er bereits jetzt schon so viel für Siarra empfindet. Er legt sich zu ihr und küsst sie, doch dieses Mal langsamer, genießender. Seine Hand streicht über ihre weiche Haut, er genießt alles an ihr, und erst als seine Hand immer weiter nach unten wandert und ihr Atem schneller wird, gewinnt auch bei ihm wieder die Lust, sie ganz zu spüren.

Das was sie dann haben, sagt vielleicht mehr als Worte es könnten. Sie lieben sich, sie genießen sich und erkunden ihre Körper und jeder zeigt dem anderen deutlich, dass das zwischen ihnen mehr ist.

Alejandro genießt jede Berührung, den Moment, als er sie vereint und sie bemerken, dass sie perfekt zueinander passen, Siarras Stöhnen an seinen Lippen, ihre Blicke, ihre Nähe, er hat das Gefühl, dieser Moment ändert alles.

Noch lange nachdem sie wieder zu Atem gekommen sind, hält Alejandro Siarra in seinen Armen. Sie ist so ruhig geworden, dass er einen Moment denkt, sie ist vielleicht eingeschlafen. Doch dann piepst ihr Handy und sie setzt sich auf. Mit dem Laken hat sie ihren Oberkörper bedeckt und liest eine Nachricht.

»Deine Schwester isst mit den Kindern gerade noch. Sie fragt, ob ich nicht direkt dorthin kommen möchte. Ich muss sowieso bald los, unser Flug geht heute Abend noch.«

Nun setzt auch er sich auf, er spürt, dass sie sich ein wenig zu viel von ihm entfernt, fast als versuche nun sie, auf Abstand zu gehen, und so sehr er das selbst getan hat, macht es ihn verrückt, wenn sie das nun tut.

Alejandro küsst ihre nackte Schulter.

»Sag ihr, du kommst. Ich fahre dich und dann bringe ich euch zum Flughafen.«

Siarra nickt und tippt etwas in ihr Handy, dann dreht sie sich zu ihm um und sieht ihm in die Augen.

Alejandro bleibt genau vor ihr sitzen und hält ihrem Blick stand, zieht sie aber wieder zu sich.

Nun schüttelt sie leicht den Kopf. »Ich war auf das hier nicht vorbereitet.« Alejandro weiß genau, was sie meint und küsst ihre Stirn. »Keiner von uns war das.« Dieses Mal legt Siarra ihre Hand an seine Wange und küsst ihn, im selben Moment, in dem Alejandro sich nach hinten zurück auf die Matratze legt und sie mit sich mitzieht.

# Kapitel 22

»Das macht dann 89 Dollar.«

Alena blickt auf und in die dunklen Augen des Mannes hinter der Theke. »Den Schokoriegel noch.« Er lächelt und zwinkert ihr zu, auch wenn das Lächeln nur zu erahnen ist, bei dem Bart, den er trägt.

»Der geht aufs Haus. Lassen Sie es sich schmecken.«

Alena bezahlt mit Karte und bedankt sich leise. Sie kann mit den Flirtversuchen von Männern noch sehr schlecht umgehen, auch wenn ihr das wieder häufiger passiert. Früher hat sie das genossen. Sie mochte es, die Blicke auf sich zu spüren, zur Zeit findet sie es gut, dass die Männer wieder Interesse an ihr zeigen, das zeigt ihr, dass sie ins normale Leben zurückgekehrt ist, dass niemand ihr all das ansieht, was passiert ist, doch trotzdem kann sie damit noch immer schlecht umgehen und wird schnell unsicher.

Sie verlässt die Tankstelle wieder und will zurück zu ihrem Auto, da erst bemerkt sie, dass jemand an ihren Wagen gelehnt steht. Sie sieht hoch, direkt in Elians dunkle Augen, die sie genau mustern.

Überrascht bleibt Alena stehen.

Sie haben in der letzten Zeit kaum Kontakt gehabt. Eigentlich dachte sie, er wäre noch immer in Mexiko, wo er über einen Monat verbracht hat. Sie schreiben miteinander, er fragt, ob alles in Ordnung ist, besonders als sie den Eingriff hatte, doch mehr als dieses förmliche Hin und Her zwischen ihnen ist da nicht mehr.

Als sie ihm jetzt in die Augen blickt, ist all das zurück. Sie vermisst ihn. Mehr als sie es jemals gedacht hätte, und sie weiß nicht, ob sie die richtige Entscheidung getroffen hat. Sie dachte, sie hätte es, aber je mehr Zeit vergeht, desto unsicherer wird sie deswegen.

»Hey, was machst du wieder hier? Ich dachte, du bist noch in Mexiko.«

Obwohl sie im Inneren völlig aufgewühlt ist, dass er so plötzlich hier vor ihr steht, ohne dass sie damit gerechnet hat, versucht sie ruhig zu bleiben. Sie atmet tief ein und hofft, dass er das Zittern in ihrer Stimme nicht bemerkt.

Elian sieht zu ihrer Hand, in der sie den Schokoladenriegel hält, und lächelt. »Ich bin seit gestern Abend zurück, ich war gerade bei einem Termin und habe deinen Wagen gesehen an genau dieser Tankstelle und dachte, das kann doch kein Zufall sein.«

Nun muss auch Alena lächeln, hier haben sie sich das erste Mal gesehen. Auch wenn Alena sich daran kaum mehr erinnern kann, wusste Elian das alles noch ganz genau. Mittlerweile denkt auch sie oft daran, was gewesen wäre, hätte er damals den Mut gehabt sie anzusprechen.

»Es ist selten, dass man solche hübschen Frauen einfach an der Tankstelle trifft.« Alena zuckt die Schultern und geht auf sein Spiel ein. »Auch wir müssen tanken und haben Hunger.« Sie hebt den Schokoriegel hoch. Sie ist süchtig danach, Elian hat ihr immer wieder welche mitgebracht, es ist so etwas wie ihr kleiner Insider gewesen, den alle anderen nie verstanden haben. Sie erkennt in seinen Augen das schöne Schmunzeln, was sie so lange nicht gesehen hat und sehr vermisst hat.

»Was hältst du davon, wenn ich dich zu einem richtigen Essen einlade? Ich habe auch Hunger und ich würde es mir niemals verzeihen, wenn ich eine Frau wie dich nicht näher kennenlernen dürfte.« Nun muss Alena wirklich lachen und sieht nach hinten zu seinem Wagen, in dem Cuca sitzt und ihr zuwinkt.

»Okay, ich bin eigentlich nicht so eine Frau, die einfach mit dem erstbesten Mann mitgeht, aber ...« Elian entfernt sich von ihrem Wagen und zieht die Augenbrauen zusammen. »Erstbesten? Ich glaube, du weißt nicht, wer ich bin ...« Er deutet Cuca an, dass er bleibt und dieser steigt auf die Fahrerseite, verabschiedet sich noch einmal und fährt mit Elians Wagen davon.

»Oh doch, ich weiß, wer du bist. Im Übrigen solltest du wissen, dass ich zu den Cinco Sombras gehöre.« Nun strahlt Elian übers ganze Gesicht und greift nach den Autoschlüsseln in ihrer Hand und berührt dabei ihre Finger. Sofort kribbelt es angenehm in ihrem Magen, sie hat ihn so sehr vermisst.

»Meine Liebe, vielleicht hast du das nicht mitbekommen, doch seit einigen Wochen hat das keine Bedeutung mehr. Glaub mir, ich habe gerade einen Monat mit den Cinco Sombras in Mexiko zusammengearbeitet, da sagt niemand mehr etwas. Zufällig kann ich mir denken, welches dein Lieblingsrestaurant ist, möchtest du dorthin?«

Alena nickt und steigt auf der Beifahrerseite ein. »Sehr gerne.«

Sobald Elian losgefahren ist, wendet sich Alena zu ihm und muss schmunzeln. Nach allem was passiert ist, tut es gut, ein wenig andere Rollen einzunehmen und so zu tun, als würden sie sich gerade erst kennenlernen. Das war sicher nur ein kleiner Spaß am Anfang, um diesen Moment aufzulockern. Ihre Situation ist viel zu kompliziert und verfahren, und dieses kleine Spiel nimmt ein wenig die Schärfe aus allem und lässt auch Alena entspannter sein.

»Also, du warst in Mexiko? Wie gefällt es dir dort? Bist du nur kurz hier und fliegst wieder zurück?«

Elian blickt kurz zu ihr und dann wieder auf die Straße.

»Mexiko ist schön, doch es ist halt nicht Puerto Rico. Ich habe versucht, dort einiges zu verdrängen und dem aus dem Weg zu gehen, was mich hier erwartet, doch ich habe gemerkt, dass das nicht so einfach geht und wusste, dass ich zurückkommen muss.«

Alena nickt. In ihrem letzten richtigen Gespräch am Telefon hat er klargemacht, dass auch er kein Interesse mehr an einer Beziehung hat, doch genau wie sie scheint auch Elian noch immer nicht mit alldem abschließen zu können.

Einen Moment wendet er seinen Blick von der Straße ab und sieht ihr in die Augen. In ihrem Magen beginnen aufgeregt Schmetterlinge herumzufliegen. Ihr wird bewusst, dass Elian und sie niemals eine richtig normale Kennenlernphase hatten, kein ineinander Verlieben. Ihre ersten Treffen waren alle extrem und ja, sie haben sich damals sehr gut und auf eine andere Art und Weise kennengelernt, wie es sicherlich wenige von sich sagen können, doch sie hatten nie diesen normalen Anfang und nie diese Schmetterlinge beim Kennenlernen, die Alena in diesem Moment empfindet, als Elian zugibt, wegen ihr und ihrer Trennung zurück zu sein.

»Es ist aber sicher manchmal sinnvoll, einige Schritte zurückzugehen und sich Zeit zu nehmen, um zu sehen, ob man nach einer gewissen Distanz und nach einem räumlichen und zeitlichen Abstand anders zu den Dingen steht.«

Elian hält vor ihrer Lieblingspizzeria.

»Vielleicht sieht man gewisse Dinge anders, aber Gefühle ändern sich nicht mit ein paar Flugstunden Abstand und einigen Wochen, zumindest keine echten Gefühle.«

Er sieht sie an und Alena senkt den Blick. Nun ist ihr Spiel vorbei und auch wenn es anders einfacher wäre, weiß sie, dass sie sich alldem noch einmal stellen müssen. Alena kann kaum schlafen, die Sehnsucht nach Elian frisst sie auf und offenbar geht es ihm ähnlich.

Sie steigen aus und Alena atmet tief ein. Sie ahnt, dass nun eine erneute Aussprache folgen wird, aber sie weiß nicht, ob sie dazu bereit ist, doch sie spürt, dass es allerhöchste Zeit dafür wird.

Ein Kellner, der sie schon lange kennt, bringt sie auf die Terrasse, zu dem Platz, von dem aus man über das Meer blicken kann und wo sie immer sitzen. Während sie laufen, legt Elian seine Hand auf ihren Rücken, eine einfache Geste, die sie schon tausende Male gespürt hat, doch dieses Mal brennt seine Haut selbst durch ihr Top durch.

Sie setzen sich und obwohl sie schon sehr oft hier waren und Alena über zwei Jahre jeden Tag mit Elian verbracht hat, kommt ihr alles plötzlich so viel intensiver vor. Seine dunklen Augen, die sie erwartungsvoll ansehen, sein Duft, seine starke Präsenz, wie hübsch und anziehend er wirkt. Elian ist etwas dunkler geworden in Mexiko, seine Haare sind frisch geschnitten und sein Blick ist intensiver als jemals zuvor.

Ihr Tisch wird auch sofort mit Vorspeisen vollgestellt und Alena bestellt wie immer ihre Nudeln mit Rinderfilet, während Elian sich für eine Pizza entscheidet.

Er erhält einen Anruf von Vidal und sagt ihm, dass er seine Termine für heute an Aaron abgeben soll, da er etwas Wichtiges zu erledigen hat. Es verwundert Alena nicht, dass er sie als so wichtig betrachtet, alles andere abzusagen, daran hat es niemals gelegen, Elian hat immer alles für sie getan.

Sobald er das Gespräch beendet hat, sieht er ihr wieder in die Augen.

»Aber ich muss sagen, ich finde diese Aussage sehr interessant. Ist es so für dich? Dass du mittlerweile anders über deine Entscheidungen denkst, nach einigen Wochen?« Sie bekommen ihr Essen und Alena möchte einfach nur noch ehrlich zu ihm sein.

»Ich weiß, dass ich dich niemals verletzen oder von mir stoßen wollte, auch wenn ich es getan habe. Ich habe einfach gesehen, dass das zwischen uns so viel anders ist als in normalen Beziehungen. Dafür, dass du immer alles für mich getan hast und ohne dich jemals zu beschweren auf so viel verzichtet hast, war ich einfach der Meinung, ich bin nun einmal an der Reihe, etwas für dich zu tun und dir das zu geben, was du verdient hast. Auch wenn ich dafür auf die Liebe meines Lebens verzichten muss, war ich bereit das zu tun, damit du dein Glück findest: Eine normale Beziehung, Kinder, nicht ständig auf den anderen Rücksicht nehmen zu müssen, alles, was man sich normalerweise wünscht.«

Er setzt an etwas zu sagen, doch Alena deutet ihm an, dass sie noch nicht fertig ist.

»Ich habe mich da zu sehr reingesteigert, irgendwann hatte ich nur noch das Gefühl, dass jedes Mal, wenn du mich ansiehst, du nur noch Mitleid hast und deswegen bei mir bleibst. Ich habe gedacht, dass wenn du Vida und Paz auf dem Arm hast, du daran denkst, dass du das mit mir nie haben kannst, aber aus Mitleid nie etwas gesagt hast. Ich weiß, dass du mich liebst, doch je besser es mir ging, umso mehr wollte ich auch, dass du diese hilflose Frau nicht mehr in mir siehst, doch das ist nicht möglich, da du ja dabei warst, als alles passiert ist. Ich weiß mittlerweile, dass ich mich da reingesteigert habe, doch ich wollte einfach nicht, dass du wegen mir auf etwas verzichten musst. Ich wollte dir nie wehtun oder habe irgendetwas entschieden, weil meine Gefühle nicht mehr stark genug waren, kannst du das verstehen?«

Elian hat ihr aufmerksam zugehört und Alena ist froh, dass er nicht mehr so wütend wird wie am Anfang, wenn sie davon gesprochen haben. Natürlich wird auch er über ihre Beweggründe immer wieder nachgedacht haben.

»Doch, ich verstehe, dass du so denkst, aber wenn ich versucht habe, dir zu sagen, dass du dir völlig umsonst Gedanken wegen alldem machst, hast du sofort blockiert. Es mag sein, dass ich all das nicht haben kann und dass es auch immer schwerer sein wird als mit einer anderen Frau, aber ich wollte und will niemals eine andere Frau haben. Auch jetzt, wo ich es könnte, möchte ich niemand anderen in meinem Leben, Alena, auch nach all den Wochen nicht, auch nicht nach Jahren. Du bist die, die ich will, das war immer so und wird immer so bleiben.«

Alena spürt, wie ihr die Tränen in die Augen steigen. Er greift nach ihrer Hand und umfasst sie.

»Genau wie ich versuche, dich zu verstehen, musst du mir endlich zuhören und das begreifen. Ich will nur dich in meinem Leben haben. Denkst du, dass wenn ich jetzt eine ander Frau hätte und mit ihr ein Kind bekommen würde, ich glücklich wäre, obwohl ich dich über alles liebe? Ich würde doch niemals eine andere Frau nehmen, nur um freien Sex haben zu können oder Kinder zu bekommen, und dafür auf dich verzichten. Stell dir das doch mal anders vor. Wenn ich derjenige wäre, der keine Kinder zeugen könnte oder sonst ein Problem hätte ... vielleicht habe ich wegen dieser Vorstellung verstanden, was in dir vorgeht … wenn ich jetzt herausfinde, dass ich keine Kinder bekommen kann oder durch einen Unfall verletzt würde, irgendwas, aus Liebe zu dir würde ich wahrscheinlich handeln wie du. Ich würde dich gehen lassen, damit du eine Chance auf dein Glück hast und nicht an meiner Seite bleiben musst, aus Mitleid … das habe ich wirklich verstanden, doch würdest du das tun? Würdest du mich deswegen verlassen?«

Alena unterbricht ihn. Und plötzlich begreift Alena, was Elian ihr die ganze Zeit versucht zu sagen, sie zweifelt nicht eine Sekunde an ihrer Antwort. »Niemals. Ich würde dich nicht verlassen, Elian. Ich liebe dich … die Ärztin hat mir übrigens gesagt, dass nun wieder alles in Ordnung bei mir ist. Ich kann alles wieder ganz normal machen und ich werde sehr wahrscheinlich ganz normal schwanger werden können.«

Elian beugt sich vor und greift nach ihrer Hand.

»Das ist mir egal. Wenn es so ist, dann ist es schön, doch das hat nichts mit meinen Gefühlen für dich zu tun oder wie ich zu dir stehe. Auch wenn du das vielleicht nicht hören willst, aber als du mich verlassen hast, war ich so wütend und wollte es dir einfach nur heimzahlen, dass du nicht an meine Liebe glaubst und dass du mich dazu zwingst, aus deinem Leben zu treten. Ich hatte etwas mit zwei Frauen in der Zeit und es war … nichts. Ich hatte vielleicht für einen Moment eine Art von Befriedigung, doch sonst nichts. Ich war leer, die ganze Zeit seitdem du weg bist, fühle ich mich leer und egal was ich versuche, um diese Leere zu füllen, es funktioniert nicht. Deswegen versichere ich dir, alles andere ist mir egal: Ich wünsche mir einfach, dass du zurück in mein Leben kommst.«

Nun kann Alena ihre Tränen wegen seiner Worte nicht mehr zurückhalten. Ihr war bewusst, dass er etwas mit anderen Frauen hatte, auch mit Loti, doch jetzt, wo er vor ihr sitzt, weiß sie, dass das nicht an das herankommt, was sie beide haben.

»Es tut mir leid, mein Herz. Mir hat das nichts bedeutet, doch du weißt, dass ich immer ehrlich zu dir bin. Es macht mich wahnsinnig, dass ich so viel Macht habe, nur bei dem einzigen, was mir alles bedeutet, ich einfach nur noch ratlos zurückgeblieben bin.«

Alena beginnt zu weinen. All die Last der letzten Wochen bricht aus ihr heraus. Elian, der noch immer ihre Hand hält, streicht liebevoll darüber und steht auf. Sie haben beide aufgegessen und er legt einen Geldschein auf den Tisch. »Lass uns verschwinden.«

# Kapitel 23

Mit geducktem Kopf, damit nicht alle anderen Gäste ihre Tränen bemerken, bahnt sich Alena ihren Weg zum Auto, Elian hält ihre Hand. Sie steigen ein und langsam bekommt sie ihre Gefühle wieder in den Griff. Er hält weiter ihre Hand, auch er scheint ein wenig mit seinen Gefühlen zu kämpfen, während er ihr Auto nur einige Minuten entfernt zum Seehaus seiner Eltern fährt, wo Alena und er viel Zeit zusammen verbracht haben. Sie mag das Haus und den See sehr und sobald sie aussteigen, stellt sie sich auch gleich wieder an den Steg und sieht aufs Wasser hinaus. Es beginnt langsam zu dämmern.

Elian tritt zu ihr und legt seine Arme um sie. »Du hast keine Vorstellungen, wie sehr du mir fehlst.« Doch das hat sie. Alena wendet sich zu ihm um.

»Doch, ich weiß es, weil ich, seitdem du weg warst, kaum mehr atmen kann. Ich wusste, dass es schwer für mich wird, aber nicht wie schwer. Ich glaube, mir ist noch niemals etwas so schwergefallen, wie dich von mir zu stoßen. Ich möchte einfach, dass alles wieder wie früher wird und dass endlich all der Druck von mir genommen ist, für dich perfekt zu sein. Die Frau zu sein, die du verdienst hast.«

Elian lächelt. »Den Druck kann ich dir nehmen, für mich bist du perfekt. Es gibt nichts und niemanden, den ich mehr will als dich, mein Herz.«

Alena überbrückt die letzten Zentimeter zwischen ihnen und küsst Elian.

Wenn man einen Menschen so sehr vermisst hat und ihn dann endlich wieder bei sich hat, überschlagen sich die Gefühle komplett. Elian seufzt zufrieden auf, als sie sich wieder so nah sind und seine Hände umfassen zärtlich ihre Wangen.

»Schwöre mir, dass du niemals wieder Zweifel an unserer Liebe haben wirst.« Alena nickt und küsst Elians Handinnenflächen, die an ihren Wangen liegen. »Ich möchte dich nie wieder verlieren.« Er beugt sich vor, um sie erneut zu küssen, doch dann hält er ein. »Du bekommst sicher nicht mit, was Vidal gerade alles plant, um Belinda in zwei Wochen zu überraschen, doch wenn das alles vorbei ist, sind wir beide dran, unseren Familien zu sagen, dass wir für immer zusammenbleiben werden.«

Alena lacht befreit auf. Alles in ihr fühlt sich wieder komplett und richtig an. »Da wird sich besonders mein Bruder freuen, aber ja, das machen wir, ich möchte nichts mehr als das. Als uns. Für immer.«

Alena schmiegt sich enger an ihn, als er sie dann endlich wieder küsst. Sie hat ihn und diese Nähe zu sehr vermisst, um das jetzt nicht zu zeigen.

Ihr Kuss wird schnell fordernder. Alena will ihn endlich wieder ganz spüren, sie hat ihn zu sehr vermisst und zieht ihm sein Shirt aus, dabei lösen sie den Kuss nur für den Hauch einer Sekunde. Elian reagiert sofort, er öffnet das Haus, ohne sich von ihr zu lösen und setzt sie auf den Esstisch, dabei zieht er ihr das Kleid aus und liebkost sie überall. »Du hast mir so gefehlt.« Alena streicht über seine Muskeln, sieht ihm in die Augen und genießt die fordernden Berührungen, die doch unendlich liebevoll sind.

Sie wollen sich beide spüren, das merkt man sofort, doch irgendwann hält Elian aus Gewohnheit ein, wird langsamer, auch wenn sie genau weiß, wie ungeduldig sie beide sind. Alena unterbindet das sofort, indem sie seine Hose öffnet und seine Hand in ihre Mitte führt und ihm zeigt, wie bereit sie ist.

Elian sieht ihr in die Augen und küsst sie erneut, und als er sie dann vereint, fühlt sich alles ganz anders an. Alena stöhnt laut auf, nichts tut ihr mehr weh, trotzdem ist Elian einen Moment noch zögerlich, bevor sie sich an ihn drängt und zeigt, dass er weitermachen soll, und nun kann er sich nicht mehr zurückhalten.

Sie lieben sich, wild und fordernd, doch außer der tiefen Sehnsucht, die endlich nach und nach gestillt wird, spürt Alena nichts anderes, keine Schmerzen, nichts mehr. Sie beide erreichen zusammen den Höhepunkt und Elian küsst sie danach sofort wieder auf die Lippen. Sie weiß, dass das auch für ihn das erste Mal war, sie völlig frei zu genießen.

All das bedeutet ihr so viel, dass sie ihren Kopf an seine Brust legt und seinem wilden Herzschlag lauscht. Seine Hand fährt in ihre Haare und er drückt sie an sich.

Es dauert, bis sie beide wieder ruhiger atmen können.

Elian küsst Alena immer wieder und sagt ihr, dass er sie liebt und dass jetzt alles wieder in Ordnung kommt. Sie bleibt in seinen Armen, bis er irgendwann ein weißes Laken nimmt und sie darin einhüllt, während er seine Shorts wieder überzieht. Er nimmt etwas zu trinken mit und sie gehen zusammen auf den Steg.

Mittlerweile ist die Dunkelheit über Puerto Rico hereingebrochen und der Mond strahlt hell und klar über den See. Elian hilft Alena, in das kleine Boot zu steigen, was hier angeleint ist und sie fahren auf den See hinaus.

Als sie mitten im See sind, nimmt Elian Alena in seine Arme, sie lehnt sich an ihn und schließt die Augen.

»Also habe ich dich nicht nur endlich wieder bei mir, sondern du machst mich zum glücklichsten Mann der Welt und wirst meine Frau?« Alena blickt nach oben und in seine Augen. »Es gibt nichts, was ich mehr möchte.«

Elian lächelt und verschränkt ihre Finger miteinander.

Alena sieht zum Mond hinauf und schließt einen Moment die Augen.

»Es fühlt sich wie ein perfektes Ende an.«

Elian lacht leise auf und küsst ihre Wange.

»Oder wie ein perfekter Anfang ...«

Alejandro betritt die Schule.

Er läuft vorbei an aufgehängten Bildern mit bunten Malereien, offenen Klassenräumen und angemalten Wänden. Von dem Hof der Schule hört man laute Musik und er steuert diesen direkt an.

Siarra weiß nicht, dass er hier ist.

Es ist knapp zwei Wochen her, dass sie in Puerto Rico war und sie sich dort so nahe gekommen sind. Sie sind danach zusammen zu Belinda gefahren und er hat Daliya und sie zum Flughafen gebracht. Wegen der Kleinen haben sie sich zum Schluss nur umarmt und Alejandro hat sie auf die Wange geküsst.

Danach haben sie viel telefoniert und miteinander geschrieben, doch er merkt immer mehr, dass, während sich seine Gefühle für sie immer mehr verstärken, sie auf Abstand geht. Er wollte keine neue Beziehung, er weiß nicht einmal jetzt, ob er sie will, doch er spürt, dass das mit Siarra mehr ist und dass er diesen Abstand, den er vielleicht besser halten sollte, nicht mehr möchte.

Ständig denkt er an sie. Er will sie wieder spüren, sie um sich haben und richtig kennenlernen, doch je klarer ihm das wird, umso mehr Abstand nimmt sie. Deswegen hat er beschlossen, bei seinen Männern in Mexiko nach dem Rechten zu sehen und Daliya und sie zu besuchen.

Siarra hat ihm geschrieben, dass sie heute hier ein Abschiedsfest feiern. Zwar hat sie sich immer noch nicht entschieden, an welche Schule sie gehen wird, doch bald fangen die Ferien an und dass sie geht, steht fest, sodass sie heute schon ihren Abschied feiern.

Es ist bereits spät, das Fest ist sicher bald vorbei, doch Alejandro hat es nicht früher geschafft.

In dem Moment, als er in den Hof tritt, muss er sich erst einmal einen Überblick verschaffen. Viele Kinder rennen herum, noch mehr Eltern stehen und sitzen auf dem Hof verteilt. Es fliegen Luftballons umher, es sind Spiele aufgebaut, ein Buffet und alles wird eingehüllt in Kindermusik.

Es dauert, bis er endlich Siarra entdeckt.

Sie steht im Gespräch mit zwei Frauen bei einem Baum, Alejandro geht auf sie zu und die Frauen entdecken ihn zuerst. Sie sehen ihn interessiert an, erst kurz bevor er bei ihnen ankommt, wendet sich auch Siarra um und ihr Blick wandert überrascht zu ihm.

»Hey, was machst du hier?«

Wie immer ist Alejandro sofort von Siarras Erscheinung eingenommen. Sie trägt ein hellbraunes enges Kleid, was ihren Hautton besonders schön hervorhebt. Ihre Haare hat sie zu einem Zopf geflochten und nur leichtes Make-up aufgelegt, doch trotzdem strahlen ihre Augen aus ihrem hübschen Gesicht heraus.

Ohne zu zögern gibt Alejandro ihr einen Kuss auf den Mund. »Ich wollte euch überraschen. Wo ist ...« Da hört er schon seinen Namen und Daliya springt keine Sekunde später auf seinen Arm. Er hat sie schon in sein Herz geschlossen und auch sie mag ihn. Das zeigt sie deutlich bei der Begrüßung, auch wenn sie gleich danach wieder von seinem Arm springt und mit ihren Freundinnen wegläuft.

Die beiden Frauen, die bei Siarra standen, heben die Augenbrauen und sagen ihr, dass sie beim nächsten Mal weitersprechen, sie scheinen sich für Siarra zu freuen. Als sie sich dann allerdings zu Alejandro umdreht, kann er schwer einschätzen, ob sie sich überhaupt freut, ihn hier zu sehen.

»Ich wusste nicht, dass du kommst, ich meine ... wir fahren gleich weg.« Alejandro stockt. »Was meinst du? Wohin?« Sie deutet in die Richtung, aus der er gekommen ist. »Für einige Tage auf Abschiedsfahrt mit meiner Klasse. Gleich nach der Abschiedsfeier für die Eltern. Hast du die Busse nicht gesehen? Wir starten in zehn Minuten.«

Doch, er hat die Busse gesehen, aber er wusste nicht, dass sie damit wegfahren werden, davon hat sie ihm auch gar nichts gesagt. Alejandro versucht sich die Enttäuschung nicht anmerken zu lassen. »Okay, ich bin auch hier wegen meiner Männer, so sehe ich euch wenigsten noch.«

Siarra sieht ihm in die Augen und greift nach seiner Hand. »Komm kurz mit.« Zusammen gehen sie zurück in das Gebäude und in den ersten Raum, der offen steht. Siarra schließt die Tür und Alejandro wendet sich zu ihr um.

»Ich weiß einfach nicht, wie ich dich einschätzen soll, in welche Schublade ich dich stecken soll.«

Siarra seufzt leise aus und geht näher an Alejandro heran, der sie an sich zieht und leise auflacht. »Mich wirst du niemals in eine Schublade stecken können.« Seine Hand legt sich langsam in ihren Nacken und er küsst sie vorsichtig.

Er hat sie vermisst. Er hat diese Nähe vermisst. Er hat das alles vermisst.

Das wird auch sie spüren bei ihrem Kuss.

Als er den Kuss beendet, küsst er ihre Stirn und Siarra schließt die Augen. »Tu das nicht, du weißt gar nicht, wie schwer mir all das fällt. Ich denke ständig darüber nach, was nun ist und wie ich all das einzuordnen habe und es macht mich wahnsinnig.«

Sie versucht aus seinen Armen zu entweichen, doch Alejandro lässt das nicht zu. Er sieht ihr weiter in die Augen und versucht ihre Worte zu verstehen.

»Was meinst du? Was macht dich wahnsinnig?«

Siarra deutet zwischen ihnen hin und her. »Das, was hier zwischen uns ist. Das ist nicht gut. Ich spüre doch, dass du das auch weißt.« Alejandro fühlt sich erwischt, gleichzeitig wird er sauer, weil sie offenbar das Gleiche denkt.

»Es ist doch normal, dass man am Anfang vorsichtig ist und alles etwas langsamer anfängt, doch du fehlst mir und ich denke, dass wir auf jeden Fall ... probieren sollten herauszufinden, was da genau zwischen uns passiert, denkst du nicht?«

Nun wird Siarras Blick traurig.

»Weißt du, bei keinem Mann vor dir habe ich mich vom ersten Moment an so wohl gefühlt. Ich liebe es, bei dir zu sein, und noch niemals habe ich so schnell Gefühle für einen anderen Mann entwickelt, doch ich kann nicht für mich alleine entscheiden. Daliya ist nun ein Teil meines Lebens und ich muss für sie genau überlegen, was ich tue und was nicht. Wenn ich vernünftig bin, nehme ich die Stelle in Venezuela an und vergesse alles andere, aber du machst es mir so schwer, mein Herz macht es mir so schwer.«

Auf dem Flur vor ihrem Raum wird Siarra gerufen. Sie will Alejandro noch einen Kuss auf die Wange geben. »Wir fahren los, ich muss ...«

Alejandro hält sie zurück.

»Aber auch ich habe Gefühle für dich und ich weiß, dass wir wegen Daliya vorsichtig vorgehen müssen, doch wieso willst du uns nicht einmal eine Chance geben? Ich bin doch hier, ich möchte das doch, was hält dich ab ...?«

Siarra hat schon zu viel Abstand zwischen sie gebracht, als sie jetzt seine Hand loslässt, ist sie schon fast an der Tür, doch sie sieht ihm noch einmal in die Augen.

»Vielleicht ist das so, vielleicht hast auch du schon Gefühle für mich, Alejandro, doch das reicht nicht. Dein Herz ist nicht frei. Ich sehe mich in deinem Schlafzimmer um, nachdem wir zusammengefunden haben, und überall sehe ich April. Du bist noch nicht bereit, sie gehen zu lassen, wie sollst du bereit sein, Daliya und mich komplett in dein Leben zu lassen und dein Herz völlig für uns zu öffnen?«

Siarra seufzt leise auf.

»Ich habe nicht die Zeit und die Kraft, gegen eine Tote anzukämpfen, das ist nicht möglich. Machs gut, Alejandro, du musst dir wirklich klar werden, was du willst und wie es in deinem Herzen aussieht.«

Siarra geht und lässt ihn im Klassenraum zurück.

Wütend dreht sich Alejandro um und wirft dabei einen Stuhl vom Tisch. Er wünschte, er könnte sie aufhalten und sagen, dass sie unrecht hat, dass sie da völlig falsch liegt, doch Siarra und er, sie beide wissen, dass er es nicht kann.

# Kapitel 24

»Ich dachte, Belinda weiß nicht, was genau morgen alles passiert?«

Alejandro hat keine Lust, er fährt in Richtung Hafen und hat Vidal am Lautsprecher. »Weiß sie auch nicht genau, aber es ist dringend, sie wird sich darüber freuen und das ist doch das Wichtigste. Ich habe hier noch einiges zu tun. Dritter Stock, das bekommst du hin.«

Wütend sieht er zum Handy, als sein in wenigen Stunden offizieller Schwager einfach das Gespräch beendet. Als hätte er nicht schon genug zu tun, muss er auch noch den Boten spielen und irgendwelche Pakete abholen gehen.

Er hält vor der Adresse, die ihm Vidal genannt hat und sieht noch einmal auf sein Handy. Siarra hat ihm nicht geantwortet. Es ist knapp zwei Wochen her, dass er sie in Mexiko überrascht hat, einige Tage hatten sie keinen Kontakt, Alejandro hat viel über ihre Worte nachgedacht und noch einmal gemerkt, dass er das mit ihr nicht aufgeben möchte. Er spürt, dass das etwas ganz Besonderes ist und er wird nicht noch jemanden, für den er solch starke Gefühle hat, aus seinem Leben verschwinden lassen.

Deswegen hat er sich erneut bei ihr gemeldet und auch sie hat ihm geschrieben, dass sie sich nach ihrer letzten Aussprache nicht wohlgefühlt hat. Sie haben langsam wieder regelmäßiger Kontakt aufgebaut und seit einigen Tagen schreiben und telefonieren sie oft miteinander, doch seit gestern hat sie ihm nicht geantwortet.

Siarra hat recht: Um etwas Neues anzufangen, muss er das Alte gehen lassen. Er ist dabei, in sein neues Haus zu ziehen und hat eine Kiste mit allen Erinnerungen an April gepackt und sie Belinda gegeben. Er weiß, dass seine Schwester gut darauf aufpassen wird und sie hat ihm gesagt, dass sie sich wünscht, ihn wieder glücklich zu sehen. Sie weiß, dass er Gefühle für Siarra hat und sie freut sich für sie beide. Sie ahnt nicht, dass er auch das offenbar vermasselt hat.

»Verdammt!«

Er steckt sein Handy ein. Er hätte von Anfang an nicht zögern dürfen, Siarra seine Gefühle zu zeigen.

Genervt geht er zum Hauseingang. Hier gibt es drei Stockwerke und er soll im dritten Stock etwas abholen, doch bei der Klingel gibt es keinen Namen. Da es aber nur eine Klingel im dritten Stock gibt und Vidal ihm natürlich auch keinen Namen genannt hat, klingelt er dort einfach. Nur weil er weiß, dass Vidal nervös sein wird, hat er ihm nicht den Hals umgedreht, als er ihn vorhin angerufen und um den Gefallen gebeten hat.

Es ist laut im Hausflur, man hört die Stimmen aus den Wohnungen, doch er hat schon schlimmere Häuser gesehen, das ist eines der Besseren hier am Hafen. Die Tür im dritten Stock steht offen und Alejandro tritt ein.

»Hallo, ich ...« Er stockt. Die Einrichtung kommt ihm bekannt vor und ihm schlägt sofort ein vertraut vanillehaltiger Duft entgegen. Genau in dem Moment, als er begreift, was hier los ist und die Haustür schließt, tritt Siarra aus der Küche heraus, in der Hand einen leeren Umzugskarton, und lächelt.

»Du bist früher als erwartet.«

Er hat mit allem gerechnet, aber nicht damit, er sieht sie völlig überrascht an. »Was tust du hier? Ist das jetzt eure Wohnung? Wieso hast du mir nichts davon gesagt?«

Siarra trägt nur eine schwarze Leggings und ein weißes weites Shirt. Ihre Haare sind leicht gelockt zur Seite geschoben und sie scheint dabei zu sein, diese Wohnung einzurichten, was seine Frage eigentlich erübrigt, doch er ist so überrumpelt, dass er sie trotzdem stellt.

»Wir sind vorgestern angekommen, mit allen Kartons und Möbeln. Die Umzugsfirma hat das meiste gemacht, doch all das war ziemlich spontan. Um ehrlich zu sein, hatte ich bereits in Venezuela zugesagt, doch dann hatte ich Zweifel und du ...«

Alejandro nimmt ihr den Karton ab und stellt ihn an die Wand im Flur, wo schon einige andere zusammengeklappt stehen. Die Wohnung ist sehr hell, noch stehen nur wenige Möbel und auch keine Bilder oder Dekorationsartikel herum, doch Alejandro kennt ja Siarras alte Wohnung und weiß, dass diese sicherlich kommen werden.

Doch erst einmal muss er verstehen, was hier gerade passiert und sieht Siarra wieder an, die offenbar nicht die richtigen Worte findet und in ihrer Bewegung einhält.

Hoffnung breitet sich in ihm aus. »Wo ist Daliya? Hast du Vidal gesagt, er soll mich herlocken?« Siarra hat eine Vase in der Hand und lächelt, während sie durch einen Raum geht, in dem schon ein Sofa und ein Fernseher stehen, zwei Teppiche liegen eingerollt herum. Von dort kommt man auf den Balkon, wo noch nicht viel ist. Alejandro folgt ihr.

»Ja, habe ich. Daliya ist bei deiner Schwester mit Alena. Sie wollen dort etwas für morgen üben und sie möchte unbedingt bei Vida schlafen. Ich habe gedacht, es wäre gut, wenn wir vor morgen schon miteinander gesprochen haben und ich dich nicht dort überrasche.«

Sie will wieder an ihm vorbei, doch er hält ihre Hände fest. »Siarra, warte. Renn nicht die ganze Zeit vor dem hier davon. Ich habe schon den Fehler gemacht und das getan. Es ist gut, dass du hier bist. Was bedeutet das? Dass du dich doch für Puerto Rico entschieden hast und für uns?«

Sie bleibt vor ihm stehen und sieht ihn aus ihren wunderschönen hellblauen Augen an. Er erkennt, dass sie genau wie auch er noch nicht alle Antworten auf diese ganzen Fragen hat, deswegen spricht er weiter.

»Ich habe dir gesagt, dass du recht hast. Ich musste April richtig gehen lassen, doch mir war vom ersten Moment an klar, als ich dich gesehen habe, dass das mit dir etwas anderes ist. Ich habe sie geliebt, aber das hat sich aufgebaut, während ich bei dir von Anfang an viel stärkere Gefühle hatte. Ich vergleiche euch nicht miteinander, das wäre nicht richtig, doch ich möchte, dass du verstehst, dass du nicht die Frau nach April bist. Du bist für mich die Frau, die es immer war, es hat nur länger gedauert, bis du in mein Leben getreten bist.«

Siarra lächelt und nickt, dabei kommt sie endlich näher zu ihm. »Ich habe die letzten Tage gemerkt, wie viel Mühe du dir gibst und ich glaube dir auch, dass du es ernst meinst. Ich habe mich genauso von Anfang an in dich verliebt, ich hoffe aber, du verstehst, dass ich Zweifel hatte und sicherlich auch noch einige habe. Doch eine Garantie wird mir niemals irgendjemand für irgendetwas geben können.«

Alejandro legt seine Hand an ihre Wange. »Es ist gut, dass du hier bist.« Ihr süßer Duft umhüllt ihn noch stärker und er würde am liebsten sofort ihre weichen Lippen wieder spüren, doch er hält sich zurück.

»Wir leben jetzt hier und ich arbeite in der Schule, Daliya geht hier in den Kindergarten und wir können das zwischen uns ganz langsam angehen und gucken was passiert. Doch dass wir beide das wollen, sollte Grund genug sein, alldem eine Chance zu geben.«

Ihm fallen einige Steine vom Herzen, er hätte Siarra so oder so nicht aufgegeben, aber das zu hören lässt sein Herz schneller schlagen und er weiß, dass er das hier nicht mehr vermasseln wird, es ist viel zu wichtig. »Das war die richtige Entscheidung.«

Siarra lächelt und er küsst sie. Als sie sich an ihn schmiegt und den Kuss ausdehnt, weiß er, dass das zwischen ihnen etwas ganz Besonderes werden wird und er all seine Kraft und Liebe hineinstecken wird, um Siarra und Daliya an seiner Seite zu haben.

Er beendet den Kuss und gibt noch einen weiteren auf ihre Stirn.

»Willkommen in Puerto Rico.«

Belinda atmet tief ein.

Sie streicht sich über die zarte Spitze des Kleides und sieht Alena, Camilla und Lilly in die Augen, die sie noch einmal umarmen und dann schon einmal hinausgehen, um ihr eine Minute alleine Zeit zulassen.

Als Belinda damals auf dem Schiff nach Puerto Rico war, hat sie niemals damit gerechnet, jetzt hier zu stehen.

Sie hat ihre Familie und ihre Familia gefunden, den Mann ihres Lebens, hat zwei wunderbare Kinder und trägt ein Baby unter ihrem Herzen. Sie haben schwere Zeiten überstanden und das Unmögliche geschafft, diese zwei so verfeindeten Familias wieder zusammenzuführen.

Trotzdem lastet es schwer auf ihr, zwei der wichtigsten Menschen ihres Lebens heute nicht bei sich zu haben. Sie spricht ein leises Gebet und denkt an ihre Mutter und April, dann sieht sie in den Spiegel.

Für diesen Tag hat sie nichts geplant, sie hat sich nur ihr Hochzeitskleid ausgesucht und trägt jetzt ein traumhaftes weißes Kleid, was oben eng anliegt und dann weiter wird, sodass ihr kleiner Babybauch, der so langsam zu wachsen beginnt, nicht eingeschnürt ist. Das Kleid hat keine Träger und sie hat einen vier Meter langen, mit feiner Spitze überzogenen Schleier.

Belindas Haare sind fein zusammengesteckt, es fehlt nur noch die Krone und sie würde wie eine Prinzessin aussehen. Alle, die sie bisher gesehen haben, hatten Tränen in den Augen, ihre Cousinen, Freundinnen und auch ihre Brüder, die alle vorhin kurz bei ihr waren.

Sie hört die Stimmen draußen und dass es nach und nach ruhiger wird. Man kann nicht einmal sagen, dass sie aufgeregt ist, sie weiß, was sie hier tut. Sie zweifelt kein bisschen daran, dass Vidal der Mann ihres Lebens ist und schreckt auch nicht vor diesem Schritt zurück, den sie heute gehen. Sie freut sich, sie freut sich, dass sie aus ganzem Herzen sagen kann, sie haben es geschafft.

Sie alle haben es geschafft. Haben zusammengefunden, Feindschaften überwunden, Freundschaften geschlossen, dazugelernt, getrauert, geweint, gelacht und zusammen getanzt und sie weiß, dass all das der heutige Tag widerspiegeln wird.

Deswegen lächelt Belinda, als es an ihrer Tür klopft und sie hinaustritt und ihrem Vater und Gonzales in die Augen sieht.

Beide tragen feine schwarze Anzüge und sehen sie ehrfürchtig an. »Du bist wunderschön, Princesa.« Ihr Vater küsst ihre Stirn. »Mein Sohn hatte schon immer den besten Geschmack.« Gonzales küsst ihre Wange und Belinda muss leise lachen, als beide Männer ihr ihren Arm hinhalten.

Das hat sich Vidal schön ausgedacht. Es symbolisiert all das, was in den letzten Monaten passiert ist und zeigt der ganzen Welt, dass von nun an die Cinco Sombras und die Los Puentes zusammenarbeiten, leben und lieben.

Die beiden alten Anführer geleiten Belinda zusammen in die Kirche.

Die Tür öffnet sich und leise wird schöne Klaviermusik gespielt, der gesamte Innenraum der Kirche verstummt und Belinda sieht das erste Mal, wie schön hier alles in hellrosa und gold eingeschmückt ist. Vidal hat sich viel Mühe mit der Planung gegeben oder es in erfahrene Hände gelegt, was sie ihm eher zutrauen würde.

Vida und Daliya treten vor Belinda und Vida sieht ihre Mutter mit geöffnetem Mund an. »Wie eine Prinzessin, Mama.« Ihr Vater lacht leise und deutet Vida, was sie tun sollen und sofort fangen die kleinen Mädchen in ihren schönen Kleidern an, weiße und rosafarbene Blütenblätter vor Belinda zu streuen.

Das ist das erste Mal, dass ihr Tränen in die Augen steigen, doch sie schluckt sie herunter und geht langsam mit den beiden wichtigsten Männern Puerto Ricos den Weg entlang. Sie sieht auf die vielen Männer der Puentes und der Sombras, die alle hier versammelt sind, sie sind in der größten Kirche Puerto Ricos zusammengekommen und trotzdem stehen noch viele und haben keinen Sitzplatz. Auch die oberen Reihen sind alle belegt. Es sind sicherlich auch andere Familiaanführer hier, doch darauf achtet Belinda nicht weiter.

Sie sieht in die vorderen Reihen, auf Elian, der neben Alena sitzt. Sie beide haben schon angekündigt, dass es bald die nächste Hochzeit geben wird. Neben ihnen sitzen Emilia und Roman, Alejandro und Siarra, denen sie zulächelt. Sie sind ein Traumpaar und das Funkeln in Alejandros Augen zeigt ihr, wie glücklich ihr Bruder wieder ist. Lilly und Santos sitzen neben ihnen, genau wie Ponce und Alina.

Sie alle haben ihr Glück gefunden, doch als sie dann zu Petro und all den anderen blickt, weiß sie genau, dass auch sie dieses Glück noch finden werden, es ist nur eine Frage der Zeit.

Als sie in diesem Moment nach vorne blickt, sieht sie in die Augen von ihrem Glück.

Vidal steht neben dem Priester und blickt ihr entgegen. Es ist ein besonderer Augenblick, für sie alle.

In seinem schwarzen Anzug sieht Vidal so gut aus, dass Belinda in dem Augenblick an ihr erstes Aufeinandertreffen im Casitas denken muss. Sie hätte damals niemals geglaubt, dass sie eines Tages hier stehen werden. Sie weiß nicht, wie sie all das verdient hat. Sie sieht ihm in die Augen und erkennt seine tiefe Liebe darin. In dem Moment muss sie sich zusammennehmen, um nicht noch schneller zu ihm zu laufen und ihre Väter hinter sich zu lassen.

Belinda sieht zu ihrem Sohn, der neben seinem Vater steht. Er wird wahrscheinlich eines Tages der erste Anführer beider Familias sein, so haben es seine Opas erst vor wenigen Tagen besprochen, und als er jetzt frech zu ihr lächelt, weiß sie, dass er es schaffen wird, diesen Frieden beizubehalten.

Sie erreichen den Altar und Ramiro und Gonzales treten etwas zurück, beide geben Belinda einen Kuss auf die Stirn und übergeben ihre Hand in die von Vidal, der auch etwas feuchte Augen hat.

»Du bist wunderschön, mein Engel.«

Belinda drückt seine Hand und sieht ihm noch einmal in die Augen, bevor sie sich zusammen vor den Padre knien und ihre Liebe von Gott segnen lassen und diese zwei Familias, die Belinda über alles liebt, endgültig miteinander vereinen.

Vielen Dank an alle, die diese Buchreihe genauso lieben wie ich

Meine Lieblingsreihe, und ich habe alle, die Kleinen sind schon unschlagbar wie Catalina, eine Kleinigkeit wie Liebe usw. Aber diese Reihe ist einfach meine Lieblingsreihe. Ich freue mich über jedes Buch das Jaliah J. veröffentlicht, weil der Schreibstil einfach unglaublich ist und ich so gerne in diese Welt eintauche. Urlaub pur beim Lesen.

Kheeeir

So wie bei jedem ihrer Bücher hat sich Jaliah J. in der El Puerto Reihe wieder selbst übertroffen. Sie lässt die Herzen wieder höherschlagen. Das Wahnsinnige an ihren Büchern ist die Vielseitigkeit. Es geht zwar hauptsächlich um die Liebe, aber nebenbei wird die Spannung durch so Verschiedenes vertieft und auf den Höhepunkt gebracht, dass man sich beim Lesen denkt „das Maximum ist erreicht, spannender geht es gar nicht mehr". Jaliah J. ist die beste Autorin, deren Bücher ich je lesen durfte. Danke dafür, danke für die Leidenschaft und die Liebe, die die Autorin in ihre Bücher steckt. Sie macht jedes einzelne zu einem großen, unvergleichlichen Werk.

Aylin

Ich liebe diese Buchreihe und freue mich immer wieder aufs neue Buch davon!!! Wenn man das Buch liest, ist es wie als ob man selber mittendrin ist.
Ich liebe es einfach!!!!
Liebe , mach weiter so, deine Bücher sind einfach nur wunderschön und man fühlt mit.

Ksenia

Mit den Worten packend, herzzerreißend und Aktion pur lässt sich diese Reihe wohl am besten beschreiben. schafft es jedes Mal, die schönsten Liebesgeschichten und Schicksale mit Spannung und Aktion zu verbinden. Man taucht in eine Welt ein, in die man sofort versinkt und die einen so schnell nicht loslässt. Daumen hoch und ich freu mich auf weitere Geschichten der geheimnisvollen !

Alina

Entdecken Sie die atemberaubende Welt von Jaliah J. ...

Zwei Leben, die unterschiedlicher nicht sein könnten und doch miteinander verknüpft sind.
Folgt Hailey und Selena auf ihrem aufregenden Weg in einen neuen Lebensabschnitt und lauscht dem bittersüßen Herzschlag des Lebens.

Eleonora lebt im Hafenviertel von San Juan und muss hart daran arbeiten, ihre Ziele zu erreichen. Sie ist sehr vorsichtig und geht ungern Risiken ein, doch trotzdem möchte sie hin und wieder auch einfach nur Spaß haben und ihr Leben genießen.
Sie ahnt nicht, dass eine dieser Nächte ihr ganzes Leben verändern wird.

# WILLKOMMEN IN DER FANTASTISCHEN WELT VON JALIAH J.

ENTDECKE VIELE WEITERE BÜCHER,
TOLLE MERCHANDISE PRODUKTE
UND VIELES MEHR...

 @JALIAHJ      @JALIAHJOFFICIAL

 @JALIAHJ_OFFICIAL      JALIAHJ.DE/SHOP